DÖDENS SMAK

EN KUSLIG MORDMYSTERIEROMAN

DS TOMEK BOWEN – BRITTISK DECKARTHRILLER
BOK 5

JACK PROBYN

CLIFF EDGE PRESS

E-bokens ISBN: 978-1-80520-282-0
ISBN: 978-1-80520-291-2
Första upplagan

Besök Jack Probyns webbplats på www.jackprobynbooks.com.

KAPITEL
ETT

M er än en och en halv kilometer från Southends strandlinje låg en enorm betongkonstruktion som kallades Mulberry Harbour. Phoenix-kassunen, som var åtta meter bred och sextio meter lång och vägde över 2 500 ton, hade byggts för att användas vid landstigningarna på D-dagen den 6 juni 1944. Den, tillsammans med hundratals likadana, var konstruerad för att hjälpa stridsvagnar och andra tunga militära fordon att nå Normandies stränder, men just den här länken i en mycket lång kedja hade sprungit läck på sin jungfruresa och aldrig satts in.

Sedan dess hade den legat fast i samma ödesdigra läge, kilad i sandbankarna vid Themsens mynning, en ståndaktig försvarare mot tidvattnet.

Trots att platsen i allmänhet var avstängd hade hamnen med åren blivit ett dragplåster för turister. De som var tillräckligt djärva för att ge sig ut mot fläcken i horisonten fick tampas med en 1,9 kilometer lång vadning genom lera, sand och det obevekligt stigande tidvattnet. Fotografer och hundägare brukade ta sig dit, mest för att se vad allt ståhej handlade om, medan simmare och äventyrslystna gav sig ut för både den historiska upplevelsen och den fysiska utmaningen. Det fanns till och med ett välgörenhetslopp på sommaren till förmån för RNLI.

Den bästa tiden på året att besöka, som med det mesta, var under sommarmånaderna, när klimatet var trevligare och tidvattnet mycket mer förlåtande. Det enda man behövde se upp med var vinden. Under vintermånaderna kan kuling- och stormvindar, särskilt längs Themsens mynning, lätt ändra tidvattnets riktning och hastighet, och innan du vet ordet av det kan en trettio minuters vistelse vid hamnen snabbt bli tjugo, femton, ibland mindre.

Det var emellertid inte nog för att avskräcka de hundratals människor som kom under de här månaderna.

Andrei inräknad.

Han höll armarna hårt om sig mot de bittra, brutala februarivindarna medan han tog sig fram genom sand och lera. Vid det här laget stod vattnet upp till skosulorna, och små skvättar vatten slog upp i luften och smutsade ner skosnörena på gympaskorna. De var inte de mest lämpliga skorna, men det var vad han hade. Det, och den tunna parkasen och jeansen.

Hamnen låg lite drygt femtio meter bort och kom snabbt närmare. Den rektangulära konstruktionen stack upp ur horisonten och försvann mot de svarta, hotfulla molnen i bakgrunden. Han sträckte på nacken och tittade upp mot dysterheten, mot regnet som hotade att störta ner över honom.

Han anade inte att det inte var den enda vattenmassan som snabbt var på väg mot honom. Nittio grader åt vänster drog tidvattnet in. Fort. Samtidigt, till höger om honom, lite drygt 275 meter bort, fanns en liten grupp människor, små gestalter vid horisonten som konvergerade mot turistmålet.

När han nådde kanten av den stora vattensamling som omgav den sjunkna hamnen hade vattennivån svällt och stod redan upp över skosnörena, fötterna genomblöta. Inom några ögonblick hade tårna domnat, och de våta strumporna kändes som om de grep tag i huden, lindade sig runt fötter och tår med ett skruvstädsgrepp. Varje rörelse skavde strävt mot huden.

När han kom fram till kanten av vattensamlingen stannade han, som fastfrusen. Inte av vinden. Inte av den domnande känsla som snabbt var på väg upp mot anklarna. Utan av synen framför honom. En gestalt, liggande raklång i det iskalla vattnet, ett blekt, tomt ansikte som stirrade upp mot himlen. En kvinna, prydligt klädd, med en aning smink. Håret, även om det inte såg ut så nu, hade varit fint lagt; vågorna hon åstadkommit med plattången på morgonen var fortfarande synliga där de flöt i vattnet.

Lutad över henne, med vatten upp till knäna och hennes huvud i famnen, fanns en annan gestalt. En man. I en tjock svart rock med en svart halsduk runt halsen såg han ut som om han borde ha stått vid sidlinjen på en fotbollsmatch, inte mer än en och en halv kilometer från civilisationen mitt ute i Themsen. Bestörtningen målade sig över hans ansikte i samma ögonblick som han fick syn på Andrei. Han släppte genast kvinnans huvud, och farten i rörelsen sänkte hennes ansikte under vattenytan innan den naturliga flytkraften pressade upp det igen.

"Vad...?" sa mannen, men innan han hann fortsätta slog röster emot dem, burna av vinden som verkade piska dem från alla håll.

Andrei slickade sig om läpparna, smakade salt och vände sig sedan mot gruppen. Sex stycken sammanlagt, lite drygt nittio meter bort, alla klädda som om de var på väg uppför Alperna i minusgrader snarare än över Southends lerbankar.

När Andrei vände sig tillbaka mot gestalten var mannen borta. Kvar av honom fanns bara en silhuett som försvann åt andra hållet, och de djupa fotspåren i sanden efter honom.

KAPITEL
TVÅ

Trots att han hade byxorna på sig brände det portabla elementet, som i snabb takt strålade ut värme, hans ben. Han kände hur tyget började smälta fast mot huden, men det fanns inte plats att dra undan det; hans terapeut hade sin mottagning mitt uppe i en renovering, så de hade tvingats fortsätta sin professionella relation i ett utrymme som var allt annat än tillräckligt stort, i vad Tomek bara kunde beskriva som en liten städskrubb. Han hade klivit in i fängelseceller som var större än så här, men han var inte på humör för att klaga eller göra en stor sak av det. Det var inte hennes fel att taket hade läckt. Det var inte hennes fel att de senaste två veckornas regn hade forsat ner över allt inne på hennes kontor. Det var inte hennes fel att det hade tagit henne två veckor att boka om och hitta tid att klämma in honom.

"Jag gillar det", ljög han. "Det är mer... intensivt."

"Det är motsatsen till den känsla jag vill åt", svarade Isabel Fox uppriktigt. "Att komma hit ska inte vara intensivt. Anledningen till att du, och av samma anledning alla andra, kommer och besöker mig är att någon del av deras liv redan är intensiv. Här ska du känna motsatsen."

Tomek ryckte på axlarna. Han gissade att han var van. Hela hans liv balanserade på gränsen till intensitet, på en våg, bara en liten vindpust eller en mild knuff åt fel håll från att störta ner i vansinne. Men det var så det hade varit i trettio år, och han hade inte tänkt ändra på det inom den närmaste tiden.

"Är det inte det som gör oss mänskliga? Den uråldriga rädslan för att bli jagade och dödade? Vår blotta existens och överlevnad vilar på att det *ska* vara intensivt", sa han.

Isabel knep ihop läpparna. "Du gick djupt rätt tidigt för ett morgonpass. Jag hade hoppats på en lugnare start på dagen, men du har nog rätt. Det enda att ha i åtanke, däremot, är att du inte är bytet längre. Som art har vi utvecklats till att vara rovdjuret. Så du kan börja varva ner och lugna den där instinkten."

Det höll Tomek inte med om. Åtminstone inte så länge det fanns mördare och våldtäktsmän där ute som i allra högsta grad levde ut instinkten inom sig.

Isabel var i slutet av tjugoårsåldern och hade en doktorsexamen i hur den mänskliga hjärnan fungerar och ett par välkomnande ögon som räckte för att få även de hårdaste typerna att slappna av. Hon hade rekommenderats till honom av hans chef, DCI Nick Cleaves, och till en början hade Tomek blivit avskräckt av hennes ålder och antagit att hon inte hade tillräcklig erfarenhet – både yrkesmässigt och i livet – för att ställa diagnos eller hjälpa honom med hans problem. Men efter deras andra samtal hade han värmts upp för henne – kanske var det ögonen – och hans syn på hela processen hade förändrats.

Isabel gick rakt på sak.

"Så... hur var *det*?"

"Det är en rätt bred fråga", sa Tomek. "Det beror på vilket håll du ser det ifrån. Om du skulle fråga *honom* den frågan, vore det det mest tillfredsställande mötet i hela hans liv."

"Och för dig?"

"Motsatsen."

I dag avhandlade de mötet som hade ägt rum med Tomeks brors mördare. När han var nio hade hans bror mördats i en park runt hörnet från hans skola. Han hade blivit knivhuggen upprepade gånger, slagen med en tegelsten, genitalt stympad, ögonen urgröpta med batterisyra. Och det var Tomek som hade hittat sin brors kropp. Två minuter för sent. Han hade stått öga mot öga med sin brors mördare, Nathan Burrows, och det hade gått trettio år sedan Tomek senast hade sett mannens ansikte.

Tills för några veckor sedan.

"Hur då?"

"Han sa ingenting. Eller nej. Det är en lögn. Han sa *något*. Han sa att allt satt i mitt huvud. Att det inte fanns någon annan där den natten då Michał dog. Att jag hade inbillat mig det, och att jag i trettio år har burit med mig bilden och hoppet om en annan gärningsman vid hans sida helt utan anledning. Att jag har tänkt på någon som inte finns, som aldrig har funnits och aldrig kommer att finnas."

En kort paus lade sig i rummet när Isabel gjorde en mental anteckning. Tvekan spelade över hennes ansikte.

"Hur kändes det för dig?"

Tomek ryckte på axlarna, nonchalant, och spände samma försvar som han burit i trettio år.

"Hur tror du? Jag vet inte vad jag ska tro längre."

"Tror du på *honom*?"

Ännu en axelryckning. Den här gången sänkte han blicken mot knät. Han började rita cirklar med naglarna i tyget. "En del av mig gjorde det. Medan en annan del säger att jag vet vad jag såg. Jag har de där mardrömmarna av en anledning, och jag såg Charlie i en av dem av en anledning. Jag hörde hans namn."

Charlie var namnet på hans brors andre mördare. Den som Tomek var övertygad om fanns men inte kunnat bevisa. Han hade låst upp namnet i en mardröm en gång; hört det när de två gärningsmännen flydde från platsen.

"Nämnde du Charlie för Nathan?"

Tomek svarade att det hade han.

"Och hur reagerade han?"

Tomek tänkte på det en stund. Han lät tankarna gå tillbaka till fängelsets besöksrum. Omgiven av dussintals andra intagna och deras vänner och familjer. Prat, diskussioner, några som grälade medan de flesta njöt av varandras sällskap. Och så nämnde han Charlies namn.

Med slutna ögon såg Tomek mannens reaktion framför sig.

"Nathans ögon vidgades lite", förklarade han. "Och han log. Mer en snedsmileg än ett leende. Ett grin, egentligen. Men det var subtilt, diskret. En liten ryckning i läpparna. En sådan där självgod min man drar på när man just har fixat fönstret eller skruvat upp ett trilskande burklock som ingen annan fick upp och man inte vill verka som en skitstövel. Nathan såg ut att känna igen namnet... men inte riktigt. Sen skakade han på huvudet och sa att det inte fanns någon med det namnet, att jag hade inbillat mig allt."

"Vad menar du med "men inte riktigt"?"

Tomek öppnade ögonen och bländades av ljuset. Rummet var utrustat med några av de starkaste glödlampor han någonsin sett. Han var beredd att slå vad om att personen som hade satt dit dem var lika självgod som Nathan jävla Burrows.

"Vet inte", svarade han. "Det var konstigt. Han såg ut att känna igen namnet men *inte* samtidigt. Förstår du vad jag menar?"

Uttrycket i hennes ansikte antydde att hon inte gjorde det. "Tror du att du kan ha fel?"

Tomek gav henne en tom blick tillbaka. "Jag sa ju det, jag vet inte ens vad jag ska tro längre. Ena stunden ser jag silhuetten där, stående över min bror bredvid Nathan. Nästa gör jag det inte. Ena stunden hör jag hans namn ropas, kristallklart, sen är det borta. Mitt huvud jävlas med sig självt. Maler och maler. Och jag kommer inte ett dugg närmare några svar."

Isabel släppte ut en kort, kraftig puff genom näsborrarna. "Har du haft fler mardrömmar sedan besöket?"

Tomek skakade på huvudet och svarade att det hade han inte. Att mardrömmarna, som fram till dess hade varit ganska regelbundna, nu hade avtagit.

"Det är väl bra, eller hur? Det låter som framsteg. Hur känner du dig efter att du har varit och träffat Nathan? Känns det som någon form av avslut, även om det kanske inte var det svar du hoppades på?"

"Avslut? Vad pratar du om, avslut? Menar du att jag ska tro på honom? Att jag *ska* ta hans ord för vad de är och tro på allt han säger? Mannen är en mördare. Det ligger i hans DNA att ljuga för helvete. Han har skyddat Charlie i alla dessa år, han tänker inte lämna ut honom nu."

"Så, du *verkligen* fortfarande tror att Charlie finns?"

Tomek funderade en stund. Hans huvud började göra ont; snurra som en karusell. Precis som det hade gjort de senaste veckorna. Sedan mötet hade han haft svårt att sova på nätterna. Han hade haft svårt att fokusera på jobbet. Han hade känt sig distraherad nästan varje vaken stund på dagen, tankarna gled mot Nathan, rummet, mötet, den självgoda minen i hans ansikte när han hade ljugit för Tomek.

Charlie.

Innerst inne visste Tomek att han hade rätt, att hans bror hade mördats brutalt av två personer, och att Nathan ljög för honom och försökte övertyga honom om motsatsen. Övertygelsen var så djupt rotad inom honom – trettio år av att pressas in i psyket – att inget skulle rycka upp den. Men den dagen hade Nathans ord planterat en dödlig sjukdom i hans huvud, en som just nu ruttnade och åt sig in i rötterna runt hans övertygelse. Kunde han ha inbillat sig gestalten vid Nathans sida? Kunde han ha inbillat sig namnet han hade hört i sina mardrömmar? När det hände hade han utrett en serie självtäktsmord riktade mot nyligen frigivna fångar, och en misstänkt vid namn Charlie Hampton, en frivårdsinspektörs pojkvän, hade dykt upp i utredningen. Det kunde väl inte vara det, eller? Att hans undermedvetna slängde in ett namn han hade hört som del av en helt annan, orelaterad utredning?

Det ville han inte tro.

"Jag vet att det var mitt förslag att du skulle besöka honom", fortsatte Isabel, när hon insåg att inget svar var på väg. "Och jag inser att det kan ha påverkat dig negativt och din resa in i din brors död, men jag vill att du tar ett steg bort från den världen ett tag. Så mycket du bara kan vill jag att du glömmer det. Jag vill att du fördjupar dig i andra delar av ditt liv – dina relationer, dina vänskaper, Kasia, jobbet. Jag vill att du fokuserar på det du kan kontrollera. För just nu kan du inte göra någonting åt din brors död och det Nathan sa till dig. Och ju mer du försöker fokusera på det och oroar dig, desto längre ner i spiralen kommer du att hamna. Du kommer att hitta dina svar en dag, det lovar jag dig, men det enda sättet att göra det är att ge hjärnan lite vila från det. Sen, när du återvänder, har hjärnan haft tid att ta in ny information, bearbeta den och låta dig se hela situationen med ett klart sinne. Därifrån kan du göra de framsteg du behöver."

Lättare sagt än gjort, tänkte Tomek när han tackade henne för tiden och lämnade städskrubben.

KAPITEL
TRE

Tomek satt på kaféet, på sin vanliga plats, i hörnet av rummet, strasspegeln glittrade ovanför hans huvud, kaffekoppen i handen, värmde fingrarna, ena ögat på dörren, väntade på att DCI Nick Cleaves skulle kliva in. Hans kriminalkommissarie hade haffat honom på väg ut ur Isabels städskrubb, precis innan han själv skulle in på ett möte, och föreslagit att de skulle ta igen lite och ta en kaffe. "Som två morsor", hade Nick sagt precis innan han slog igen dörren.

Som tur var hade Tomek precis rätt ställe i åtanke. Ett trevligt litet ställe som han kände väl. Det var fullt med folk, mer än tillräckligt stort och stimmigt för att de två skulle kunna föra ett diskret samtal, och maten var gudomlig. Den perfekta onsdagspeppen.

Kaféet hette Morgana's och hade snabbt blivit ett av Tomeks favoritställen. Han ansåg sig vara stammis sedan han blivit introducerad till stället av sin flickvän, Abigail. De hade träffats där en gång i jobbet, och Tomek hade till och med övertygat henne om att det varit platsen för deras andra dejt. Sedan dess hade han varit där nästan en gång i veckan. Kaféet hade höjt hans förväntningar på allt han skulle hoppas hitta i en liknande verksamhet. Maten – flottig, smakrik, precis lagom salt (bara tanken på den fick det att vattnas i munnen) – matchades av en nästintill oklanderlig service. Morgana, ägaren och företagets namne, var en enkvinnas orkester, som tog hand om all sin klientel ute på golvet, vilket skiftade lika ofta som ett trafikljus. Hon skötte restaurangen fantastiskt, ledde från fronten, och Tomek beundrade henne djupt.

Där han satt räknade han till tio andra bord med minst en kropp vid varje. Ett veritabelt Essex-myller: hantverkare i tjocka, klumpiga ökenkängor i smutsiga träningsoveraller med en dyr märkesklocka kring handleden, som kom in för en sen frukost; ett äldre par, som fortfarande bar sina tjocka vinterkappor inomhus medan de satte i sig rött kött och bönor; en medelålders man med en mage stor som en hoppboll, som satt med benen brett isär för att kompensera för utrymmet kaggen krävde; en ung mamma med sin ännu yngre son (som borde ha varit i skolan) som spelade på en surfplatta medan hon försökte pilla in mat i sin nyföddas mun där den låg instoppad i vagnen, oförmögen att röra sig. Det fanns ingen dömande stämning där inne. Ingen var bättre än någon annan. De var lika. Bara där för god mat, skön stämning och ett bra pris – ett motto som, fram till nyligen, hade stått tryckt i glittriga rosa strassbokstäver och limmats upp på väggarna.

Innan Tomek hann se sig om i resten av kaféet ringde klockan vid dörren, och in klev DCI Cleaves, med minen hos någon som letade efter bråk.

Det hotfulla uttrycket slappnade av lite när han fick ögonkontakt med Tomek. De skakade hand, slog sig ned vid bordet och beställde sedan kaffe och lite mat. Äggröra till Tomek. Dubbel bacon, dubbel korv och dubbel äggmacka till Nick – dubbel hjärtattack-special, kallade Tomek den.

"Äggröra..." började Nick till sitt försvar. "Det är rätt torrt. Mår du bra?"

Tomek klappade handen mot magen och kände hur insidan krusade sig efteråt.

"Vaktar den gamla midjan."

"I din ålder? Du har några år kvar innan du når min storlek."

Tomek vände sig om och pekade diskret mot mannen med hoppbollsmagen. "Och hur många år tror du att du har kvar tills du når *det där*?"

Innan Nick hann svara avbröt servitrisen, med deras kaffe på en bricka. När hon ställde ned dryckerna på bordet frågade Tomek: "Ingen Morgana i dag?"

"Nej, hon har inte kommit in i morse", svarade kvinnan med tung östeuropeisk accent. Tomek kände igen henne, men kunde inte placera accenten. "Och biträdande chefen är inte här heller, så det är jag som ansvarar."

"Tja, jag tror inte att någon har märkt något, så ni måste göra något rätt."

Servitrisen rynkade på näsan åt hans kommentar och skyndade i väg förnärmad.

"Vad sa jag nu då?" frågade han och vände sig tillbaka mot Nick.

"I princip att hon gör ett skitjobb men att alla är för upptagna eller njuter av maten för att bry sig. Grattis", fortsatte Nick, "du har gjort någon förbannad som förmodligen inte får nog betalt för att klara sig, samtidigt som du förolämpar henne för att hon gör sitt jobb. Snyggt. Jag gissar att du känner dig *riktigt* nöjd med dig själv nu."

"Du är en att snacka", fnös Tomek. "Jag har sett hur du pratar med några i teamet."

"Dra åt helvete."

"Där har du beviset."

"Det är något annat. Det är jobbrelaterat."

"Vad som än får dig att sova gott om natten."

Tomek hade ofta sett Nick som en fadersgestalt. En sträng, strikt och lätt överviktig sådan. Och Tomek besvarade det där familjära bandet. Efter att Nick och hans hustrus son oväntat hade gett sig iväg till försvarsmakten klev Tomek nästan in i rollen och fyllde tomrummet som sonens försvinnande hade skapat i deras liv. De bråkade, de skrek åt varandra, men i slutändan fanns det tillgivenhet där, ömsesidig respekt. Detsamma kunde däremot inte sägas om många av Tomeks kollegor.

"Hur var Isabel?" frågade Nick.

"Bra. Du?"

"Ja, också bra."

"Bra. Bra snack. Glad att du tog med mig hit för det. Betalar du det här på utlägg eller måste jag ta notan?"

Nicks panna veckade sig. "Jag tänkte betala det av mitt goda hjärta, men nu när du är en fräck jävel vill jag inte."

Tomek invände inte. Det fanns något i mannens ansikte, något han ville säga, något som hade tyngt honom ordentligt. Och Tomek kände honom tillräckligt väl för att veta att han bara behövde ge honom tid och utrymme för att få ur sig det.

Det dröjde några ögonblick till innan Nick talade igen.

"Det handlar om Lucy..."

Tomek stannade upp, lyssnade och började frukta det värsta.

"Hon blir sämre. Hon blir inte bättre. Hon kämpar fortfarande med att stå och gå ordentligt. Hon ser fortfarande inte ut att vara hundra procent med. Ibland tar det tid innan hon svarar, och även då är svaren inte sammanhängande. Hon bara... *existerar*. Jag trodde att hon vid det här laget skulle ha gjort *några* framsteg..."

För några månader sedan, precis före jul, hade Tomeks dotter Kasia och

Nicks dotter Lucy träffat ett kompisgäng för lite minderårig fylla på Bell Wharf-stranden i Leigh-on-Sea. När Lucy skulle slänga en av sin pappas stulna vodkaflaskor i soptunnan hade hon blivit överfallen och hennes kropp kastats i marken, vilket lämnade henne i en pöl av blod och med en massiv bit utskuren ur sidan av hennes huvud. Efter utskrivningen, efter två veckor på sjukhus, hade läkarna sagt att det kunde finnas permanenta hjärnskador. Att de inte kunde säga säkert.

Att bara tiden skulle utvisa.

Det verkade som om tiden gav dem alla fel signaler. Men det fanns fortfarande hopp, och det ville Tomek påminna honom om.

"Att inte bli bättre är inte samma sak som att bli sämre", påminde han Nick. "Det är faktiskt bättre. Du måste bara komma ihåg att sånt här tar tid."

"Vi har inte tid."

En klump bildades i Tomeks hals. Han var på väg att fråga vad brådskan var, men höll sedan andan medan han väntade på att orden skulle falla ur Nicks mun.

"Maggie vill skiljas."

Ett ögonblick hade han fruktat att Nick skulle säga att han höll på att dö, att han hade någon obotlig sjukdom som bara var veckor från att ta livet av honom. Men det här var mycket värre. Att förlora Maggie skulle vara precis som döden för Nick. Tomek visste att hon skulle ta flickorna med sig. Att han inte skulle kunna bestrida det i domstol. Han var ju aldrig hemma som det var. Hur tänkte han att han skulle kunna ta hand om sina tonårsdöttrar samtidigt som han skötte ett heltidsjobb som chef för Southends avdelning? Han skulle inte ha något att komma hem till, inget att arbeta mot och ingen att arbeta för. Hjärnan och hjärtat i hans själva existens skulle ryckas ut. Och vart skulle han då ta vägen?

Tomek började redan se det framför sig. Den nedåtgående spiralen. Den totala kollapsen av chefens liv. Och han var säker på att Nick hade ägnat många nätter åt samma tankar.

"Varför?" frågade Tomek och försökte hålla rädslan borta ur rösten.

"På grund av det som har hänt Lucy. Hon kämpar. Jag kämpar. Det tär på oss. Och vi vet inte vad vi ska göra åt det."

"Att gå isär kommer inte att hjälpa."

"Försök säga det till henne. Hon har fått för sig att det är lösningen."

Nick petade kraftigt mot tinningen.

"Vad sa Isabel?"

När den unga terapeutens namn nämndes spärrades Nicks ögon upp.

"Börja inte ens med *det*. Vi får inte nämna hennes namn i vårt hus. Jag får inte ens prata om mina sessioner med henne – när jag har dem, hur de gick och när jag ska träffa henne nästa gång."

"Varför inte?" frågade Tomek, fast han misstänkte att han redan visste svaret.

"För att hon tror att jag har en affär med henne." Mer petande, den här gången med en aggressivitet som för ett ögonblick fick Tomek att oroa sig för Maggies säkerhet. "Det är det mest jävla löjliga jag har hört i hela mitt liv. Hon är ung nog att vara min dotter!"

Tomek hade inget mer att säga. Det lät som att Nick desperat behövde hjälp, och Tomek var den minst lämpade att erbjuda den. Han hade ingen aning om hur det var med äktenskap; han hade ju precis i en vecka befunnit sig i ett pojkvän–flickvän-situation. Han var fortfarande novis på allt det här. Och som om det inte räckte talade raden av tidigare ex-flickvänner – som bara var två, och båda satt i fängelse – för sig själv. Han kunde inte ens välja en vettig partner att slå sig till ro med. Det var alltid något fel: först langandet och det efterföljande beroendet; och sedan, vigilante-seriemördandet. Inget av det, tyckte han om att tänka, hade han direkt del i. Men med Abigail var det annorlunda. Hon verkade, i direkt jämförelse med de två tidigare, så normal som man kunde bli. Vanilj, nästan. Vilket var precis vad han behövde nu. Mindre av den sortens drama som hamnar på första sidan i tidningen OK! och mer av sådant som aldrig trycks.

Som en nåd räddades han från tystnaden av maten. Den himmelska doften steg från tallriken upp till näsan och lättade genast på stressen från timmen innan. Maten hade samma effekt på Nick. När han tog en tugga av sin frukost, utan att säga ett ord till Tomek, verkade alla hans bekymmer och rädslor – om skilsmässan, om hans funktionsnedsatta dotter – försvinna lika snabbt som ångstrimmorna som steg från muggen upp i luften.

"Fy fan, vad gott", sa han.

"Det hoppar jag gärna över, om det är samma för dig. Men ja. Ja, det är jävligt gott. Ruggigt gott, om du frågar mig."

"Hur får de det att smaka *så* gott?"

"Jag misstänker att det där fräsandet du hör i bakgrunden inte är kockarna som testar hi-hatsen i sina trumset. Jag tror att det är ljudet av fett som steker. Och mycket av det."

"Eller så är den hemliga ingrediensen brott", svarade Nick.

"Förlåt?"

"Det är en referens till *Peep Show*. Super Hans..."

Referensen gick Tomek förbi; han hade blivit avskräckt av seriens kameravinklar i förstapersonsperspektiv. De hade av någon anledning gjort honom illa till mods, och han hade aldrig lyckats fastna för den.

"Jag antar att du var för ung för att se den när den kom", fortsatte Nick.

"Eller så hade jag bara bättre tv-smak. Eller, när jag tänker efter, så var jag ute och gjorde saker, levde mitt liv i stället för att sitta inne och titta på sitcoms."

De fortsatte att äta resten av maten i en tyst dvala; ingen av dem ville avbryta för att återuppta ett samtal som redan hade fått ett naturligt slut. När de var klara lutade de sig tillbaka i de stoppade stolarna, med händerna på magen, och i tio minuter till såg de på när den jämna strömmen av kunder fortsatte in och ut genom entrén.

I hopp om att inget mer prat om fruar, döttrar, skilsmässa och depression skulle hoppa emellan dem frågade Tomek mesigt: "Ska vi dra till kontoret?"

KAPITEL
FYRA

Det var nästan middagstid när de kom fram till Southend CID:s högkvarter mitt i stan. Gångvägen fram till stationens entré var ovanligt full av folk, för horder av utsvultna journalister svävade utanför, hopträngda som rökare i vinterkylan – utom att de här rökarnas värme inte kom från en hjälpsam cigarett full av nikotin och tjära, utan bara från varandra och sina offrens blod.

Tomek kände inte igen någon av dem. Sedan tittade han ner på mobilen och såg att han hade två missade samtal från Abigail. Som en av de mer erfarna reportrarna på *Southend Echo*, som de senaste veckorna hade kämpat för att överleva sedan ägaren gripits för människohandelsbrott, var det hennes ansvar att ha fingret på pulsen och nöta ner varje uppslag till bara benet. Hon var envis, modig och obeveklig, allt sådant som gjorde henne exceptionell på jobbet. Det hjälpte också att hon var tillsammans med Tomek och därför visste hur hon skulle lirka ur honom relevant information till sin egen fördel. Som nu: hon stod och väntade på honom vid stationens bakdörr där reportrar och press vanligtvis var förbjudna.

"Vad gör du här?" frågade han.

"Kom för att ta reda på vad som pågår."

"Det har vi också."

Nick var bara någon decimeter bakom honom, och där han stod kände Tomek mannens genomträngande blick bränna hål i nacken på honom och mana honom att skynda sig.

"Du minns min chef, va?"

Nick sa ingenting. I stället drog han efter andan djupt, grymtade, knuffade sig förbi Tomek och gick in. Tomek följde kort därpå, och bad i tysthet Abigail om ursäkt medan han gick. Hon visste att hon inte fick vara där, och nu hade hon blivit påkommen – de hade *båda* blivit påkomna. Den utskällningen såg han fram emot senare.

Däruppe, på andra våningen, hade Southend CID:s högkvarter förvandlats till ett myller av aktivitet. En myrstack av kroppar som frenetiskt skyndade in och ut ur stabslokalen, en kakofoni av röster som talade i mun på varandra.

Den första som stannade upp och tilltalade dem var DC Nadia Chakrabarti. Nu i åttonde månaden såg hon ut att vara redo att spricka. Hon gick med ena handen på magen och den andra som stöd i ländryggen. Påsarna under ögonen antydde att hon inte hade sovit på veckor, men sminket gjorde ett halvhyfsat jobb med att försöka dölja det. Tomek hade inte klandrat henne om hon velat komma till kontoret varje dag i mjukisbyxor och en tjock hoodie från Primark och se ut som att hon var sen till första dagen på universitetet. Faktum är att han skulle ha uppmuntrat det.

"God morgon, sergeant, kommissarie", sa hon långsamt, i bjärt kontrast till hastigheten på allt annat som pågick runt dem.

"Nadia", svarade Nick, före Tomek hann registrera sitt eget namn. "Vad i helvete pågår här inne? Det verkar finnas något jag inte blev informerad om."

Så fort han sa det tystnade stämningen i rummet snabbt, som om gruppen äntligen hade lagt märke till hans närvaro.

"Ett lik har hittats, chefen", svarade Nadia. "För några timmar sedan, i Themsens mynning. Ute vid Mulberry Harbour."

"Mulberry Harbour? Den där gamla minnesgrejen från andra världskriget?"

"Jag tror inte att man riktigt kan kalla det ett minnesmärke, kommissarie. Men ja…"

"Och du säger att det här hände för några timmar sedan?"

Nadia nickade.

"Varför i helvete blev jag inte uppringd? Jag skulle ha underrättats i samma sekund som det kom in."

"J… jag tror att Rachel tittade i din kalender och såg att du hade någon form av privat ledighet i morse, kommissarie."

Det fick snabbt Nick att tystna. Så pass att han trängde sig förbi Nadia och stormade in i stabslokalen, och började genast leta efter någon annan att skälla ut.

"Var är hon?"

"Vem?"

Den intet ont anande person som hade oturen att svara på Nicks fråga var DC Chey Carter, eller Cheyenne Pepper som Tomek gillade att kalla honom. Den unge kriminalarens ansikte föll så fort han insåg att det var Nick han talade med.

"Victoria. Var är hon?"

"*Hon* är här."

Här, det vill säga bakom honom, stående i dörröppningen.

"Är det ett problem, kommissarie?"

"Det kan du ge dig fan på att det är. Varför får jag veta om det här dödsfallet först när jag kommer till stationen och inte i samma minut som det kom in?"

"För att, som Nadia sa för två sekunder sedan, vi trodde att du var ledig i morse och inte ville bli störd. Sean och jag har haft allt under kontroll här, kommissarie. Det har inte funnits något för dig att oroa dig för."

Nick for tvärs över halva rummet och höll fingret framför Victorias ansikte, balanserande på gränsen till att säga något han senare kunde ångra. Tomek hade sett den där blicken förr; månaders uppdämd frustration och aggression, hjärtesorg och lidande, redo att släppas lös över den första som gjorde honom förbannad. Samtidigt stod Victoria orörlig, ryggen styv, armarna korsade över bröstet – sinnebilden av stål och beslutsamhet inför en skräckinjagande diktator.

"Kom inte för fan och tala om för mig vad jag kan och inte kan oroa mig för, Victoria. Det sköter jag själv, tack så mycket."

Tomek kände plötsligt att han behövde bryta in, hindra Nick från att gå över gränsen och dra på sig en skitstorm av besvärliga problem han inte behövde.

"Berätta vad som har hänt och gör det nu genast!"

Utan att säga något höjde Victoria armen och pekade mot raden av whiteboardtavlor längs den längsta väggen. Där, mitt på den mitterstra tavlan, hängde en bild av deras offer. Ovanför stod namnet, "Jane Doe".

Det här var dock ingen Jane Doe. Tomek visste precis vem det var. Han kände igen henne nästan omedelbart.

"Hon hittades vid Mulberry Harbour. Misstänkt dödsorsak är drunkning. Obduktionen görs i eftermiddag. Vittnen såg någon fly från platsen, så vi utgår från att hon blev mördad. Ingen telefon eller legitimation hittades på henne på brottsplatsen. Vi försöker identifiera henne i detta nu."

"Det behöver ni inte göra", sa Tomek när han strök förbi Victoria och steg in i rummet. "Jag vet precis vem det är."

"Hon är väl inte en av dina gamla erövringar?"

"Nej."

"Har du lust att upplysa oss då?"

Tomek lade märke till bönen i hennes ansikte. Den var bara subtil – en liten vidgning av ögonen, en kort glimt av hopp i hennes utstrålning – men det räckte.

"Vi kom just därifrån..." började han. "Gissar att det förklarar varför hon inte dök upp på jobbet i dag. Fast det förklarar inte varför biträdande chefen inte dök upp heller..."

"Tomek!" ropade Nick, följt av en suck. "Kom till saken, tack."

"Okej. Förlåt, kommissarie. Ja. Hon heter Morgana. Hon äger kaféet i Hadleigh som jag går till hela tiden. Det heter Morganas. Underbar tjej och underbar mat. Hon verkade väldigt trevlig och vänlig. Jag kan för mitt liv inte förstå varför någon skulle göra så mot henne."

KAPITEL
FEM

Tomek kände sig som om han blev förhörd, själv anklagad för Morganas mord. De senaste fem minuterna hade han tvingats förklara allt han visste om henne. Han hade inte mycket att berätta, annat än att han pratat med henne ett par gånger, flirtat lite då och då (innan han inledde sin relation med Abigail, lade han snabbt till), och att han visste att hon var från Ukraina. Det var i stort sett allt mellan dem.

"Allt jag vet är att hon ägde stället. Jag vet inte hur länge eller om det fanns någon annan", förklarade han.

"Hade hon en partner, pojkvän, man?" frågade Victoria. Nu hade alla i teamet, alla åtta, kallats in i insatsrummet, och det började kännas som om han stod inför exekutionspatrullen.

"Så långt jag kunde se, nej. Som jag sa, vi flirtade ett par gånger, och jag är ganska säker på att hon gjorde det med andra kunder också, även om jag blir lite stött om det stämmer. Det sagt, jag slutade nog med att spendera några pund extra utan att märka det, så jag klandrar henne inte direkt. Det är tuffa tider. Och jag fattar inte hur de kan hålla priserna så låga, men..."

Bilder av hans äggröra och Nicks dubbel hjärtattack-special dök upp i huvudet och distraherade honom.

Nick knäppte med fingrarna framför Tomeks ansikte och sa åt honom att fokusera. Tomek ryckte till och bad om ursäkt.

"Det är allt jag vet, förlåt. Men frågan är: vad vet *du*?" sa han och riktade förhöret mot Victoria. "Vad hände med henne?"

Bredvid henne stod DS Sean Campbell, en reslig jätte på sex fot och fyra. De två hade dejtat sen före jul, och det hade orsakat en liten spricka i gruppens sammanhållning. Inte bara relationen mellan Tomek och Sean tog stryk, utan också teamets sammansättning hade fallit i två tydliga läger. På ena sidan fanns Tomek och Nick, som kände varandra längst i teamet och tillsammans var mest seniora. På den andra fanns Sean och Victoria, vars embryonala relation hade skapat en liten bubbla där de kunde rådslå och gå i takt med varandra, vilket lämnade resten av teamet att välja vilket läger de föredrog. Som att välja mellan mamma och pappa i skilsmässan.

Det gjorde Tomek ont att se och vara en del av, men Sean var en vuxen man som kunde fatta sina egna beslut.

"Kroppen upptäcktes prick 09:52 i morse", började Sean och skyndade sig att försvara Victoria. "Hittad av en man som heter Andrei Pirlog."

"Pirlo? Andrea Pirlo? Den italienske fotbollslegenden?" frågade Tomek.

"Nej. Han är varken fotbollsspelare eller legend. Inte ens italienare för den delen. Han är rumän. Men det är så man uttalar hans namn, ja."

"Hur hittade han henne?" frågade Nick den här gången.

"När hon låg på rygg i vattnet vid Mulberry Harbour."

"Ja, ja, det vet jag. Men vad gjorde han där? Vilka var omständigheterna kring hennes död?"

"Jag skulle komma till det, men—"

Innan Sean hann avsluta knackade det på dörren, och två gestalter klev in utan att invänta tillåtelse. Tomek kände inte igen dem, hade aldrig sett dem förut. Men uttrycket i Nicks ansikte antydde att han gjorde det, och att han visste precis varför de var där.

"God morgon allihop", sa den som gick in först. "Ledsen att avbryta, kommissarie, men jag undrade om jag kunde få en minut av din tid?"

"Ja. Självklart", sa Nick, med uppgivenhet och nederlag i rösten, och gick iväg med huvud och axlar framåtlutade. När han stängde dörren bakom sig gav han Tomek en blick som sa: "Ta reda på allt du kan åt mig, låt dem inte dölja något för dig."

Tomek förstod och vände sig sedan till Sean.

"Du sa?" fortsatte han medan han slog sig ner och väntade på att Sean och Victoria skulle maka sig fram till främre delen av rummet. Han uppträdde som om ingenting hade hänt och ville att alla andra skulle göra detsamma. Det gjorde de snabbt. Nu var det Seans och Victorias tur att känna sig förhörda.

"Andrei Pirlog gick längs flodmynningen", började Sean, "under lågvatten. Han var där för att ta några foton på hamnen när han fick syn på en gestalt som stödde Morganas huvud i sina händer."

"Vi vet inte säkert att det är Morgana", avbröt Victoria.

"Tomek bekräftade att det var hon...?"

"Inte riktigt. Han känner igen henne, det är allt. Vi behöver fortfarande en säker identifiering från en anhörig som kände henne lite bättre än någon som såg henne ett par gånger på en restaurang."

"Hennes restaurang", rättade Tomek.

Victoria ignorerade kommentaren och drog sig tillbaka bakom Sean så att han kunde fortsätta, svävande demoniskt över hans axel som en sjukdomsdiagnos.

"Andrei gick fram till den manliga gestalten och den avlidna, men innan han hann göra något sprang gestalten därifrån. Några ögonblick senare kom även en turistgrupp fram till hamnen."

Tomek nickade. "Så hon var död när Andrei kom fram till henne?"

"Ja."

"Och vad gjorde turistgruppen där?"

"Guidade. Vad annars skulle de göra?"

Tomek väntade på att Sean skulle svara ordentligt. Svaret kom en stund senare.

"Det är ett litet företag som drivs av en man som heter Warren Thomas. Folk betalar för att få en guidad tur runt hamnen. Han har hållit på i fem år nu. Han säger att han kan vattnet som sin egen ficka."

Tomek kände igen namnet från skoltiden och undrade om det var samma person eller bara en lycklig slump.

"Hur många var i gruppen?" frågade han.

"Fem. Sex med Warren", svarade DC Martin Brown. I dag var hans vackra axellånga hår uppsatt i en hård knut i nacken. Så hård, faktiskt, att det såg ut att dra hela ansiktet bakåt i en bisarr form av ansiktslyft. "De gav sig av strax efter nio i morse."

"Och det tog dem nästan en timme att ta sig dit?"

"Det är långt. Och förrädiskt. Tidvattnet är lynnigt och leran är otroligt farlig. Många blir strandsatta varje år."

"För att inte tala om att de blev försenade eftersom några i gruppen fastnade hela tiden", lade DC Rachel Hamilton till. "Det glömde du nämna. När de kom fram var tidvattnet på väg in och de hade bara några minuter kvar innan de själva skulle bli helt strandade."

"Vad hände när de väl var framme?"

"De ringde polisen, men vi skulle inte hinna ut i tid, så båtenheten och kustbevakningen skickade ut folk. Alla var tvungna att räddas från hamnen."

Tomek nickade medan han långsamt tog in informationen. Han föreställde sig de sju, åtta med Morgana, strandsatta i vattnet, uppflugna på kanten av den betonggrå hamnen, väntande på att RNLI skulle rädda dem som om de just strandat uppe i Himalaya. Han kunde bara föreställa sig hur frusna de måste ha varit.

"Var är kroppen nu?"

"Värms upp i bårhuset", svarade Chey. "Hon är inbokad i eftermiddag, men jag tror inte vi kommer hitta så mycket på henne. Tydligen var alla sju och släpade och slet i henne för att få upp henne ur vattnet och försöka återuppliva henne."

"Hur vet du det?"

"Vi har förhört dem allihop."

"Redan?" Tomek visslade mellan tänderna. "Ni ligger inte på latsidan i dag, va? Ni är som Tories som ordnade fester så fort restriktionerna infördes."

"Vi gör vårt bästa."

"Någon uppfattning om dödstid?" frågade Tomek rummet och väntade sedan på vem som vågade svara.

"Svårt att säga", svarade Victoria. "Vi vet inte ordentligt förrän obduktionen är klar, men Warren Thomas tycker att det fanns ett tidsfönster på fyra till fem timmar mellan låg- och högvatten."

"Så det är det fönster vi har att jobba med?"

"Ganska troligt. Men det var också lågvatten i går kväll vid ungefär tio, så det är möjligt att hon dödades då."

Det skulle komplicera saken. Det skulle utöka ett femtimmars mordfönster till tretton, och om hon hade mördats under natten innan minskade chanserna att hitta hennes mördare exponentiellt. Tomeks hjärna började redan fundera över vart gärningsmannen kunde ha tagit vägen efter att ha lämnat Morganas kropp i vattnet. Om det hade hänt i dagsljus, strax före Andrei Pirlog och turistgruppen kom, som teamet misstänkte, så hade de chansen att fånga gärningsmannen på CCTV eller genom vittnesuppgifter. Men om det skedde mitt i natten kunde de lika gärna ha försökt leta efter ett litet l i en oändlig rad av ettor.

"Misstänkta?" frågade Tomek, trots att han redan visste svaret.

"Antagligen killen som flydde från brottsplatsen", sa Rachel med en aning lekfullhet i rösten. "Det är oftast en bra början."

Tomek knackade sig vid tinningen och sa: "Stora hjärnor tänker lika-
dant, Rach. Stora hjärnor."

Tomek hade mycket till övers för Rachel Hamilton. Hon var arbetsam,
erfaren, gjorde jobbet, och hon började så smått tina upp inför honom. När
de först träffades hade hon varit spänd – och med all rätt, med tanke på att
hon flyttat hela sitt liv från London till Southend – men efter några veckor
hade hon kommit in i teamet, och hon hade börjat tåla Tomeks ibland olid-
liga sarkasm och humor. Nu lät hon nästan som honom själv, som om hon
gjort en helomvändning.

"Hur var det med hennes tillhörigheter? Hennes mobil?"

"Inget hittades på henne", svarade Victoria. "Vår teori är att hon
antingen tappade den i ett bråk, att den föll ur på vägen ner till hamnen,
eller att gärningsmannen tog den."

"Det där är tre teorier", muttrade Tomek. "Men strunt samma. Vad är
nästa steg?"

"Jag som SIO, och DS Campbell som biträdande SIO, måste fastställa
våra prioriteringar först och sedan sköter vi uppgiftsfördelningen via
Nadia, okej? Och jag vill att ni alla accepterar era ansvarsområden utan
frågor eller ifrågasättanden. Förstått?"

KAPITEL
SEX

Alldeles efter att Tomek lämnade insatsrummet svängde han höger, direkt mot DCI Cleaves kontor i byggnadens bortre hörn. På vägen passerade han de två personer som hade kommit för att tala med kriminalkommissarien och gav dem ett artigt leende, trots att han kände att de inte förtjänade det. Något i deras manér och i hur luften hade blivit kallare när de dök upp fick honom att ana att de inte var där för att småprata och klappa någon vänligt på axeln.

Ett ögonblick senare knackade Tomek på dörren. Han gick in utan att vänta på svar och fann Nick stelnad, halvvägs upp ur stolen, med en häpen min i ansiktet.

"Tomek, vad håller du...?"

"Jag kom för att betala frukosten i morse", ropade han högt, så att alla på kontoret säkert hörde. Han stängde dörren mjukt bakom sig.

"Betala frukosten? Vad snackar du om?"

Tomek drog ut stolen mittemot Nick och lutade sig mot ryggstödet.

"Jag kom för att prata."

"Så du ska inte betala tillbaka frukosten?"

"Fan heller. Jag sa det bara ifall någon lyssnade."

"Med någon menar du en viss inspektör?"

"Och hennes bättre hälft."

"Nå, om de frågar dig något eller börjar bråka, så skickar du dem till mig. Med det humör jag är på tar jag gärna hand om dem."

Tomek tuggade på underläppen. "Vad har hänt?"

Nick lade händerna på ryggstödet till skrivbordsstolen och speglade Tomek. Hans knogar vitnade när han borrade in naglarna djupt i tyget.

"Jag blir avstängd."

De tre orden golvade Tomek. Det gick inte ihop. Avstängd? Varför? Nick hade inte gjort något fel. De tillbringade nästan varje arbetstimme varje dag tillsammans, så vad kunde han ha gjort som motiverade en sådan åtgärd?

"Det är på grund av mina band till Brendan Door. IOPC säger att eftersom han och jag har arbetat nära ihop genom åren ifrågasätts min integritet, och jag blir avstängd medan de utreder mig."

"Allt det bara för att du jobbade med honom och råkade sitta i samma rum som honom ett par gånger?"

Nick sänkte blicken. "Ja... men det är inte allt. Det finns... hur ska jag säga?... några mejl... från förr."

Mejl? Det lät inte bra.

"Så vitt jag minns var det helt harmlöst", fortsatte han. "Men jag stod på kopia i några från Brendan till borgmästaren och Herbert Tucker."

"Åh, Nick... Vad handlade de om?"

"Som jag säger, det var harmlöst, vardagligt trams. Jobbsaker, men jag vet bara att de där jävlarna kommer att finkamma allt i veckor bara för att få mig att svettas."

"Visste du att det här skulle hända?"

Nick svarade inte på frågan, vilket sa Tomek allt han behövde veta. För några månader sedan hade parlamentsledamoten för Southend East, Herbert Tucker, blivit bortförd på väg hem från jobbet i de tidiga morgontimmarna och dödad. Utredningen hade avslöjat en sexhandelsliga som verkade i hjärtat av Southend, driven av skikt inom den politiska eliten. Brendan Door, Police, Fire and Crime Commissioner (PFCC) för South Essex, hade dragits in, och som följd hade en omfattande granskning av alla som hade arbetat med Brendan inletts.

"Jag hittade mejlen när vi gick igenom allt som hade med Tucker att göra", sa Nick till slut. "Jag sa inget då, men jag visste bara att de skulle komma tillbaka och bita mig i jävla arslet förr eller senare."

"Tja, om de är så harmlösa och oskyldiga som du säger, så har du inget att oroa dig för."

Nick släppte taget om stolen, lämnade små gropar efter fingertopparna i tyget, och hasade runt skrivbordet.

"Du fattar inte. Såna här grejer är brutala. IOPC bryr sig inte om vem du är. De bryr sig inte om din grad, vad du har gjort för kåren. De kommer att gräva i allt, varje del av våra skitiga och miserabla liv tills de hittar något."

Det fanns äkta rädsla i Nicks ögon. En rädsla som inte hade funnits där för några ögonblick sedan. En rädsla som gjorde Tomek orolig.

"De..." Han gjorde en paus, osäker på hur han skulle formulera frågan. "De kommer väl inte att hitta något mer, eller?"

Nick såg Tomek djupt i ögonen, tvekade.

"Nej", sa han. "De kommer inte att hitta något."

Det räckte för Tomek.

"Megabra", svarade han, lite för högt. "För mig låter det som att du inte har något att oroa dig för. Du kan lägga upp fötterna under den här mini-pensionen och tillbringa lite kvalitetstid med Maggie, Lucy och Daniela."

Nick gav ifrån sig ett ansträngt halvt leende. Det syntes tydligt att utsikten att tillbringa överskådlig framtid hemma med familjen inte togs emot så väl som Tomek hade väntat sig. För en man på randen till skils-mässa var lite välbehövlig tid bort från jobbet kanske det bästa för honom, men det verkade inte som att Nick delade den uppfattningen.

"Herregud ändå, Nick. Det där höll du tyst om som en nunna om sin jävla nattdukslåda", lade Tomek till och skakade på huvudet.

"Kan du klandra mig? Jag har skitit på mig ända sedan allt small. Och på tal om saker som exploderar—"

"Säg inte att du har något mer du vill berätta? Kopplingar till Mella-nöstern?"

"Nej, din idiot. Självklart inte. Jag pratar om *här*. Om Orange och Campbell. Du vet att de kommer att göra livet svårt utan mig i närheten. Du måste se upp."

"Jag är en stor kille, jag kan ta hand om mig själv."

Faktum är att den tanken hade slagit Tomek i samma ögonblick som Nick förklarade att han skulle bli avstängd. Han hade förstått att han inte skulle ha kommissarien på sin sida, som kämpade för honom. Att han var ensam tills vidare. Att om han inte ville bli förbigången och knuffad ut i utkanten av utredningen – och sabba de svaga chanserna till befordran till inspektör som han långsamt hade arbetat mot – så skulle han behöva vara smart.

"Och du tyckte att *jag* brukade göra livet svårt för dig", sa Nick.

"Det gjorde du."

"Vänta bara tills du ser vad Victoria har på lut åt dig. Hon kan verka som en mus, men hon kan vara ett lejon när hon behöver."

Tomek tackade Nick för varningen och gick sedan mot utgången. När han lade handen på handtaget lade Nick till: "Försiktigt, grabben, det är en djungel där ute."

Tomek log snett. "Jag tror att det ska gå bra. Sist jag kollade lever inte lejon i djungeln."

KAPITEL
SJU

När Tomek lämnade Nicks kontor klev han ut i ett tomt rum – ett tomt rum, förutom en.

Chey Carter.

Tjugofemåringen som fick Tomek att känna igen sig själv mer och mer för varje dag.

"Hur länge var jag där inne?" frågade han och pekade mot Nicks kontor.

Precis när Chey skulle svara öppnade Nick långsamt dörren och stack in huvudet.

"De är allihop ute i fält", svarade Chey.

"Även Nadia?"

"Äh, nej. Inte hon. Hon är på toaletten. Du vet hur hon är, blåsan är liten som en ärta."

"Det kallas att vara gravid, tack så mycket."

Just då hasade Nadia förbi dem. Hennes plötsliga uppdykande fick Tomek att hoppa till.

"Så om de alla är ute i fält, varför är du fortfarande här?" frågade Tomek Chey.

"Jag tror, Sarge, att frågan du borde ställa är varför *du* fortfarande är här."

"Driver du med mig?"

"Va? Nej! J-j-jag menade bara att ..." Hans kinder blossade röda och blicken for febrilt mellan Nadia och Tomek, som om han bad den gravida

kvinnan att rädda honom. "Jag menade bara att vi ska jobba tillsammans
..."

"Hur då?"

"Tja, Victoria sa att vi två har fått i uppdrag att hitta den huvudmiss-
tänkte", sa Chey med ett förtjust leende. Den unge mannen såg uppriktigt
upprymd ut över utsikten att få arbeta med Tomek, och att sitta bakom en
datorskärm i timtal och stirra på samma bild i hopp om minsta lilla
rörelse.

"De vill alltså att vi hittar en nål i en höstack", svarade Tomek sarkas-
tiskt. "Strålande. Vart tog de andra vägen?"

Chey tvekade innan han svarade, nästan som om han höll inne med
information.

"Nu när de har fått ett namn på Jane Doe har de gått ner till kaféet för
att prata med personalen och kanske hitta en make eller partner, om hon
har någon. Jag bad dem ta med något åt mig, en bacon- och äggmacka,
men jag tvivlar på att någon av dem gör det."

Tomek ignorerade Cheys sista kommentar och vände sig mot Nick.
Han viskade, utom Cheys hörhåll. "Det där jävla namnet fick de bara från
mig. Om det inte vore för mig skulle de fortfarande undra vilken färg
solen har."

"Det har börjat", sa Nick högtidligt och lade sedan en hand på Tomeks
axel. "Jag trodde inte det skulle gå så här fort, men du kommer att behöva
vänja dig. Antingen biter du ihop och hanterar det, eller så kämpar du
emot så gott du kan."

KAPITEL
ÅTTA

Det hade inte tagit Tomek lång tid att bli uttråkad. Lite drygt en timme, faktiskt. Och även då hade han hållit sig från att erkänna det för sig själv ett tag. De stirrade på den hjärnlamande datorskärmen och väntade på att en gestalt som stämde med beskrivningen från ögonvittnena skulle dyka upp. Som han hade påpekat för Chey flera gånger, gav de sig ut på något som var ungefär som att försöka hitta Wally på Southends strandpromenad. De letade efter en medelbyggd man med kort svart hår, i svart rock, mörka byxor och halsduk, vilket i det här vädret var i stort sett varenda man i Essex. Tomek hade skämtat om att de till och med kunde få syn på honom själv, eftersom han hade haft på sig sin svarta puffjacka till kontoret den morgonen.

För att göra det hela ännu svårare – som om det inte räckte med att leta efter en ansiktslös man bland ett hav av anonyma, ansiktslösa figurer i timme efter timme av övervakningsfilm – uppskattade de att deras sökområde var omkring tio kilometer, från ena sidan av den södra Essexkusten vid Shoeburyness i öster till Westcliff-on-Sea i väster.

På en karta de hade skrivit ut och satt upp på en av whiteboardtavlorna i insatsrummet hade de ringat in hela Southend-området med en svart permanentpenna. Mulberry Harbour låg nere till höger på utskriften, och några tum till vänster om den låg Southend Pier som, enligt ögonvittnena, var det håll deras huvudmisstänkte hade flytt. I stället för att gå norrut, mot säkerheten, direkt mot stranden, hade gestalten styrt rakt mot världens längsta nöjespir. Ett beslut som inte gick ihop för honom. Utifrån

den informationen drog dock Tomek slutsatsen att den misstänkte på
något sätt hade tagit sig upp på piren och genast smält in i samhällets
smältdegel på plattformen. Men, som övervakningsmaterialet från buti-
kerna och arkadhallarna längst ut på piren visade, hade ingen hoppat över
kanten och försökt sig på något ens i närheten av en James Bond-scen. Det
innebar att gärningsmannen hade tagit sig tillbaka till civilisationen
någonstans längs strandpromenaden – hela den nästan milslånga sträckan.
Var visste de inte.
Och när visste de inte heller.
Det kunde ha varit tjugo minuter efter att han hade blivit sedd. Eller
två timmar. Och för dem att gå igenom varenda kameravinkel längs hela
sträckan av den sydöstra Essexkusten var ett massivt arbete. Och ett som
Tomek inte var intresserad av. Det fanns bättre sätt att använda hans tid
och resurser.

Han reste sig från stolen och höjde händerna i luften, sträckte ut hela
kroppen i en halvgäsp.

"Kom igen, vi går ut."

"Vart då?"

"Ut."

"Varför?"

"För jag är som en ekorre i en jävla pedalhink just nu. Jag blir tokig av
att sitta inlåst här. Jag måste ut."

"Kan du säga vart vi ska?"

"Thorpe Bay Yacht Club."

"Menar du… *stranden*?"

"Ja. Men oroa dig inte. Den här gången kommer jag inte tvinga dig nära
sanden. Inte om du inte retar upp mig. Fattar du – vind, *vind*?"

Chey himlade med ögonen, visade Tomek långfingret och grymtade
sedan när han hävde sig upp ur stolen. För några veckor sedan, under ett
lindrigt oväder, hade Tomek och Chey vågat sig ut på Thorpe Bays strand
för att prata med en kajak- och vindsurfinginstruktör med anledning av
mordet på Herbert Tucker. Där hade Chey erbjudit sig att hålla i ett segel
åt instruktören och hamnat platt på rygg, fastnålad under seglet. Det hade
varit hysteriskt roligt, och något han insisterade på att påminna Chey om
vid varje tillfälle som gavs, och Tomek var angelägen om att få se något
liknande den här gången också.

De kom fram till båtklubben lite drygt tio minuter senare. Klubbens
kansli låg ett femtiotal meter från stranden, och när de klev ur bilen skäm-
tade Tomek att det inte fanns en kuling stark nog att slå omkull konstapeln

och skicka honom farande mot sanden. Åtminstone inte på den här kontinenten.

Precis framför klubbhuset låg en uppställningsplats med segelbåtar i alla former och storlekar. Först när Tomek såg hur höga de var insåg han på allvar hur stora de var, och hur mycket av skrovet som låg under vattenytan.

"Har du seglat någon gång, chefen?"

"Bara i tv-spel, tror jag, Chey."

"Jag gillar inte vatten, så jag tror inte att jag skulle klara det. Vi hade ett par i vår årskull som faktiskt höll på med det på helgerna. Några av dem hade egna båtar."

"Väldigt fint."

"Inte direkt. En av dem drunknade i sankmarkerna borta vid Maldon."

"Åh."

"Ja. Det var faktiskt riktigt sorgligt. Jag kände honom ganska väl. Satt bredvid honom på matten i ett par år på högstadiet. Sen flyttades han upp en nivå." Chey gjorde en paus. "Synd att han inte kunde räkna sig ur problemet som tog död på honom."

"Och med de muntra orden..." sa Tomek när han gick fram mot byggnaden. Sedan viskade han: "Behåll de där tankarna för dig själv, okej? Jag vill inte att du deppar ner alla vi pratar med."

"Aye, aye, kapten", sa Chey, med en skämtsam honnör med två fingrar.

De klev in i ett enkelt rum. De blå heltäckningsmattorna var smutsiga, solblekta till vitt av åratal av solljus som letat sig in genom skjutdörrarna, och åratal av saltvatten som trampats in. Längst in i entrén stod ett skrivbord, och bakom det satt en kvinna. Hon var mitt uppe i en bok när Tomek gick fram till henne.

"God morgon", började han. "Du har inte alltför mycket att göra, va?"

"Jag har alltid fullt upp, vännen. Men för två unga grabbar som er? Inte en chans. Vad kan jag hjälpa er med, då?"

"Vi är från polisen", sa han och tog fram sin tjänstelegitimation för syns skull. "Vi utreder en händelse som ägde rum vid Mulberry Harbour i morse."

"Vad för slags händelse?" Kvinnans ansikte lyste upp, och Tomek förstod direkt att han hade börjat prata med den värsta sortens människa. Den minst diskreta i alla grupper, den med störst mun, skvallerbyttan.

"En kropp hittades", svarade Chey och hann före Tomek.

"En kropp?"

Tomek ville helst sträcka sig fram och smälla till konstapeln på hakan, men insåg att våld inte var lösningen och att det vore oprofessionellt i sällskapet.

"Vi utreder omständigheterna kring dödsfallet", sa Tomek snabbt, med sträv ton. "Vi hoppades att du skulle kunna svara på några frågor?"

"Jag... jag kan försöka. Jag vet inte hur mycket hjälp jag kan vara. Ska jag hämta James?"

"Vem är James?"

"Han är chefen här. Klubbens ordförande."

"Är han här nu?"

"Nej."

"Har han varit här alls i morse?"

"Nej."

"Men du har?"

"Ja."

"Då behöver vi inte James. Men det vore trevligt att få ditt namn..."

"Lucinda", mumlade hon, nästan blygt.

"Trevligt att träffas. Hur länge har du varit här?"

"Elva år nu. Tolv nästa månad."

Tomek log snett. "Det är lång tid. Och hur länge har du varit här i dag? Sedan i morse?"

Hon bekräftade att hon hade kommit strax efter sju, och att hon kom vid samma tid varje morgon fem dagar i veckan, ibland jobbade hon så sent som till klockan tio om det var evenemang och tillställningar på kvällarna för klubbmedlemmar eller skolor i närområdet. Som en av endast tre heltidsanställda skötte hon mycket av det administrativa och praktiska på plats. Hon såg det som sitt andra hem, och det hade några gånger blivit hennes första hem; när hon slutat så sent att hon varit för trött (eller ibland för full, påminde hon dem förståndigt) för att åka hem, så hade hon ordnat en liten säng åt sig i kontoret på övervåningen.

"Vad kan du berätta för oss om hamnen?" frågade Tomek. "Vi har förstått att det ibland går ut turgrupper dit. Har ni några som ni kör som klubb?"

"Bara på vattnet", svarade Lucinda. "Vi tar med några skolelever och våra medlemmar i deras segelbåtar eller kajaker som en utbildningsutflykt. Vattnet brukar vara inne mitt på dagen eller på eftermiddagarna, så det är mycket bättre att göra det på vattnet. Då kan barnen komma riktigt nära."

"Det låter fint", sa Tomek och försökte för allt i världen att inte låta nedlåtande. "Och ni lägger ut från sjösättningsrampen?"

Hon nickade. "Bästa och enda stället att göra det på."

"Vet du något om de där privata turgrupperna? Brukar någon av dem komma hit och gå mot hamnen från samma ställe?"

"Många gör det, ja. Det är den mest direkta och, får man säga, den enklaste vägen dit. Det finns många rutter, men bara de med erfarenhet och kunskap kan ta dig dit på ett säkert sätt. Man hör så många historier om människor som fastnar. Om folk som drunknar bara för att de är så oerfarna och inte kan tillräckligt om tidvattnet. Det är så synd."

Tanken fastnade hos Tomek. Att det här kanske inte var något mord alls. Att Morgana kanske av egen vilja hade tagit sig ut till hamnen – för att ha något att göra, bocka av något på listan, få en stund för sig själv – när hon blivit fångad och strandsatt där ute. Kanske hade hon försökt simma tillbaka men, nedtyngd av dyblöta kläder och stel av det iskalla vattnet, hade hon gett upp och gått bort.

Tanken stannade i hans huvud i två sekunder innan den försvann igen.

"Såg du några grupper ge sig ut på vattnet i morse?"

"Jag såg fem–sex stycken som gav sig ut med Warren. Han är en vän till klubben och kommer ofta ner hit på morgnarna med nytt folk, förutsatt att vädret är okej, alltså. Om det är en klar dag och det inte blåser så mycket, då tar han med dem. Men om det regnar eller är kraftiga vindar vill han inte riskera det. Det har han gjort tidigare, och han lovade att aldrig göra det igen."

Tomek lade på minnet att ta reda på precis vad det var hon syftade på.

"Det där var väldigt hjälpsamt", sa han till henne. "En sista sak innan vi går. Såg du något misstänkt i morse överhuvudtaget? Någon som gick nerför sjösättningsrampen ensam, eller som såg lite... misstänkt ut?"

"Misstänkt?"

"Ja. Du vet. Som om de gjorde något de inte borde."

"Jag vet inte vad du menar", sa hon svalt.

"Vilken del är det du har svårt med? Låt mig formulera om: såg du någon annan som gav sig ut på stranden i morse som inte ingick i en grupp ledd av Warren eller någon annan som brukar hålla i turer?"

Lucinda funderade, som om den tydliga formuleringen hade låst upp en nyckelmekanism i hennes hjärna som fick den att börja fungera ordentligt.

"När jag tänker efter parkerade faktiskt någon sin bil här i morse, och jag tror inte att personen har kommit tillbaka och hämtat den än."

Tomeks puls steg. "Har ni någon övervakningsfilm på bilen som vi skulle kunna titta på?"

KAPITEL
NIO

Tv-övervakningsmaterialet från segelklubben hade drastiskt snävat in tidslinjerna i deras utredning. Det hade visat Morgana svänga in på parkeringen, som Lucinda hade berättat, strax efter klockan åtta. Hon hade klivit ur bilen, ensam, sedan styrt mot stranden, nerför rampen, och sedan försvunnit när hon blev mindre än vad materialets upplösning klarade av. Tomek hade tyckt att det var kusligt att se henne smälta in i bakgrunden, krypa mot sin död. Hon hade rört sig trevande, försiktigt, rädd. Nästan vettskrämd. Det stod i skarp kontrast till det tempo, den kraft och den självsäkerhet han hade sett henne visa i sitt café.

Men, ännu viktigare, det hade bevisat att hon hade varit vid liv på morgonen och att hon hade gett sig av mot hamnen strax efter åtta och dött strax före tio. Det betydde att de nu hade ett tidsfönster på två timmar inom vilket de kunde ringa in tiden för mordet och hitta gärningsmannen.

Utanför klubbhuset hade Chey gjort en snabb sökning på registrerings-numret och bekräftat att bilen tillhörde Morgana. Sedan hade han kallat in ett specialistteam för att hämta fordonet för undersökning. De hade anlänt kort därpå och tagit bilen på en lastbil med släp. När han såg bakänden på Morganas Mercedes krympa till en liten prick blev Tomek påmind om Morgana själv, som försvann bort mot sin död. Han undrade om hon hade vetat att det skulle hända. Han undrade varför hon hade åkt dit. Om hon hade gått med på att träffa någon, eller om hon hade tagit sig hela vägen för att ta sitt eget liv, kasta sig i det iskalla vattnet och låta själen lämna jorden.

Just nu, som läget var, visste han inte vad han skulle tro.

Hans osäkerhet hjälptes inte av att Lucinda inte hade sett någon annan som följde efter Morgana. Enligt henne hade ingen gått i vattnet sedan dess, förutom Warren Thomas och hans grupp turister.

"Hur gjorde du?"

Cheys fråga överrumplade Tomek och drog honom ur sina tankar.

"Hur gjorde jag vad? Vakna med en extra dos briljans i morse?"

Chey himlade med ögonen och skakade på huvudet. "Glöm att jag frågade. Ditt ego kan svälla för mycket."

"Om det handlar om mitt ego vill jag verkligen veta. Kör. Säg det. Det är en order."

"Spelar du ut din grad nu?"

"Jag gör det bara ett par gånger om året, och du har just fått mig att slösa en av mina begränsade resurser, så – säg det."

Chey stoppade händerna i fickorna och sänkte hakan ner i rockkragen tills munnen hamnade under tyget. Under tiden frös Tomek, tack vare sitt polska ursprung, inte lika mycket som sina brittiska kollegor. Som barn var han van vid tio minusgrader på vintern i ett hus som bara hade en eld som värmekälla och en enda säng för tre små pojkar att kura ihop sig i för att få upp värmen.

"Jag undrade hur ..." började den unge mannen, sedan blev resten dämpat under rocken.

"Förlåt, vad sa du? Allt jag hörde var "hur visste du att det skulle regna i dag?""

Chey stack snabbt upp hakan ur sitt hål som en surikat, ställde frågan och sänkte den sedan igen.

"Hur visste jag att det var rätt ställe att åka till?" upprepade Tomek. Han vände sig mot strandlinjen. Genom raderna av segelbåtar och skogen av master såg han de två rektangulära Legobitarna i Mulberry Harbour som stack upp ur vattnet. "Jag ska vara ärlig mot dig, Chey, för att jag respekterar dig och för att jag vet att du inte kommer att säga något till någon annan – och om det ändå skulle komma ut vet jag exakt vem jag ska skylla på – men det här var ren tur. Ibland behöver man lite tur i livet för att ta sig fram. Faktum är att mycket i livet handlar om tur, huvudsakligen driven av hårt arbete. Om jag måste sätta en siffra på det, skulle jag säga att de där tjugo procenten arbete står för åttio procent av din tur."

"Du snodde just åttio-tjugo-principen."

"Gjorde jag? Alla andra gör det, så varför kan inte jag? Som jag sa: livet handlar om tur, hårt arbete och dedikation."

"Var passar det in i hundra procent?"

"Det gör det inte. Det står utanför och tittar in."

"Nu hittar du bara på!"

"Och där har du din andra viktiga livslektion för morgonen, unge Chey. Alla hittar på längs vägen. Ingen vet vad de håller på med i livet, så var inte rädd för att erkänna det för dig själv och göra misstag. Jag hade bara tur med den här."

Chey skakade på huvudet, ljudet av tänderna som skallrade hördes bakom rocken. "Hur fan kom vi in på filosofi och livslektioner?"

"För att vi alla bara hittar på längs vägen. Och dessutom, om någon frågar hur vi kom på att åka hit, säg att jag stirrade så länge på den där förbannade kartan på väggen i insatsrummet att den bokstavligen ropade på mig."

"Okej. Kan vi åka tillbaka nu? Jag vill ha kaffe."

"Utmärkt. Jag vet bästa stället för det."

KAPITEL
TIO

Tomek visste inte vad han skulle förvänta sig av den första klunken av kaffet han hade fått, men det var inte det som hade rört vid hans läppar. Bränt, som om det hade fått sig en omgång med blåslampa innan det hälldes i kokande vatten. Och han var säker på att han kände kemikalier i munnen också. Eller kanske var det salt; lukten och smaken av det fanns överallt i Warren Thomas hus, som om det hade gnuggats in i väggar och möbler och fanns i varenda doftspridare som låg utspridda överallt.

Tomek tackade mannen artigt för drickan och ställde sedan ner koppen på bordet på andra sidan rummet – så långt bort som möjligt.

Warren Thomas var en stor karl. Inte överviktig, även om det säkert fanns någon missvisande BMI-skala eller ny dietfluga som godtyckligt hade bestämt att han passade in i kategorin "fetma". Snarare var han bredaxlad, muskulös och några tum längre än Tomek. Han såg ut som om han hade spelat rugby professionellt i ett tidigare liv. Eller åtminstone fortsatt att njuta av sporten på helgerna. Och han hade ärren i ansiktet som matchade, dessutom. Blomkålsöron, den brutna näsan som aldrig riktigt hade läkt. Tomek mindes dagen då just den händelsen inträffade. Murray Coalfield hade tacklat Warren i marken på en gympalektion och deras lärare, Mr Johnson, hade efter att ha granskat blodet som strömmade nerför den unge pojkens ansikte sagt åt Warren att fortsätta spela. Hans vita gympaskjorta hade aldrig riktigt återhämtat sig från händelsen, och det hade inte Warrens näsben heller för den delen.

"Kul att se dig igen, Tomek."

"Du med. Jag vågar inte ens tänka på hur många år det har gått."

"Ju mindre sagt om det, desto bättre. Vad har du haft för dig under all den här tiden?"

Tomek pekade på sig själv och sedan på Chey. "*Det här.* I stort sett de senaste tjugo åren av mitt liv. Du?"

"Inget i närheten av lika spännande. Lite ströjobb här och där. Spelade som semi-proffs i mitten av tjugoårsåldern. Fick pensionera mig på grund av en kass axel. Gjorde lite fler ströjobb här och där, och efter allt det startade jag mitt guideföretag."

"Det har jag hört. Går affärerna bra?"

"Affärerna är som de är."

Tomek hade ingen aning om vad det betydde men antog att mannen var hemlighetsfull av en anledning. Kanske ville han inte låta Tomek förstå att han kämpade ekonomiskt. Att han inte hade det perfekta jobbet med den perfekta frun och det perfekta livet. Tomek hade alltid avskytt att springa på folk han kände från skolan. Med många av hans gamla jämnåriga blev det alltid en tävling. "Jaha, jobbar du i City alltså? Hur mycket drar du in om året? Jaha, vi har precis köpt vårt andra hus, en villa med fem sovrum, och vi har ett till nere i södra Spanien."

"Jaha, bor du kvar i Essex? Jag flyttade därifrån för länge sen. Var tvungen att komma bort från allt. Mycket lyckligare nu dock."

"Inte gift? Det är lugnt, det finns fortfarande tid."

Nedlåtande rövhål som han önskade bara skulle dra åt helvete allihop.

Det var en annan anledning till att han höll sig borta från Facebook, förutom att han inte visste hur det fungerade och varken hade tid eller lust att lära sig; för han orkade inte bry sig om att se vart folk åkte på semester medan de hade tiotusen i skuld, stirrade på en effektiv ränta på 60 % på alla sina köp, uppdelat över de kommande fyrtio åren. Så länge de såg coola ut i sociala medier var det allt som räknades. Det spelade ingen roll att deras hem och ägodelar stod på gränsen till att bli utmätta. Inget av det var viktigt när man hade femton likes och tjugo hjärtan på ett av sina Facebookinlägg. Det var allt som betydde något i vissa av hans gamla skolkamraters liv.

"Låter som att du har det riktigt bra", sa Tomek. "Synd med rugbyn. Jag har alltid tyckt att du hade mycket potential, att du hade kunnat slå igenom stort. Många hade inte rest sig efter det som hände med din axel, men du har tagit dig upp igen och som det ser ut är du på en bra plats."

Överraskningen i Warrens ansikte antydde att det inte var det svar han hade väntat sig.

"Synd bara att du inte kan koka kaffe för fem öre."

De tre skrattade. "För att vara helt ärlig, jag dricker det inte så mycket. Faktum är att jag tror att grejerna är gamla, så förhoppningsvis har jag inte förgiftat er."

De skrattade.

"Ge mig en flaska vatten alla dagar i veckan", fortsatte Warren.

"Så länge det är salt i det."

Mer skratt. "Förlåt för det," svarade Warren. "Det är en del av vem jag är nu. Jag tror att det sitter i blodet och bara sipprar ut ur porerna." Warren drog handen upp och ner över sina kraftiga, ljushåriga underarmar.

De förde sedan samtalet över till förmiddagens ämne, om hur Warren hade snubblat över kroppen.

"Berätta vad som hände. Det måste ha varit väldigt traumatiskt för dig."

"Jag skulle vilja säga det. Men..." Han tystnade, sänkte blicken mot sina håriga knän. "Det är inte första gången jag går igenom något sådant. Och det är inte heller första gången jag har sett en kropp där ute."

Tomek letade i minnet och försökte komma ihåg om han någon gång hade varit på eller hört talas om en brottsplats i hamnen tidigare.

"För ungefär sex år sedan tog jag ut ett par dit en morgon. De hade bott i området i åratal men aldrig varit nere i hamnen och ville bara se hur det var. De dök upp sent på morgonen, och vinden hade tilltagit rejält medan jag väntade. Den var mycket starkare än jag hade önskat. Jag var inte nöjd med att ta ut dem, men till slut gav jag med mig. När vi hade kommit halvvägs hade tidvattnet redan börjat vända och vi var nära att bli strandsatta där ute."

"Men ni blev inte det?"

"Som tur var tog vi oss tillbaka, men vi vadade i vatten i goda fyrahundra meter."

Tomek nickade långsamt och tog in allt. "Och... och du sa att det inte var första gången du såg en kropp?"

Warren sänkte blicken. "Ja..." sa han med en klump i halsen. "Det var en god vän till mig. Inte från skolan. Jag träffade honom genom rugbyn. Han gick ut dit en morgon och kom inte tillbaka. Tog livet av sig där ute."

Tomek lät mannen få ett kort ögonblick av eftertanke.

"Jag är ledsen att höra det."

"Han gick igenom en del grejer. En *massa* faktiskt. Han hade kämpat i år efter att han tvingades sluta med sporten liksom jag – jag gick åt ett håll, han åt ett annat. Han försökte hålla sig sysselsatt, men han visste bara inte vad han skulle göra med sitt liv. Jag hittade honom på min morgonrunda."

"Din morgonrunda?"

Warren nickade. "Varje morgon vid lågvatten springer jag ner till hamnen och tillbaka. Det är den perfekta väckarklockan, och det får mig i rätt stämning för dagen."

"I ur och skur?"

"I alla väder, under alla förhållanden."

"I samma shorts som du har på dig nu? Modig kille."

"Men varför?" frågade Chey plötsligt. "Du är ju där nere dag ut och dag in i jobbet..."

Tomek höll med. Det var som att han skulle springa till stationen och tillbaka på en morgonrunda, för att sedan köra dit efter att han hade duschat och rakat sig. Det var inte logiskt för honom.

"Jag vet, men jag använder det också som ett tillfälle att spana in vädret och tidvattnet. Jag har lärt mig efter det som hände tidigare att om jag inte får en bra känsla ställer jag in bokningarna för dagen."

Tomek vände sig mot burspråksfönstren som vetter mot Warrens uppfart. Han stirrade in i en tjock vägg av mörkgrått. Regnet hade precis börjat falla, och smattret av droppar mot den plastklädda takfoten ekade genom rummet.

"Där kom det," sa Warren. "Senare än prognosen."

"Hur kändes det inför dagens grupp?" frågade Tomek.

"Jag kände mig inte bekväm med att ta ut dem i morse. Vädret hotade, och vinden tilltog. Men de insisterade."

"Varför?"

"För att de är på semester från Amerika. Stora fans av Storbritannien, av någon anledning. Tydligen historienördar också. Men de åker i morgon och kunde inte kosta på sig att missa det. Så till slut gav jag med mig."

"Vad fick dig att ge dig, om du kände till farorna med att gå ut i det här vädret?"

Warren sänkte huvudet av skam. "Pengar," svarade han. "De erbjöd mig det dubbla. Det tänkte jag inte tacka nej till. Dessutom var förhållandena på min runda inte så farliga. De var hanterbara. Precis på gränsen till vad jag skulle kalla tolerabelt."

"Är det därför det tog er nästan en timme att komma fram till hamnen?"

"Ja. De fastnade hela tiden i sanden och ramlade. Plus att vi behövde

stanna så de kunde hämta andan varannan minut. Det var en mardröm.
När vi kom fram hade vi bara några minuter kvar innan tidvattnet kom in.
Jag brukar stanna en halvtimme till fyrtiofem minuter när vi är vid
hamnen, förklara historien bakom den, ge dem några intressanta fakta,
men det blev det inget av... av uppenbara skäl."
Uppenbara skäl som Tomek gärna ville komma in på.
"Vad hände efter att du hittade kroppen?"
"Jag tog kommandot," medgav Warren med stolthet. "Som jag sa, jag
hade sett det förut, så jag visste vad jag skulle göra. Jag har alltid en liten
radio med mig när jag går ut där som är kopplad till kustbevakningen. Jag
ropade upp dem och berättade vad som hade hänt. Men eftersom vattnet
kom in så snabbt skulle de inte ha kunnat rycka ut så fort som vi hade
velat, så de sa åt oss alla att klättra upp på hamnen och invänta räddning."
"Vem lyfte upp kroppen?"
"Vi gjorde det allihop. Jag var tvungen att hjälpa alla upp. Den är högre
än den ser ut, och det finns ett knep. Folk hoppar i hela tiden och skadar
sig för att de inte fattar hur högt det är – och vattnet under är inte så djupt
heller. En del människor kan vara så dumma."
Tomek fortsatte att nicka långsamt och tog in informationen. I
ögonvrån tog Chey en sista klunk av sin dryck och ställde muggen på
soffbordet.
"Och sedan blev ni räddade strax efter?"
"Ja."
"Medan ni väntade, försökte du återuppliva henne?"
Ångest drog över Warrens ansikte. "Jag försökte, men det var svårt.
De... amerikanerna... de var hysteriska. Jag försökte fokusera, men de
fortsatte skrika och distrahera mig. När jag först hittade henne kände jag
efter puls men den fanns inte där."
"Och vad kan du berätta för oss om personen som flydde?"
Warren lutade huvudet åt sidan. "Jag såg honom inte så tydligt. Den
där snubben, Andrei, hade bättre uppsikt. Allt jag vet är att han sprang
mot piren."
"Varför kan han ha gått åt det hållet?"
"För att det var enda vägen," svarade Warren. "Han hade inte kunnat
springa förbi oss, annars hade jag tacklat honom i backen."
"Varför sprang du inte efter honom? Du är van att springa i den
terrängen, du gör det varje dag, du hade väl lätt kunnat hinna ifatt honom,
eller hur?"
Warren tvekade och började pilla med sina fingernaglar som redan var

nedbitna till köttet. "Det slog mig inte. Min omedelbara reaktion var att ta hand om kvinnan som låg i vattnet. Jag tänkte inte på att springa efter honom. Vad antyder du?"

"Ingenting. Inte alls. Det är mitt jobb att ställa de här frågorna."

"Tja, dina kollegor frågade mig inget sådant tidigare."

"Det är för att de inte är jag. Frågade de dig om du såg kvinnan i morse på din runda?"

"Va?" Warren lade det ena benet över det andra.

"I morse. Din runda. När gav du dig av?"

"Lågvatten var vid nio. Vattnet var redan på väg ut när jag gav mig av, så jag tror att det var runt sju." Warrens ansikte förvreds medan han gjorde beräkningen i huvudet.

"Och du gick nerför slipen, eller hur?"

"Just det."

"Så, såg du inte offret på vägen tillbaka? Vi har film på henne när hon går nerför slipen strax efter åtta i morse. Skulle inte era vägar ha korsats?"

Warren tvekade. "Inte nödvändigtvis," svarade han, med rösten försiktig. "Hon kan ha gått en annan väg. Hon kan ha försökt undvika några av de djupare pölarna. Att döma av kläderna var hon inte särskilt förberedd för vatten och lera. Men jag bryr mig inte. Jag springer bara rakt igenom. Dessutom var det fortfarande lite mörkt då. Om jag inte hade tittat rakt på henne tvivlar jag på att jag hade sett henne."

Tomek nickade långsamt igen utan att avslöja något i sitt uttryck.

"Vad gör du i morgon?" frågade han.

"Inget speciellt. Varför?"

"Jag vill att du tar med mig ner till hamnen, om det är okej? Jag vill se brottsplatsen. Chey följer med också."

"Ska jag?"

Tomek vände sig till den unge konstapeln. "Det ska du." Sedan tillbaka till Warren: "Han är väldigt förtjust i stranden, ska du veta. Så pass att jag har sett honom äta sand. Vi försöker vänja av honom, dock. Det är inte särskilt bra för hälsan."

Warren skrattade till, lite stelt. "Jag tror inte det skulle vara något problem. Jag... jag måste bara dubbelkolla när det är lågvatten. Och vi skulle behöva ge oss av i god tid. Men, ja, jag kan ta er ner till hamnen. Vi får bara hoppas att det inte ligger en andra kropp där nere."

KAPITEL
ELVA

"Absolut inte."

Tomek reste ragg av ilska men svalde den. Han ville inte ställa till en scen, inte än, men han lät gärna sitt agg synas i ansiktet så att Victoria skulle se att han inte var det minsta nöjd med hennes beslut.

"Varför inte?" frågade han.

"Därför att det är en oansvarig och ineffektiv användning av resurser och tid."

Tomek knackade med fingret under hakan. "Förklara den där för mig," började han. "Det här är en brottsplats, eller hur?"

"Ja."

"Och vad gör vi på brottsplatser?"

Hon förstod vart han ville komma, men hennes envishet hindrade henne från att svara direkt.

"Vi samlar in så mycket information och bevis vi bara kan."

"Bingo. Och vad är Mulberry Harbour?"

"En brottsplats", svarade hon, rösten tung av uppgivenhet.

"Tio poäng!" sa han sarkastiskt. "Någon dog där, Victoria. Mer träffande: någon kan ha blivit mördad där. Det gör det till en brottsplats. Den enda skillnaden mellan den här och de andra är att den ligger över en och en halv kilometer ute till havs och är ett helvete att ta sig till. Varför behandlar vi den annorlunda?"

Victoria övervägde sitt svar noga. Hon vände sig mot datorskärmen, som om hon hoppades hitta svaret där. Tyvärr gjorde hon det. Utan att säga något grep hon monitorn med båda händerna och vred den mot honom. Hon var på startsidan för BBC Weather. Högst upp på sidan fanns en karta över Storbritannien täckt av två fläckar i gult och orange. Orange i norr, gult i söder.

"Det är en storm på väg, Tomek," sa Victoria med en lätt västengelsk accent. "Och det är bäst att vi är redo när hon kommer."

Tomek såg oförstående på henne. "Citerade du just Harry Potter för mig?"

"Ja. Och jag är Dumbledore, du är Snape. Jag är chefen och du gör som du blir tillsagd."

"Finns det inte en scen där Snape dödar Dumbledore?"

"Oavsett," började hon och skakade på huvudet. "Kraftiga vindar på upp till 80 mph väntas slå mot landet i morgon, och regn är utlovat från de tidiga morgontimmarna till dagen därpå, med vissa områden som kan få upp till trettio centimeter. Met Office har utfärdat en allvarlig översvämningsvarning i flera delar av landet."

"Okej, Carol Kirkwood. Så du menar att det handlar om säkerhet och försiktighet?"

Victoria svarade med en kort nickning.

"Det kommer gå bra. Vi drabbas aldrig så hårt som de förutspår. Det är bara skrämselpropaganda. Men om du nu är så orolig för oss kan vi alla åka dagen efter," svarade Tomek med ett snett, spydigt leende. "Jag vill ta med Chey också. Han gillar historia, särskilt andra världskriget, och han sa en gång att han är en riktig vattenråtta. Dessutom tror jag det vore bra att få bort honom från skärmen ett tag och ut ur kontoret. Låta honom springa lös en stund."

"Som en hund, menar du?"

Tomek höjde händerna i låtsad kapitulation. "Du sa det, inte jag."

När han reste sig ur stolen och därmed avbröt mötet, knäppte Victoria med fingrarna åt honom och pekade att han skulle komma tillbaka. Tomek uppskattade inte det. Enda gången han blivit behandlad så var av Nick, en man som kom undan med det tack vare deras nära relation. Men inte Victoria. Han gillade inte tanken på att hon skulle tro att hon kunde göra så mot honom regelbundet.

"Hur gick resten av dina efterforskningar i morse?" frågade hon långsamt. "Hittade du något?"

Tomek visste precis vad hon försökte uppnå med en sådan fråga. Hon testade honom, kallade ut honom. Hon satte strålkastarljuset på honom, starkt som solen, för att se om han skulle smälta under trycket.

Det kunde han tala om för henne.

"Vi hade varit kvar där i timmar om jag inte hade föreslagit att vi skulle gå förbi segelklubben. Nu vet vi när Morgana kom till stranden och var hon gick i vattnet. Vi har också hennes bil, som nu undersöks forensiskt. Allt vi behöver göra nu är att ta reda på vem som gjorde henne sällskap och från vilken punkt längs kusten, och då borde vi ha vår gärningsman. Du blir glad att höra att Chey redan är på det just nu."

Victoria knep ihop läpparna och sträckte sig efter sin tekopp. Den hade stått där, nästan full, sedan mötet började för omkring tjugo minuter sedan, och fortfarande steg ånga från toppen av koppen. Hon ville ha sina varma drycker extra, extra varma, och han hade flera gånger ertappat henne med att koka om vattenkokaren två gånger för att vara säker på att den nått sin maxtemperatur... igen. Han hade ännu inte kommit på ett nytt smeknamn åt henne.

"Du tror inte att din gamla skolkamrat kan vara inblandad på något sätt?"

Tomek skakade på huvudet. Nästan för snabbt. "Nej," sa han. "Tidslinjerna går inte ihop. Dessutom vet jag inte varför han skulle vilja göra det. Jag tror inte att det finns någon koppling mellan dem."

"Jag låter Martin titta på det. Se vad han kan gräva fram."

Tomek höjde en hand i luften. "Det påminner mig: vad fick *ni* fram?"

Länge stirrade Victoria tomt på honom, som om hon inte hade hört frågan. Sedan, ännu längre, teg hon och valde att inte svara.

"Jag måste gå igenom fynden när teamet har skrivit färdigt allting," sa hon, och avfärdade honom snabbt från sitt kontor. "Och medan jag kommer ihåg det: när det blir dags vill jag att du närvarar vid obduktionen tillsammans med Lorna."

"Allvarligt? Står det 'fittapel' i min tjänstetitel?"

Victoria knep ihop läpparna igen, upprörd över hans ton. "Alla andra är upptagna."

"Då får du göra dem oupptagna."

"Tyvärr kan jag inte."

Snarare handlade det om *att hon inte ville*. Och det värsta var att hon inte ens försökte dölja det.

———

Tomek lämnade Victorias kontor kokande av ilska. Han hatade att bli undanputtad. Och om hon envisades med att hålla honom utanför rampljuset, skulle han få hitta roliga och kreativa sätt att se till att han höll sig i det.

Efter att ha lämnat hennes kontor gick Tomek mot Rachel Hamiltons skrivbord. Hon var en av de få, förutom Chey, Nadia och först på sistone Oscar, som han kände att han kunde lita på.

"Victoria har sagt åt mig att komma och prata med dig," ljög han. "Hon säger att du vet mest om vad som pågår."

"Hon smickrar mig," svarade Rachel.

"Men du vet något, eller hur?"

"Jag vet många saker. Vatten är blött. Björnar skiter i skogen. Allt det där."

"Jag tror att du snodde den repliken från mig, eller hur?"

Hon sa ingenting.

"Skaffa egna skämt nästa gång. Så, säg mig, vem pratade ni med på Morganas?"

För att hjälpa minnet tog Rachel sin anteckningsbok och bläddrade till sista sidan. "Vi pratade med all personal som jobbar där", började hon. "Sju totalt, inte inräknat Morgana, och inte heller hennes biträdande chef, Vlad, som sköter stället när hon inte är där. Fast han var inte där när vi kom, han dök upp ungefär tjugo minuter senare."

"Var var han?"

"Han sa att han hade försovit sig."

"Och inte att han just kom tillbaka från att ha dödat Morgana?" frågade Tomek, när hans tankar drog den mer uppenbara slutsatsen.

"Inte säker på att han skulle erkänna det så öppet. Oscar kollar på det nu."

Tomek väntade på att hon skulle fortsätta. När hon tagit en klunk av sin dryck berättade hon att alla Morganas anställda sagt samma sak om henne: att hon var en av de mest hårt arbetande och generösa personer de någonsin träffat. Alla hade jobbat med henne i flera år, och de flesta hade uppskattat hennes avslappnade, omhändertagande ledarstil ända sedan hon startade företaget. Hon gjorde kaféet till en rolig plats att komma till, och de var så imponerade av hur hårt hon slet att det smittade och fick dem att vilja göra likadant. Lika eniga var de om att de blev förkrossade av nyheten om hennes död, och när de fick frågan om de ville stänga kaféet beslutade de att hålla öppet. Det var vad hon skulle ha velat, sa de.

"Väldigt hedersamt," svarade Tomek. "Tog någon en vittnesuppgift från biträdande chefen?"

"Ja," svarade Rachel. "Det visade sig att Morgana har en man. Anton

Usyk. Också ukrainare. Anna försöker hitta honom nu. Tydligen äger han ett annat liknande ställe i Southend."

"Ett annat kafé?"

Hon nickade.

"Gissar att det skapade lite osund konkurrens."

"Det får vi se. Anna ska få in honom för en identifiering innan obduktionen kan börja. Sedan pratar vi med honom."

"Vad mer sa Morganas anställda om hennes person? Var det någon som lade märke till något märkligt, någon som kom oftare än vanligt? Någon som hotade henne på något sätt?"

Rachel kastade en blick i sina anteckningar. "Inget sånt. Det mest intressanta de sa var att hon var en enorm flirt. Tråkigt att säga det, men tydligen flörtade hon jämt runt med killarna som kom in, så att de fortsatte komma tillbaka för att träffa henne. Faktiskt, medan vi var där, jag skojar inte, var det minst fem olika snubbar som trånade efter Morgana. Jag svär. Jag tror att de var mer knäckta över nyheten än hennes kollegor."

"Undrar om hennes man visste om det?"

Rachel ryckte på axlarna. "Hon gjorde det hon behövde för att ta sig fram. Och av vad jag såg krävdes det inte särskilt mycket. Hon hade uppenbart en typ: lång, kort svart hår och skägg. Och det var en jävla massa såna där inne, som satt där och flinade för sig själva och väntade på att hon skulle komma och ta deras beställning. När jag tänker efter såg de allihop ut som du."

"Tack?"

Tomek var inte säker på om det var en komplimang eller en förolämpning.

"Å andra sidan ser alla snubbar från Essex likadana ut nuförtiden. Inget som skiljer er åt."

"Tur att du är gay då, eller hur? Skulle ju inte vilja att du blandade ihop mig och Martin ..."

"Martin är undantaget. Bara för att han har bättre hår än jag."

"Om jag lät mitt växa ut till hans längd då?"

"Jag skulle fortfarande vara gay, du skulle fortfarande vara i en relation och det skulle se för jävligt ut. Om nu inte Abigail går igång på den grejen, då kanske den andra delen av mitt påstående får revideras."

"Men inte den första?"

"Tyvärr inte. De har inte uppfunnit någon strömbrytare ännu som omedelbart stänger av min lesbianism. Även om det säkert finns folk där ute som febrilt försöker komma på en."

KAPITEL
TOLV

L ite mindre än en timme senare befann sig Tomek i bårhuset på Southend Hospital med Lorna Dean, rättsläkare vid Home Office, och förberedde sig för obduktionen. Innan uttag av organ, mätningar och fotografering hade påbörjats hade Morganas man kallats ner för att bekräfta hennes identitet. Anton Usyk var en kraftig, kompakt man av medellängd, med grova porer på sin krokiga näsa och tjocka, svarta ögonbryn. Håret var typiskt östeuropeiskt – rakat nästan till flint, bortsett från en liten svart tofs uppe på skallen – och täckt av ett tjockt lager hårgelé. Han var klädd i märkeskläder – en tröja från Gucci, bälte från Versace, byxor från Giorgio Armani – och han doftade så starkt av herrparfym att Tomek kände doften av honom innan han ens såg eller hörde honom.

Identifieringen hade genomförts av Tomek med hjälp av en poliskonstapel och kriminalassistent Anna Kaczmarek, familjens kontaktpolis. Morganas kropp hade lagts under ett vitt lakan, och Anton hade ägnat bråkdelen av en sekund åt att titta på henne innan han bekräftade hennes identitet. Han hade inte sagt något, inte avslöjat något i minen. Kanske var det en språkbarriär, antog Tomek. Men så snart han och Anna hade talat polska med honom, hade Anton blivit klarare, friare i talet. Språken var inte alltför olika, och Tomek tyckte att det alltid kom väl till pass när han ville tjuvlyssna på samtal med folk från ett grannland till hans hemland Polen.

"Min kollega blir er huvudsakliga kontaktperson", hade Tomek sagt och nickat mot Anna. "Hon hjälper er med allt ni behöver och håller er underrättad om hur utredningen fortskrider."

"Jag förstår", svarade han långsamt på ukrainska.

"Under tiden kommer vi att behöva ställa er några frågor nere på stationen. Om er hustru, hennes rörelser, om ni kände till något om var hon befann sig i morse. Vi ordnar förstås en tolk så att det blir så bekvämt som möjligt för er."

Antons ansikte förvreds i förvirring. "Varför är det nödvändigt?" frågade han, den här gången på engelska.

"Det är rutin", svarade Tomek, burkigare än han hade tänkt. "Er hustru är död, Mr Usyk. Vi tror att hon kan ha blivit mördad. Ni inser det kanske inte nu, ni är fortfarande i stor chock, men ni kan veta vem som gjorde det här. Kanske har er hustru blivit förföljd de senaste veckorna. Kanske hade hon fiender som ni inte kände till."

Och det fanns alltid ett tredje alternativ: att han visste exakt vad som hade hänt henne. Att det kanske var han som hade dödat henne. På vilket sätt, exakt, skulle Tomek snart få reda på. Men i nio fall av tio dödas mordoffer av en anhörig eller någon de känner. Och för Anton Usyk var det ingen smickrande statistik.

Tomek ville inget hellre än att pressa mannen där och då. Få veta allt han visste. Förhöra hans svar. Plocka isär allt han hade att säga. Men tiden var inte inne. Platsen var det inte heller.

I slutet av identifieringen kände sig Tomek stolt över att ha talat nästan perfekt polska under deras samtal. Visst, det fanns några misstag här och där, men vem räknade? För någon som inte hade talat språket flytande sedan han var femton, för ungefär tjugofem år sedan (även om han försökte hålla *den* siffran borta ur huvudet), var han imponerad.

Några ögonblick senare gick han in i bårhussalen, en deprimerande och nedslående plats, med ett ovanligt grin på läpparna.

"Någon har något att le åt", sa Lorna när han kom fram. "Stackars kvinnan här har det inte, inte längre…"

"Det får hon, när vi hittar hennes mördare."

Och med det började de. Under timmarna efter hennes död hade Morganas kropp utvecklat likfläckar, där blodet i kroppen hade gett efter för gravitationen och samlats längs ryggen, baksida lår och vader, vilket lämnade lila fläckar efter sig. Effekten på huden påminde Tomek om en målning han hade gjort i lågstadiet. Han hade fått i uppgift att måla ett strandmotiv, men hade blivit ivrig och lagt till en ton rött i havet, som sedan hade blivit till ett lila hav, som såg ut som något ur en Wes Anderson-film.

Först började Lorna med att undersöka Morganas huvud. Hon strök varsamt över kvinnans ansikte, lade sina handskklädda fingrar på hennes näsa och haka, vred huvudet från sida till sida och antecknade sina iakttagelser efter hand. Sedan vände hon uppmärksamheten mot Morganas hals. En flammig kedja av blått och lila hade bildats framtill på halsen, runt struphuvudet.

"Bingo", sa Lorna.

"Hittat något?"

Rättsläkaren pekade på blåmärkena. "Det här tyder på att hon blev strypt, möjligen hållen under vattnet, med kraft."

"Är det dödsorsaken?"

"Inget undgår dig", sa hon med en liten blinkning.

Tomek svarade med ett ansträngt leende och vände sedan tillbaka uppmärksamheten mot obduktionen. Medan Lorna fortsatte, småpratade de kort. Om sina respektive döttrar. Hur det gick för Carla, Lornas dotter, i skolan. Sedan om hur Kasia hade det på sin. Båda hade det kämpigt. GCSE, slutprov, övningsprov, pojkvänner, vänner, lärare, skolan, sociala medier, att umgås, ångest, puberteten – hela deras världar, för att inte tala om hormonerna, höll på att vidgas, och de hade svårt att hänga med. Både Tomek och Lorna såg fram emot halvterminslovet i februari, även om enda nackdelen var att det inföll över Alla hjärtans dag.

"Carla har just tagit sig ur ett seriöst förhållande", förklarade Lorna medan hon vek undan ena sidan av Morganas revben.

"Jaså?"

"Johnny hette han. Trevlig kille. Ofarlig, egentligen. Men de var tillsammans i fyra månader."

"Och det räknas som seriöst?"

"I den åldern är det det."

Ärligt talat var det mer seriöst än något förhållande Tomek någonsin hade haft. Han mindes inte när han senast hade haft ett som varat längre än fyra veckor, än mindre fyra månader.

"Hon är rätt knäckt över det", fortsatte Lorna och fällde över den andra sidan av bröstkorgen. "Gråter oavbrutet. Har slutat äta. Går inte ut och träffar sina vänner. Det har verkligen påverkat henne på ett dåligt sätt."

"Och hon är sexton, säger du?"

Lorna nickade.

"Det ser jag fram emot att få uppleva snart då."

"Man måste vara försiktig med tjejer. Vi bygger upp för stora förhoppningar. Övertänker allting. Och alla vet hur män är, och trots att vi vet det faller vi ändå för er varje gång. Särskilt i den åldern. Jag gjorde några misstag då."

"Gjorde inte vi alla? Det är ju det som är poängen med att växa upp."

Tomek tänkte på Kasia. På Billy "Kofajtaren" Turpin, en fjortonårig kille på hennes skola som en gång hade trott att han kunde slåss mot en ko – och vinna. Deras relation hade inte hållit. Den hade knappt ens börjat. Men han var säker på att det skulle dyka upp andra pojkar vid horisonten. Andra pojkar som hon pratade med och lärde känna på en djupare, mindre ytlig nivå. Andra pojkar som inte skulle vara bra nog för henne. Andra pojkar som han inte skulle godkänna. Han visste hur de var – han hade själv varit en sådan en gång – och om han inte skulle ha litat på sig själv, tänkte han sannerligen inte lita på någon annan.

"Det enda du behöver göra är att finnas där för dem när de går igenom sådant här", fortsatte Lorna. "Ge dem en axel att gråta mot och låtsas att du vet vad du pratar om när du ger dem råd. Ibland, i den åldern, tror de faktiskt på dig när du säger att allt kommer att bli bra."

Tomek grubblade på det en stund till, men stunden av eftertanke avbröts när telefonen vibrerade mot benet. Han stack ner handen i fickan och, medan han steg bort från kroppen, tog han fram den.

"Hallå?"

"Pappa?"

"Ja, Kasia. Jag är på jobbet. Vad är det? Är det brådskande?"

"Det har kommit ett brev till dig."

"Okej... Det kan vänta tills jag kommer hem. Tack för—"

"Det ser ut att komma från ett fängelse."

Det fick Tomek att stanna upp.

"Vilket då?"

En paus medan hon skummade brevet.

"HMP Wakefield."

KAPITEL
TRETTON

Tomek rusade hem direkt efter att obduktionen var klar. Han hade inte tid att sammanfatta Lornas fynd och dagens arbete och dela dem med Victoria. Hans dagliga rapport fick vänta till morgonen. Just nu behövde han åka hem. Brevet oroade honom. Men ännu mer oroade Kasia honom. Hon hade en tendens att öppna alla brev eller paket med hans namn på och skickade alltid en bild på det innan han hann hem, i tron att det skulle hjälpa honom på något sätt. Vanligtvis var det bara räkningar eller kontoutdrag, rätt harmlöst, tråkigt, vardagligt, *vuxet* tjafs. Men något med det här brevet hade fått henne att låta bli. Något hade sagt henne att det var viktigare än de andra, ett som hon borde lämna oöppnat. Så han hade skyndsamt sagt åt henne att låta det ligga på bordet, tvätta händerna och hålla sig ordentligt på avstånd.

Det gick inte att veta vad som fanns i det. Om det hade kommit från HMP Wakefield, hem för några av landets mest ökända och våldsamma fångar, kunde det vara indränkt i spice, droger eller annat slags gift. Innehållet kunde vara grovt och obscent. Porr, ett foto av ett lik, en tygbit eller DNA från en brottsplats eller någons cell. Inget som en trettonårig flicka borde se.

Tomek ville öppna det själv.

Ensam.

Han knep fast brevet mellan fingrarna, höll det på armlängds avstånd och smög försiktigt bort till sovrummet, av rädsla för att minsta rörelse skulle få det tunna kuvertet att explodera. Försiktigt stängde han dörren bakom sig och slog sig ner på sängkanten.

Där låg det, rakt framför honom. Hans namn och adress, skrivna med krafsig, knappt läsbar handstil. Uppe till höger fanns en stämpel från HMP Wakefield, med fängelsets returadress under. Ju längre han stirrade på det, desto snabbare slog Tomeks hjärta, och hans fingrar blev fuktiga av svett. Det kunde bara ha kommit från en person.

Nathan Burrows.

Hur kände han till hans adress? Hur hade han kunnat skicka ett brev till honom? Vanligtvis krävde rutinen att Tomek först måste gå med på att ta emot det innan något skickades ut. Men det hade inte hänt. De vanliga reglerna hade kastats ut genom fönstret. Vilket väckte frågan: *hur*?

Med andan hållen vände Tomek på kuvertet och rev upp kanten. Sedan kilade han in fingret under och började riva upp pappret. När fingret nådde andra hörnet, andades han ut djupt, fingrarna svettiga. Han knep ihop tumme och pekfinger som om han försökte få ut en sticka ur huden, tog ut brevet och höll det i naglarna. Innan han läste gav han det en sniff. Under normala omständigheter skulle kuvert som lämnar vilket fängelse som helst i Storbritannien ha kontrollerats för droger (likaså på väg in), men det här var inte en normal omständighet. Någonstans längs vägen hade rutinen inte följts, så han tänkte inte ta några risker.

Till hans stora lättnad kände han ingenting misstänkt. Sedan vände Tomek på arket.

Högst upp på sidan stod Tomeks adress, klottrad med barnslig handstil med blyerts. Under det låg brevet:

Dear Tomek,

Jag är ledsen att vi var tvugna att avbryta vårt möteing förra vekan. Och jag är ledsen att det tog så lång tid å höra av mej oxå. Det tog tid att övertala vakterna att ge mej en pensel och paper. Jag hoppas verkligen du kan förlåtä mej.

Jag ville bara säga att jag tyckte om vår pratstund. Det va bra å se dej igen. hur har du haft det sen dess? hur har Kasia det i skol? jag hoppas verkligen hon hänger med i alla sina klaser.

Om det är okej för dej, och det hoppas jag verkligen att det är, skulle jag vilja fortsätta att skriva till dej, öppna upp en dialogg. Jag vore jättetaksam om du kunde svara. Vakterna och folket här ger mej skriv lektioner. Dom lär mej stava sakta, men ibland lyssnar jag inte och gör resten i min sel. jag har problem med lissning.

Det är synd att du inte trodde mej om din bror. Kanske kan vi en dag bli vränner och jag kan berätta för dej om vad som hände honom. Skulle du gilla det? jag tänker mycket på honom. det sa jag inte heller, eller hur? jag tänker ofta på hur han dog den där natten. Ibland när jag ligger i sängen ser jag honom på golvet, täckt av sitt blod.

På tal om att gå och lägga sej, jag hoppas du sover gott den natten du läser det här. jag hoppas verkligen dina mardrömmar slutar. Dom måste ha årssakat dej så mycke smärta och obehag genom åren. Såg du nånsin När lammen tystnar? jag hoppas dina tystnar snart, Tomek.

Tror du vi kan bli vänner? Snälla skiv tillbaka. Om inte för din egen skull, gör det för Michal. Han skulle vilja att du åxå skaffar frendar och pracktiserar förlåtelse.

Jag ser fram emot att höra från dej (jag blev tillsagd att skiva den biten. Tydligen låter det proffeshonellt).

Nathan Burrows, HMP Wakefield

P.S - din flickvänn är väldit priti förresten. Du har bra smak när det geller kvinnor.

Tomek visste inte om han skulle riva sönder det, bränna upp det eller skrika.

Till slut gjorde han inget av det. I stället grät, snyftade och jämrade han sig för första gången på länge, utan att kunna kontrollera den plötsliga floden av känslor som dränkte honom. I sin urladdning tappade han brevet på golvet, tårarna rann nerför kinderna och samlades i hans handflator.

Men gråten tystnade när Tomeks sorg snart förbyttes i raseri.

Den jäveln plågade honom, retade honom. Värre var att han visste var Tomek bodde. Och Kasia – han kände till Kasia. Och Abigail. Han visste allt om hans liv. Hur? Hade han kriminella kontakter som höll honom under uppsikt? Vänner? Släktingar? Hur hade Nathan fått tillgång till all information om honom, till och med mardrömmarna? Det var omöjligt att han skulle ha tillgång till hans dagbok, eller ens anteckningarna från mötena med terapeuten. Ännu mer omöjligt var att han skulle ha fått uppgifterna från någon i teamet. Han litade på dem in i döden – till och med på Sean och Victoria. De visste alla vad som hade hänt hans bror och hur mycket det hade påverkat honom. Det fanns ingen chans att de skulle ha läckt information om hans liv till Nathan Burrows, eller hur? Den vägen ville Tomek inte gå.

Sedan övervägde han ett alternativ.

Den andre mördaren.

Charlie.

Den anonyma, orörbara figur som hade hjälpt till att döda hans bror. Tänk om han fortfarande fanns där ute, förföljde Tomek, spanade på avstånd? Höll koll på Kasia, Abigail? Övervakade deras rörelser?

Han sköt ifrån sängen och gick fram till fönstret. När han drog undan gardinerna lät han blicken svepa över bilarna längs gatan. Vid det här laget hade han lärt sig vilka som tillhörde grannarna och vilka som inte gjorde det. De som stod där ute ägdes alla av folk på hans gata. Det fanns inget oroande där ute. Sedan försökte han minnas om han hade sett någon nyligen, om han hade passerat någon på vägen hem. En särskild gestalt som han knappt fäst någon uppmärksamhet vid, som stått där anspråkslöst på trottoaren. Eller om det hade varit samma bil som alltid följde efter honom hem.

Han kom inte på något i något av fallen. Ingenting. Hjärnan var tom.

Efter några ögonblicks stirrande ut i mörkret slet han blicken från gatan och tittade upp mot himlen. Vinden hade tilltagit och kastade träden längs gatan från sida till sida. Löv rusade över skyn, begynnande regn tornade upp sig i fjärran i mörkret. En olycksbådande känsla hade lagt sig över vägen, och han kände den mot huden. Han kunde inte med någon säkerhet säga om någon hade följt efter honom eller hållit huset under uppsikt. Men en sak visste han säkert: om ovädret som Victoria hade berättat om var på väg, då skulle de inte stå där i kväll. Åtminstone de närmaste timmarna var hans hem säkert från hotet han inte ens visste om det var verkligt.

KAPITEL
FJORTON

P lymer av vattenånga exploderade ur hans mun i en jämn, rytmisk takt. Han drog in luft genom näsan, ut genom munnen. Långsamt, kontrollerat, avvägt, oavsett hur mycket hans hjärt–kärlsystem skrek åt honom att öka tempot.

Hans ben och armar rörde sig likadant, jämnt, rytmiskt. Fötterna dundrade mot marken, ljudet ohörbart över den hårda vinden som ven förbi öronen och slet hans trumhinnor i stycken. Vinden var så stark att det under de första hundra yardsen av deras löprunda hade känts som att han inte rörde sig alls, som att han stött ihop med ett orubbligt föremål, som om något drog i hans tröja och hindrade honom från att ta sig framåt. Som tur var hade han Warren Thomas vid sin sida, och den långe jätten till man rörde sig verkligen åt rätt håll. Ändå tog Tomek illa vid sig av hur lätt mannen rörde sig. Lätt, graciöst, nästan som om han gled genom vind och regn, som om han kunde glida genom vilket väder som helst. Det såg ansträngningslöst ut för honom, och att döma av hastigheten på de vattenångmoln som sprutade ur munnen på honom var det det.

Tidigare samma morgon hade Tomek skickat ett meddelande till Warren för att kolla om de kunde ta sig ner till hamnen, men svaret hade blivit nej. På grund av stormen Alisha hade tidvattnet svällt och var alltför grovt och farligt. Kustbevakningen och RNLI hade varnat civila hela natten för att under inga som helst omständigheter gå i vattnet, och Warren tyckte inte att en tur ner till Mulberry Harbour var värd risken.

Tomek hade motvilligt gått med på det.

I stället hade han föreslagit en löprunda. Hans första på månader. De två, längs strandpromenaden, förbi segelklubben, längre bort längs kusten mot Shoebury East Beach. Trots att han inte hade ägnat sig åt någon ordentlig fysisk träning sedan Kasia kom in i hans liv, blev han förvånad över hur väl kroppen klarade det. Han hade inte tvingats stanna. Han hade inte svårt att andas eller hålla tempot. Det gick bra.

Och han behövde det. Kroppen behövde det. Hjärnan behövde det. En ventil, en flyktväg. En chans att få utlopp och släppa på spänningen i kroppen. Hela natten hade tankar på Nathan Burrows plågat honom. Tankar på mannen som satt i sin cell och skrev brevet med ett snett leende på läpparna, kanske tog på sig själv medan han skrev. På hur han skrev Tomeks adress med förtjusning, hur han förseglade kuvertet och lämnade in det till någon av vakterna i fängelset, oförmögen att hålla tillbaka sin upphetsning.

Medan han sprang föreställde sig Tomek att mannen stod där, tio yards framför. Han jagade efter honom. Tryckte på, dundrade, lemmarna arbetade. Försökte minska avståndet. Närmare. Närmare. Men han var precis utom räckhåll, ett fingertoppsavstånd bort.

Längs strandpromenaden syntes spåren av stormen som hade dragit genom länet under natten. Vattnet hade fått havsvallarna att ge vika och svämmat över promenadstråken, runnit ut på trottoarer och kringliggande vägar och lämnat stora vattenytor, ibland djupa upp till anklarna. På andra håll hade Tomek sett mer: omkullvälta träd vid vägkanten, hållna på plats av en enda kraftig rot; soptunnor på hjul som gjort ett rymningsförsök och bara tagit sig till mitten av gatan efter att ha dängt in i ett antal bilar på vägen. I bilradion hade det kommit rapporter om att elledningar fallit i mer lantliga områden, och områdets elnätsteam hade arbetat hela natten för att motverka strömavbrott, men det var troligt att de drabbade skulle vara utan el tills vinden mojnat. Alisha hade kommit, orsakat sin förödelse och dragit vidare.

Längst ute på sträckan stannade de vid East Beach-bommarna, två kilometer av kustförsvar uppbyggt av betongpålar på cirka två meter, nedbäddade i sandbotten och sammanhållna av vinklat stål. Först använd som försvarsmekanism under andra världskriget mot ubåtar, minor och andra ytgående fartyg, hade de pålar som fanns kvar fått en ny funktion och skapades till stor del under kalla kriget mot det upplevda hotet från Sovjetunionen. Nu markerade de gränsen för Ministry of Defence-ägd mark som användes främst för militära övningar och vapentester. Tillträde till stranden bortom var strikt förbjudet, så det var en perfekt plats att vända på och styra mot Warrens hus.

De kom fram fyrtio minuter – och ytterligare en och en halv mile – senare. När de nådde fram till Warrens ytterdörr var Tomek helt slut, dubbelvikt, torrhulkande, kroppen hotade att tömma sitt innehåll.

"Du pressade för hårt", sa Warren.

Tomek ignorerade honom och fokuserade på att inte kräkas på sin gamla skolkompisens uppfart. Kampen blev kortlivad. Och misslyckad. Maginnehållet – det lilla som fanns kvar – for ut över stenläggningen och skvätte upp på Tomeks skor och ben.

"Förlåt", sa Tomek och torkade munnen med ärmen på sin blöta T-shirt. "Jag ska göra rent."

"Ingen idé. Regnet tar snart hand om det." Warren stack in nyckeln i låset och vred om. När Tomek var på väg mot bilen ropade Warren tillbaka honom. "Vart i helvete tror du att du är på väg?"

"Till jobbet..."

"Inte i det skicket."

"Det är lugnt. Vi har duschar där. Jag tänkte fräscha upp mig på kontoret."

"Inte efter att du just har spytt över hela min uppfart", sa Warren och tryckte upp dörren. När Tomek inte rörde sig mot den skyndade han fram, grep tag i den torra ärmen och knuffade in honom i huset. "Du behöver bli varm, och du behöver få något varmt i dig också. Och socker. Jag sätter på vattenkokaren."

Tomek hoppades att det inte var ännu en av Warrens vidriga koppar kaffe, men han var för artig för att säga något. I stället mumlade han något men var inte säker på vad. Han trodde att det var "tack", men det kunde ha varit vad som helst.

"Låt mig hämta en handduk", sa Warren i köket. Innan Tomek hann protestera lämnade vännen rummet, for uppför trappan och kom tillbaka ett ögonblick senare med en handduk i handen. Egyptisk bomull, mörkblå. "Torka av dig med den. Jag vet att huset är lite stökigt, men jag vill helst inte att du blöter ner soffan."

Tomek tog tacksamt emot handduken och började torka regnet från underarmarna, halsen och ansiktet. Sedan drog han handduken över huvudet och fångade upp det mesta av fukten. När drycken var klar – tacksamt nog te – ledde Warren Tomek in i vardagsrummet. Det låg i husets bakkant och vette mot trädgården. Utanför, omkullvält av vinden, låg en tvåmannakajak som tog upp hela trädgårdens längd.

"Kan vi ta oss ut till hamnen i den?" frågade Tomek.

"Bara om du vill drunkna."

"Jag menade en annan gång."

"När vädret är bättre ser jag ingen anledning att låta bli. Har du varit i en?"

Tomek nickade, vilket bekräftade att han hade det. Men han valde att inte förklara när eller varför. Det fick bli ett samtal för en annan dag.

"Låt mig se hur vädret blir i eftermiddag", sa Warren. "Prognosen säger att vinden ska mojna rejält. Det beror bara på om det sammanfaller med högvatten. Jag hör av mig."

Han lade handduken på soffan, slog sig ner på kanten och slog händerna runt muggen. Det var bara en klen värmekälla, men redan kände han hur han blev varmare. Han lyfte den lilla koppen till munnen och tog en klunk. Vätskan skållade tungspetsen och brände i halsen, men den fyllde honom med en näring som spred sig genom kroppen.

Warren drog ut en stol från matbordet och drog den närmare Tomek.

"Det är inte mycket", sa han och pekade på möblerna, "men det räcker."

"Bättre än hur vissa har det. Hur länge har du bott här?"

"Jag har hyrt här i ungefär fem år nu. Det duger. Men jag behöver inte mycket. Ge mig en säng, en toalett och en plats där jag kan laga mat så är jag nöjd."

Som en fängelsecell, tänkte Tomek.

Tecken på Warrens enkla livsstil fanns överallt i vardagsrummet. Det fanns inga hemprylar, inga foton, inga prydnadssaker som de som Kasia och Abigail hade sagt åt honom att köpa för att "liva upp det lite". Det fanns en tv, visst, men den var från slutet av 2000-talet och såg ut att inte ha använts på år och dag. På samma sätt luktade och kändes möblerna som om de kom från en bakluckeloppis, de sista ägodelarna efter någon som dött ensam. Det fanns inga böcker i hyllan, inga DVD-fodral, inga CD-skivor. Inte ens en skivspelare.

"Vad gör du hela dagarna?" frågade Tomek.

Warren skrattade till. "Jag gillar att läsa. Min samling är där uppe. Du borde se den. Jag köper många på secondhandbutiken. De är billiga och jag kan lämna tillbaka dem när jag är klar med dem."

Tomek nickade artigt. Han hade inget särskilt intresse för böcker men uppskattade dem ändå. Han tog en klunk till av sitt te och förde samtalet vidare, den här gången till skolan. Det var det enda de hade gemensamt

DÖDENS SMAK 61

just nu. Det och deras gemensamma kärlek till rugby. Men just nu var skolgången något de båda hade upplevt, något de båda mindes med värme. Ibland tillsammans, ibland var för sig. De tillbringade nästa halvtimme med att dela historier från klassrummen, prata om gamla klasskamrater och undra vad de gjorde nuförtiden, även om ingen av dem visste något om någon; de hade båda avstått från att ha konton i sociala medier och var nöjda med att ha det så.

"Helt ärligt bryr jag mig inte ett skit om vad folk sysslar med nuförtiden", sa Tomek. "De är väl ändå olyckliga allihop. Gör ett jobb de hatar bara för att kunna lägga upp det på nätet och ge intryck av att allt är perfekt."

"Jag oroar mig för nästa generation. De har vuxit upp med det. De tror att de lever i en perfekt bildvärld, men allt är inte guld och gröna skogar. Något måste förändras."

Tomek grymtade när han svepte det sista av drycken. "Säg det. Kasia sitter så mycket med det. Hon följer en massa modeller, gillar alla deras bilder. Det skapar en orealistisk bild av hur livet ska vara, och jag har inte den blekaste jävla aning om vad jag ska göra åt det."

"Hur gammal är hon?"

"Tretton."

"Jag visste inte att du var pappa."

"Inte jag heller förrän för ungefär fyra månader sedan."

Ett förvirrat uttryck spred sig över Warrens ansikte. Tomek förklarade då att Kasia hade dykt upp på hans tröskel en eftermiddag när han höll på med sina bonsaiträd.

"Jag älskar bonsaiträd!" sköt Warren in. "Jag har några i förrådet och ett par i mitt sovrumsfönster."

"Lägg. Av."

"Jo. Då."

Tomek var förstummad. Vanligtvis, så fort han nämnde att han var intresserad av att odla pyttesmå träd i krukor, möttes han av obekväma och förvirrade blickar, men nu hade han hittat någon med samma intresse. De delade ett band. Tomek tvekade inte att be att få se Warrens samling, och mannen visade dem för honom med samma energi och entusiasm som han hade visat Abigail när han introducerade henne för sin egen samling. Det stod fyra på fönsterbrädan, alla av olika arter och i olika storlekar, och ytterligare tio ute i förrådet längst ner i trädgården i väntan på att stormen skulle lägga sig.

"Hur länge har du haft dem?" frågade Tomek.

"Sedan skoltiden. Några har skadats genom åren och jag har fått ersätta dem, men jag har samlat sedan vi var barn."

Tomek skakade på huvudet medan han såg Warren i ögonen. "Var har du varit i hela mitt liv? Jag trodde att jag var ensam."

Warren lade handen på Tomeks axel. "Vi är två om det, kompis. Vi är två om det."

KAPITEL
FEMTON

Tomeks hår var fortfarande blött efter duschen på stationen när han drogs in på Victorias kontor.

"God morgon, Tomek", sade hon. "Eller ska jag säga eftermiddag?"

Tomek tittade på klockan. Klockan var bara 10.12. "Vill du redan spola fram tiden?"

"Vissa av oss har varit här sedan klockan sju."

"Det är din ensak. Jag var hos Warren Thomas."

"Varför?"

"Samlade information", ljög han. "Jag hoppades att han skulle kunna ta mig ut till hamnen, men vädret svek oss."

Victoria log självgott. "Sa ju det."

"Du säger det, men allt är inte förlorat, för han har lovat att ta med mig ut i eftermiddag."

"Låter som en gentleman. Vart tar han dig? Middag vid stranden i skenet av levande ljus? Eller något lite mer spännande – minigolf längs strandpromenaden?"

"Talar du av erfarenhet?" svarade Tomek. "Eller väntar du fortfarande på att Sean ska göra något av det där med dig?"

Victoria öppnade munnen för att svara men bet sig snabbt i tungan.

"Väldigt roligt", sade hon, "väldigt kvickt. När vi ändå är inne på det roliga: var var din dagliga rapport för i går? Varför låg den inte i min inkorg i morse?"

Tomek dröjde med svaret. "Vad är det som är roligt med det?"

"Din ursäkt, kan jag tänka mig. Jag har hört dig komma med riktiga kex tidigare."

"Jacob's eller Ritz?"

Victoria gestikulerade med händerna, pekade på honom gång på gång. "Det är precis det här jag pratar om. Du har alltid något att säga. Alltid en snabb replik för att ta dig ur trubbel, men—"

"Jag försöker inte alls snacka mig ur det här, chefen. Jag är lika djupt bekymrad över det här som du är. Och vi måste gå till botten med det."

"Självklart är du det. Den dag du bryr dig om sånt här lika mycket som jag är den dag jag fan dör."

Tomek kämpade för att hålla tillbaka leendet. Han önskade inte någon död. Jo, det gjorde han, men listan var så liten att han kunde skriva den på en nagel. För Victorias skull var hon inte med på den.

"Det är just därför du aldrig kommer att bli inspektör."

Orden kändes som en örfil och en spark i skrevet. Samtidigt.

"Vad pratar du om?" frågade Tomek, och lade till tyst för sig själv: *Din jävla ragata.* "Vad vet du? Är det en tjänst eller befordran på gång?"

Utan att svara vände Victoria bort blicken, plötsligt spelade hon blyg. "Jag menade inget med det. Glöm att jag sa något."

"Men du menade visst något med det. Och jag vill veta vad."

"Och jag vill veta varför du inte lämnade in rapporten i går kväll. Den här ärlighetsgrejen funkar åt båda hållen, Tomek."

Han tystnade. De hade nått ett dödläge. Han hade ingen som helst avsikt att berätta för henne den verkliga anledningen till att han hade åkt raka vägen hem från obduktionen och inte skrivit klart hennes jävla rapport. Men ingen ursäkt kom till honom. Ingen uppenbarelse materialiserade sig framför honom som en ande ur en flaska. Och, beslöt han, när han väl kom på något skulle ögonblicket ha passerat och hon skulle ha sett rakt igenom det.

Dödläge.

"När kan jag räkna med den?"

"På allvar?"

"Ja, på allvar. Du måste fortfarande lämna in den. Du slipper inte undan så lätt. Herregud, du är som ett barn ibland. Som att be dig göra din jävla läxa."

Tomek sa inget. I stället bjöd han Victoria på ett överdrivet, provocerande leende.

"Utan Nick här för att försvara dig behöver jag se allt du gör."

"Jag har redan sagt vad jag har planerat för i eftermiddag. Du är mer än välkommen att följa med om du vill."

"Nej. Det jag vill är att du gör flera saker." Hon höll upp handen och började räkna på fingrarna. "Ett, jag vill att du får den där rapporten till mig så fort du bara kan. Två, jag vill att du tar kontakt med alla nyckel-vittnen och kollar hur det går för dem, ser om de har kommit på något mer. Och för det tredje vill jag att du går ut från mitt kontor."

Tomek väntade tålmodigt och trummade tummen mot knät. Han väntade tills Victoria kände sig tvungen att säga något.

"Vad gör du här fortfarande?"

"Jag behöver att du säger vilken du vill att jag ska göra först."

———

Dra åt helvete. Det var den fjärde punkten som lades till listan över saker hon ville att han skulle göra.

Dra åt helvete.

Ut ur mitt kontor.

Skicka rapporten till mig.

Och sedan besöka nyckelvittnena.

I den ordningen.

Tyvärr för henne hade Chey fullständigt sabbat hennes plan för honom innan den ens hade hunnit börja.

"Sarge, det har uppstått ett problem med ett av nyckelvittnena", sade han.

"Vem?"

"Kirsty Redgrave. Hon har anmält att någon stod utanför hennes Airbnb i går kväll."

Tomek snurrade runt på stället och pekade mot dörren på andra sidan rummet. "Snabbt, Robin, till Batmobilen!"

Chey bara stirrade förbryllat på honom. "Är det här någon sorts skämt? Ska vi vara med på tv?"

"Vad? Nej, idiot. Jag menar: ta jackan och nycklarna, så åker vi ner dit tillsammans…"

"Tillsammans?" Chey skiftade tyngden från ena foten till den andra. "Men jag trodde att jag skulle stanna här och göra klart det jag höll på med?"

Tomek skakade på huvudet. "Pratade just snabbt med chefen och hon sa precis att du och jag ändå behöver prata med alla de här personerna. Rätt smidigt hur det föll ut till vår fördel, va?"

Onekligen smidigt.

Chey verkade gå på det. He sa: "Nå, Batman, vad väntar vi på?"

KAPITEL
SEXTON

K irsty Redgrave var i femtioårsåldern men såg ut som om hon ansträngde sig till det yttersta för att se ut som allt annat än det. Håret var plattat, ansiktet lätt sminkat, och det syntes tydligt på axlarna och biceps att hon tränade mer än hon åt. Hon och resten av hennes amerikanska familj bodde i ett hus med fem sovrum i South Benfleet. De hade hittat boendet på Airbnb och bodde där medan ägarna hade dragit till sitt andra hem i södra Spanien för en lång julledighet. Tomek begrep fortfarande inte varför någon, allra minst en grupp amerikaner som hade några av världens mest storslagna vyer utanför dörren, valde ett ställe som Essex när de var ute och reste. Han kunde räkna upp många platser längre norrut och även söderut som var bättre än här. Det enda södra Essex hade att komma med var ett par historiska sevärdheter, en grop i vägen var och varannan meter och ett köpcentrum som drog folk från hela landet (mest för att det inte fanns så mycket annat att göra och det var ett hyfsat sätt att slå ihjäl en eftermiddag). Kanske var det för att Tomek hade vuxit upp där och sett platsen förändras så mycket genom åren som hans syn på området hade blivit blasé, färgad i en trist gråton. Ändå gick det inte ihop för honom.

"Southend dryper av historia", sa Kirsty med kraftig New York-dialekt när hon klev in i vardagsrummet.

"Tekniskt sett är ju allting genomsyrat av historia", svarade Tomek sarkastiskt. "Planeten har funnits i miljarder år."

Kirsty vände sig mot Chey och rullade med ögonen. "Är han alltid så där?"

"Tyvärr", svarade den unge konstapeln.

"Nå, det finns mycket att se och göra. Man måste bara veta var man ska titta."

"Är du lärare eller bara väldigt intresserad?"

"Jag är professor", svarade Kirsty. "Historia vid New York University. NYU!"

Utbrottet kom så plötsligt att Tomek blev tagen på sängen. För någon som, enligt Chey, hade låtit så panikslagen i telefon att det lät som att hon hade låst sig ute utan byxor, var hon förvånansvärt sprallig.

"Jag har undervisat i åratal", fortsatte hon. "Går in på mitt femtonde år nu, och jag älskar det, skulle inte byta för något." Hon vände sig mot fönstret. "Att tänka sig att någon, någonstans, för århundraden sedan kom på idén att införa vägar, bevattningssystem och valutor – var skulle vi vara utan det?"

"Leva i vår egen smuts", sa Tomek. "Och glöm inte brutala dödanden som underhållning. Även om jag är förvånad över att just det inte har stått emot tidens tand."

Kirsty uppskattade inte skämtet.

"Vad är så speciellt med Essex?" frågade Chey, med rösten full av nyfikenhet.

"Massor", svarade Kirsty. "Visste du att man har hittat paleolitiska stenredskap här, vilket betyder att människor har levt i området ända sedan den första istiden?"

Tomek svarade att det visste han inte.

"Och att fynd från neolitikum tyder på att människor bodde i Chelmsford för omkring sex tusen år sedan. Och att, mer nyligen, slaget vid Benfleet ägde rum vid järnvägsstationen år 894 e.Kr. Danskarna mot saxarna. Grymt! Och vem kan glömma Boudicca?"

"Absolut", sa Tomek, trots att han inte hade en aning om vem hon syftade på. I ett försök att föra samtalet vidare tittade han på klockan och frågade: "Jag trodde att ni skulle flyga i dag?"

Kirsty rullade med ögonen igen. "Det skulle vi, men så kom den här förbannade stormen. Vårt flyg blev inställt och nu får vi inte ett nytt förrän till helgen. Som tur är sitter våra värdar också fast i Spanien, så de hade inget emot det."

Antingen det, eller så har de ingen brådska hem.

"Ni har i alla fall några nätter till här", sa Chey. "Det borde ge dig tid att bocka av några extra saker på listan."

Kirstys ansikte lystes upp vid tanken på att få uppleva fler historiska ruiner, besöka fler arkeologiska platser, men så mindes hon snabbt att hon och familjen redan hade bockat av allt.

"Var är de andra, bara av nyfikenhet?" frågade Tomek.

"De har åkt och handlat."

"Jaha?"

"Till ett ställe som heter Lakeside."

Ett snett leende letade sig fram på Tomeks läppar utan att han kunde hejda det.

"Nu *där har vi* en plats som dryper av historia", sa han med ett fräckt flin.

Kirsty ignorerade kommentaren och fortsatte. "Ärligt talat ville jag få ut dem ur huset. Jag tyckte inte att det var säkert här."

"Ah, just det. Anledningen till att vi är här. Förklara gärna vad som hände dig och vad du såg."

Kirsty samlade sig innan hon började, drog in djupt med luft och lät spänningen i kroppen sjunka. När hon började försvann glädjen och förundran från hennes ansikte och ersattes av ångest, som om hon återupplevde det medan hon berättade.

"Det hände i går kväll. Under stormen. Det blåste halv storm och jag har aldrig sett så mycket regn. Jag gick fram till fönstret för att dra för sovrumsgardinerna, tittade ut och då såg jag en gestalt stå där. Först tänkte jag inte så mycket på det, men när jag tittade igen stod han kvar. Jag ropade på min man, han kom för att titta, men när han väl hade tagit sig uppför trappan var han borta."

"Okej", sa Tomek, och såg på Chey, gav honom en menande blick att göra en anteckning i blocket. "Och kan du minnas hur han såg ut?"

"Det var inte enda gången jag såg honom!" fortsatte Kirsty. "Han dök upp igen en halvtimme senare."

"Jaså?"

"Den här gången i trädgården. Han hade hoppat över staketet och stod bara där och iakttog huset."

Tomek försökte lägga skepsisen åt sidan en stund och föreställa sig vad hon hade sett. Mörker, förutom det dova orange skenet från gatlyktorna nedanför. Bilar parkerade längs gatan. Regnet som piskade vågrätt och förvrängde hennes synfält. Löv och kvistar som fladdrade från ena sidan av fönstret till den andra. Och en ensam ansiktslös gestalt, siluetterad mot svartnaden, stående helt stilla, stirrande upp mot henne.

"Är du säker på att det var en man?"

"Ja", väste hon.

"Hur kan du vara säker?"

"Jag vet hur en man ser ut. Jag har sett dem förut."

"Det är det ingen som betvivlar", svarade Tomek, och kände att hon blev alltmer irriterad ju längre frågorna fortsatte. "Hur tydligt såg du mannens ansikte?"

"Jag... jag..." Hon tvekade, slöt ögonen. "Jag såg honom inte ordentligt. Han var så långt bort, jag..."

"Kan du beskriva vad han hade på sig?"

Kirsty slöt ögonen igen. "En svart jacka. En lång svart jacka. Med huvan uppe. Den hade vita dragsnören, det minns jag i alla fall, för de slog omkring i vinden."

"Hur var det med ansiktet? En halsduk? Var jackan uppdragen hela vägen till hakan? Några utmärkande drag? Kanske att ljuset reflekterades i ett par glasögon?"

Med ögonen fortfarande slutna skakade Kirsty på huvudet. "Jag tror inte han hade glasögon. Men jag kunde se hans ögon. Som kattögon, som glödde i mörkret."

Ett ögonblick undrade Tomek om det faktiskt var en katt hon hade sett. Men hans begränsade erfarenhet och kunskap om djuret påminde honom om att det var osannolikt att en katt skulle stryka omkring på South Benfleets gator mitt i en storm, inte när en varm bädd och mat väntade hemma.

"Hur var det med skorna?" frågade Chey. "Hade han gympaskor, skor? Vilken färg hade de?"

Kirsty knep ihop ögonen hårdare så att linjer bildades vid tinningarna. "Gympaskor", svarade hon. "Mörka, tror jag. För att matcha jackan."

Chey gjorde en anteckning i sitt block. "Och hur var hans kroppsbyggnad, hans storlek? Hur skulle du beskriva honom?"

"Han var stor." Hon spände ut axlarna när hon sa det. "Han fyllde liksom ut jackan. Han såg välbyggd ut, stadig, som en rugbyspelare. Och benen var kraftiga också. Han såg ut som en dörrvakt, någon som står i dörren. Är det så ni säger här?"

Tomek bekräftade att det var det. Sedan öppnade hon ögonen och blinkade några gånger för att släppa in ljuset igen. Han stack handen i fickan och tog upp mobilen, öppnade anteckningsappen. Kvällen innan hade han gjort en notering om den beskrivning den amerikanska turistgruppen hade gett av mannen som flydde från brottsplatsen – deras huvudmisstänkte.

"Svart jacka", började han. "Svart hår... medelstor till stor kroppsbyggnad. Skulle du säga att beskrivningen av mannen du såg i går kväll stämmer med mannen ni stötte på vid brottsplatsen?" Kirstys kinder blossade röda av oro. "Det gjorde jag inte förrän du sa det. Men... jag vet inte. Det var något annorlunda med den här personen. Hotfullhet, ondska. Något lite obalanserat. Killen i hamnen i går, han... jag vet inte. Han såg orolig ut."

"Orolig?"

"Panikslagen. Som om han visste att alla skulle misstänka honom för att ha gjort något mot den stackars flickan så han bara sprang. För om man inte kan hitta honom, kan man ju inte göra något mot honom." Kirsty gnuggade kinden. "Tänk om det är mördaren? Tänk om han kommer tillbaka för att försäkra sig om att vi inte säger något? Eller kanske har han kommit för att döda oss också!"

Tomek höjde handen för att lugna henne, men det hade liten effekt. "Ni måste hjälpa oss. Ni måste skydda oss. Tänk om han kommer tillbaka i natt? Vi behöver någon som står vakt. En polis, någon. Vi behöver skydd."

"Vi är inte FBI, Kirsty", sa Tomek rakt på sak. "Vi har inte obegränsade resurser så att vi kan skicka folk att barnvakta. Men vi ska titta på det och göra allt vi kan."

Tomek reste sig ur soffan och räckte henne ett visitkort. "Där finns mitt telefonnummer. Ser du något misstänkt, hör av dig. Jag är bara en kort bilfärd bort, så jag kan vara här inom några minuter, men först måste du ringa polisen så kan de skicka ut någon."

Kirsty var i ett tillstånd av upplösning när de reste sig för att gå, och det dröjde några ögonblick efter att de lämnat vardagsrummet innan hon insåg att de var på väg. Hon stängde dörren bakom sig, sprang efter dem och ropade dem tillbaka. "Se till att inget händer oss, snälla."

Om det vore möjligt, tänkte han, skulle ingen någonsin bli utsatt för ett brott igen.

Väl ute skyndade Tomek och Chey mot bilen. Vinden hade kommit tillbaka med besked och slet förbi Tomek. Samtidigt kämpade Chey, den mindre och spensligare av de två, med att trotsa vädret.

"Vad säger du om allt det där då?" frågade han när han slog igen dörren bakom sig och stängde ute vinden.

"Det går inte ihop för mig att vår misstänkte skulle fly från platsen och sedan komma tillbaka", sa Tomek. "De är turister. Det är otroligt osannolikt att de skulle känna honom eller ha någon koppling till honom som gör att han måste komma och skrämma dem."

"Men mördaren visste inte att de är turister. Han kan ha trott att de bodde här och att han kunde riskera att stöta på dem igen i framtiden."

"Så du tror att han ska döda dem också?" frågade Tomek.

Chey ryckte på axlarna.

Hjälpsamt, tänkte Tomek.

"En sak går ändå inte ihop för mig", sa han och stirrade på instrumentbrädan, djupt försjunken. "Hur han fick tag i deras adress..."

"Vad menar du?"

Tomek pekade mot huset. "Tänk efter", sa han. "De här människorna har varit i landet i en vecka, två. De har bokat stället via ett privat företag i en app. Det finns inget spår av att de bor här, annat än mellan ägaren och Kirsty. Hur i helvete skulle den misstänkte veta var de bodde?"

KAPITEL
SJUTTON

T anken hade fastnat hos Tomek. Hur, om figuren som stod utanför Airbnb-boendet var samma person som hade flytt från platsen, visste han var han skulle hitta dem? I Tomeks huvud fanns två möjligheter: antingen var mördaren anställd inom polisen och visste var informationen fanns, eller – och det här trodde han var mer sannolikt – efter att ha lämnat brottsplatsen hade den misstänkte dröjt kvar utanför polisstationen, med vetskapen om att vittnena skulle tas in för förhör. Sedan hade han helt enkelt följt dem tillbaka till deras tillflyktsort på en ö full av främlingar.

Om det var möjligt för den misstänkte att göra det, att följa familjen Redgrave hem, då var det möjligt att de inte var de enda måltavlorna.

Att han hade gjort det med resten av dem.

Warren...

Andrei...

Kort efter att de lämnat Kirsty Redgrave hade Chey ringt Nadia och bett om Andrei Pirlogs adress. Enligt Google Maps bodde han drygt tjugo minuter bort, i hjärtat av Southend-on-Sea. En liten enrummare som låg längs den trafikerade London Road. Tomek tog den varje morgon till och från jobbet, och han visste hur trafikerad den kunde bli. Som nu. Det ständiga dundret från däcken, det mjuka spinnet från motorer på tomgång, det återkommande tutandet när någon jävel förstås hade trängt sig före någon annan. Det hade tagit dem tre minuters väntan bara för att någon skulle låta dem korsa två körfält.

Lägenheten var den andra i en rad om fem. Allihop låg ovanpå olika lokala, fristående verksamheter. Ett fish and chips-ställe, en tidningskiosk, ett bageri, en tatueringsstudio och en kinarestaurang med hämtmat. Andrei hade oturen att bo ovanför den kinesiska restaurangen, med dess tjocka, klistriga doft av vegetabilisk olja och glutamat som hängde i luften. Det kändes som att den fastnade längst bak i Tomeks hals när han steg ur bilen.

"Tänk dig kinesisk mat *på kran*", sa Chey.

"Vad pratar du om? Dina föräldrar har en indisk restaurang. Du har tillgång till indisk mat hela tiden, eller som du säger, *på kran*."

Chey stängde bildörren. "Ja, men det här är annorlunda."

"På vilket sätt?"

"För att det är *kinesiskt*. Det finns inget bättre än kinamat."

"Säg inte det inför dem. Jag vill inte behöva ta itu med ännu en mordutredning."

Den unge konstapeln skrattade stelt. "Tvivlar på att du skulle få göra något i den heller, om den här är något att gå efter."

Tomek ignorerade kommentaren först, började gå mot Andreis lägenhet, stannade vid några trappsteg och vände sig sedan mot mannen. "Vad menar du med det?"

Med sänkt ton svarade Chey: "Jag ser vad som pågår, vet du. Alla gör det. Mellan dig och Sean. Sean och Victoria. Det är så uppenbart. Men jag är på din sida, förresten. Fast jag tycker i och för sig om tiden vi har tillbringat ihop."

Som om de var ett par.

"Hur länge har du vetat?"

"Sedan vi började göra allt jobb utan att Victoria sa till Nick. Jag fattade att det var början på vad som komma skulle."

Tomek var imponerad. Han medgav att Victoria inte hade varit särskilt subtil med det, visst. Men det var politik, och det hade tagit betydligt längre tid för Tomek att lägga märke till sådana saker när han var i Cheys ålder och i det skedet av sin karriär (om han nu lade märke till dem alls). I stället var han alltför upptagen med att flirta med kollegor, göra minsta möjliga och ställa till det för sig.

"Mycket skarpsinnigt", svarade Tomek. "Och du säger att alla andra också har märkt det?"

Chey nickade, och ögonen vidgades.

Tomek kände plötsligt att en kupp kunde vara på gång.

"Jag är imponerad."

"Betyder det att vi är bästa vänner nu?" frågade Chey.

I flera månader hade konstapeln ihärdigt försökt bli kompis med Tomek, bli närmare vän med honom utanför jobbet – och på jobbet. Men Tomek hade alltid skjutit ifrån sig det. Det var ett stort åldersglapp mellan dem. Nästan sexton år. Och Tomek hade gjort det misstaget förr, om än med någon av motsatt kön, och han tänkte inte gå dit igen. Sedan Sean nästan försvunnit ur hans liv hade Tomek skämtat om att en plats som en av hans bästa vänner blivit ledig, vilket hade gett den unge mannen hopp. Chey hade kämpat för pole position sedan dess.

"Tyvärr, kompis", sa han. "Men tjänsten är nästan redan tillsatt. Om du inte kan tala om för mig skillnaden mellan en körsbärsblomma och en kinesisk alm som bonsaiträd?"

Chey stack handen i fickan.

"Inget fusk!"

Ett besegrat uttryck svepte över hans ansikte. "Hur ska jag annars ta reda på svaret?"

"En sann bästa vän skulle inte låta sånt stå i vägen. Var kreativ. Fråga runt."

Chey slog ihop handflatorna och bugade. "Uppfattat, sensei."

"Du har till dagens slut."

Med det gick de upp för den lilla trappan mot Andrei Pirlogs lägenhet. Chey kom först fram och väntade tålmodigt på att Tomek skulle följa efter. Precis när han skulle knacka på dörren fångade något hans blick. En glipa, inte större än några millimeter, men tillräcklig för att hjärnan skulle uppfatta den som ovanlig.

Dörren stod på glänt.

Var de för sent ute? Hade den mystiska gestalten redan hunnit till Andrei?

Han gav Chey en liten nick. Konstapeln förstod vad han menade och, med varenda muskel i kroppen spänd, sköt Tomek upp dörren.

Lägenheten var kall, tyst. Som om den hade varit obebodd i veckor, månader, och det enda som blivit kvar var minnen och själarna efter dem som passerat på vägen. Håren i nacken reste sig på Tomek när han klev genom hallen.

Vänster fot.

Höger fot.

Vänster.

Tills han stannade. På hans högra sida fanns ett litet badrum. Genom springan i dörren såg Tomek det han hade förberett sig på. Där, liggande i badkaret, nedsänkt under vattnet, fullt påklädd, med slapp kropp, låg mannen som Tomek hittills bara hade sett på foton. Ögonen stängda, munnen på glänt, död. Andrei Pirlog.

KAPITEL
ARTON

Tomek rusade fram mot badkaret, slog i kanten, grep tag i baksidan av Andreis huvud och drog upp hans näsa och mun ur vattnet. "Andrei!" skrek han mannen rakt i ansiktet. "Andrei! Vakna! Hör du mig?"

Men mannen hörde honom inte. Och av den döda tyngden i kroppen i Tomeks armar skulle han aldrig höra något igen. Febrilt lade Tomek ett finger mot mannens hals och väntade på en puls. Ingenting.

Men Tomek ville inte acceptera det. Han kilade fast tårna mot badkarskanten och, med Cheys hjälp när han till slut förstod vad Tomek försökte göra, drog han upp Andrei ur karet och släpade honom ner på golvet. Vatten forsade ut över linoleumgolvet och blötte igenom Tomeks strumpor och ben. Han lade mannen plant på rygg och började sedan med hjärtkompressioner. Han slog med handflatorna mot mannens bröstkorg, kände hur revbenen gav vika under hans tyngd, flyttade Andreis kropp som en trasdocka, lemmarna skälvde för varje kompression. Han stirrade in i mannens själlösa, livlösa ögon.

Till slut, efter två minuter av outtröttliga försök att återuppliva honom, ingrep Chey och puttade bort honom från kroppen.

"Han är borta," sa Chey mjukt och la armen tvärs över Tomeks bröst. Den barriären räckte för att Tomek skulle komma till sans och inse att det var dags att sluta. Mannen var borta, hade varit det länge. Det fanns inget mer han kunde göra.

"Vi måste ringa SOCO," sa Tomek när han knuffade undan Chey och slog på arbetsläget. "Stäng ytterdörren. Släpp inte in någon eller något mer i den här byggnaden. Och rör ingenting."

Chey nickade att han förstått och försvann. En stund senare ropade han från hallen. "Med vad ska jag stänga dörren, Sarge? Jag vill inte kontaminera den."

"Dina kläder. Gör det upptill också – någonstans där ingen annan kan ha rört den."

"Jajamän, kapten."

När han hörde dörren stängas tog Tomek ett steg tillbaka och överblickade omgivningarna, tog sin första ordentliga titt på mannen framför sig. Andrei Pirlog var en stilig man, med ett huvud av långt, tjockt svart hår som kunde ge Martin en match. Ögonen var djupt liggande och han hade en full uppsättning rena, välskötta tänder. Han såg ut som någon som lade ner gott om tid på att ta hand om sig själv, och som om han hade italienskt eller annat medelhavsblod i ådrorna; mer än vad det rumänska namnet och nationaliteten antydde.

Badkar med dusch upptog hela längden av en vägg. I hörnet bredvid hans huvud låg ett öppnat paket paracetamol, tillknycklat mot väggen. Tomek räknade till fem tabletter som saknades. Förmodligen hade de redan funnit ett hem i Andreis tarmar.

Innan Tomek hann undersöka resten av rummet kom Chey tillbaka.

"SOCO är på väg," sa han. "ETA tio minuter."

Tomek hade inte hört konstapeln ropa in det, men tackade honom ändå.

"Oj..." sa Chey.

"Vad?"

"Ingenting."

"Nej. Säg."

Chey pekade mot handfatet.

"Vad är det med det?"

"Han gick igenom en massa *skit*."

Tomek såg på honom utan att imponeras och önskade att han skulle skynda sig. Ju längre de stannade, desto mer kontaminerade de brottsplatsen.

"Hur får du det att gå ihop?"

"För att man kan säga mycket om en person utifrån skicket på hans tandborste."

Tomek stirrade oförstående på honom.

"Hur då?"

"Tja, det ser ut som att han har skrubbat livet ur tänder och tandkött ett bra tag. Han måste ha gått igenom *det.*"

"*Det* som i självmord?"

Chey ryckte på axlarna. "Jag antar det."

Med en djup suck skakade Tomek på huvudet och gnuggade ansiktet, släppte lite av spänningen i musklerna. Sedan lyfte han försiktigt ena benet över kadavret och klev ut ur badrummet, på väg mot vardagsrummet.

"Vart ska du?" frågade Chey. "Vi borde inte—"

"Vi måste säkra området," sa han. "Försäkra oss om att det inte finns några hot här."

"Hot? Men det ser ju ut som att han har tagit livet av sig—"

Tomek höjde handen och tystade Chey. Han ville inte höra det. Larmklockorna ringde i hans huvud och sa honom att det här var mer än ett självmord. Att någon hade tagit sig in i lägenheten, gjort det de behövde, och sedan gått därifrån. Huruvida det varit avsiktligt att lämna dörren öppen visste Tomek inte. Men han skulle ta reda på det.

Med liket bakom sig hoppade Tomek in i rummet mittemot. Andreis sovrum. Eller snarare, det som var kvar av det. Allt som fanns kvar i rummet var en enkel madrass, ett sängbord med bara en lampa som sällskap och en garderob inställd i hörnet. Det var allt. Inget annat. Inga prydnader, inga ramar, inte ens ett lakan för att täcka madrassen. Rummet såg ut att ha stått tomt ett bra tag.

Liksom resten av lägenheten.

Vardagsrummet hade det nödvändigaste – en soffa, ett matbord – men inget mer, inget mindre. Köket hade de vanliga vitvarorna, men när Tomek tittade i kylen och i ett par skåp hittade han ingenting. Det var världens sämsta annons för ett hem. På alla sätt och vis verkade det som om Andrei inte hade bott där en enda natt, men det fanns tecken på att han faktiskt gjort det: matrester och skräp i soptunnan, en handfull kläder i tvättmaskinen som väntade på att bli tvättade.

Hela lägenheten var besynnerlig och förbryllade honom. Och han visste inte riktigt vad han skulle tänka.

Innan han hann tänka vidare kände han en hand på axeln. Han ryckte till och snurrade runt på stället. Chey stod bakom honom, fånig och skamsen, som om han just hade haft sönder något i garaget och var på väg att berätta det för sin pappa.

"SOCO är här. Det är dags för oss att gå."

KAPITEL
NITTON

De kom inte särskilt långt. Tomek knackade och väntade, medan han otåligt trampade med foten mot betongen. Bakom dörren hörde han popmusik dåna ur några högtalare. Han blev förvånad över att han inte kände igen den; sen Kasia kom in i hans liv hade han blivit insatt i allt som rörde populärkultur – eller åtminstone låtsats att han var det – och han skämdes inte för att erkänna att han vid varje given tidpunkt visste vem den senaste pojkvännen till hennes favoritpopstjärna var, eller när deras nya album skulle släppas. Om teamet bestämde sig för att köra en pubquiz en kväll på The Last Post, deras stammispub runt hörnet från stationen, skulle han själv ta hand om popquizrundan. Det fanns ingen kändisskandal han inte kände till, inget nytt släpp han inte hade snappat upp. Kasia hade försett honom med kunskap om saker som inte påverkade hans vardag det minsta. Ändå var det skönt att ha hobbyer.

Till slut, efter att han hade knackat tre gånger, öppnades dörren. Mittemot dem stod en kvinna i trettioårsåldern iklädd morgonrock. En vit handduk var virad runt hennes huvud och ett lager smink låg på hennes ansikte.

"Hej", sa Tomek med ett påklistrat leende.

"Jag vill inte ha nåt", snäste hon.

"Det var bra. För vi säljer inget."

"Jaha. Vad är ni här för då?"

"Er granne."

"Vem?"

"Mr Pirlog. På nummer—" Tomek lutade sig bakåt för att kolla skyltningen utanför Andreis dörr. "På nummer sexton."

"Jag har ingen aning om vem det är."

"Du vet ingenting om honom?"

Kvinnan tuggade på underläppen och skakade på huvudet. "Nä. Har aldrig hört hans namn eller sett honom här i krokarna."

"Om du aldrig har hört talas om honom, hur vet du då att du aldrig har sett honom?" frågade Chey.

Tomek önskade att han låtit bli. Det här samtalet var dömt att misslyckas, och han var redo att gå vidare till nästa granne. Fast han var rätt säker på hur det skulle sluta där också.

"Hörru", sa hon och blottade en tandställning i munnen. "Jag har bott här i lite drygt ett år, okej? Och jag har aldrig sett nån gå in eller ut därifrån. Tyvärr, men jag kommer inte vara till nån hjälp för er, vad det än är ni behöver hjälp med."

"Han är död", sa Tomek rakt på sak.

"Fan", svarade hon i samma ton.

"Precis. Du råkade inte se eller höra nåt konstigt under de senaste tjugofyra timmarna eller så?"

Hon skakade på huvudet. "Är det så länge han har varit död? Trodde jag kände nån konstig lukt. Åh vänta, nej, det var bara sopkärlen där ute. Strunt samma." Hon tittade upp mot de grå molnen och började knacka sig på hakan, som om hon tänkte djupt, men den tomma blicken lurade ingen. "Ärligt talat, grabbar, jag har musiken på hela dagen och natten. Jag hör inte mycket annat än det jag lyssnar på."

"Vilken fröjd du är", mumlade Tomek.

Innan han lät kvinnan återgå till att spränga sina trumhinnor, räckte Tomek henne ett visitkort och bad henne höra av sig om något dök upp. Sen gick han och Chey vidare längs lägenhetslängan. Deras optimism om att någon skulle ha känt eller träffat Andrei minskade ju längre de kom. I slutet av längan hade de ingenting. Ingen hade träffat Andrei, ingen hade ens sett honom i förbifarten. Ingen hade hört talas om honom. Men det visade sig att de inte hade hört talas om varandra heller, trots att de bodde centimeter från varandra hela tiden. Ingen i den där raden av hyresboende hade tagit sig tid att prata med sina grannar eller presentera sig; i stället låste de in sig, instängda inom sina egna fyra väggar.

Nedslagen och uppgiven överlämnade Tomek grannarna till en konstapel, som mer än gärna tog vittnesmål. "Dagens lättaste uppgift, det här", hade hon sagt efter att ha hört Tomeks del av samtalet med dem. Han var benägen att hålla med.

Medan han lämnade grannarna i konstapelns trygga händer, åkte han och Chey tillbaka till spaningsrummet. Det fanns inget mer för dem att göra där: Andreis kropp hade förts bort för obduktion; kriminalteknikerna var mitt uppe i att gå igenom bevisen; och brottsplatsansvarig ville få det överstökat så snart som möjligt.

"Vet inte hur det är med dig, kompis", sa Tomek medan han startade bilen. "Men jag tror inte att du kommer ha tid att ta reda på skillnaden mellan körsbärsblom och kinesisk alm i dag. Jag ser hellre att du lägger tiden på att ta reda på vem som dödade Andrei. Bonsaiträden och bästisgrejen kan vänta."

KAPITEL
TJUGO

Nyheten om Andrejs död spred sig snabbt. När han och Chey hade återvänt till insatsrummet hade ryktet om att utredningens viktigaste nyckelvittne nu var dött redan hunnit före dem. Och Tomek hade ägnat några få sekunder åt att försöka förklara det för teamet innan han kallades in till Victorias kontor. Hon stängde dörren bestämt bakom honom, som för att låta honom förstå att de skulle få ett problem av något slag.

"Jag har fortfarande inte den där rapporten", sa hon medan hon rundade andra sidan av skrivbordet och lät bordet fungera som andrum mellan dem.

"Jag har haft fullt upp."

"Det förstår jag. Vems idé var det att ta Chey från hans arbetsuppgifter?"

Tomek rynkade pannan. "Jag tror att det var Kirsty Redgraves, när hon sa att någon hade stått utanför hennes bostad."

"Kirsty Redgrave? Ett av nyckelvittnena?" Det här var uppenbart nytt för Victoria, och Tomek njöt av övertaget. "Jag trodde att de skulle flyga tillbaka till USA?"

Tomek pekade mot fönstret bakom henne. "Det var lite vind och regn som försenade dem en aning. Vet inte om du såg eller hörde om det."

I det ögonblicket släppte Victoria fram sin inre Nick och suckade tungt.

"När åker de?" frågade hon.

"I morgon. Jag tycker att vi ska ta in dem, eller åtminstone skydda dem på något sätt."

Victoria tog ett ögonblick för att bearbeta det han sagt. "Varför?"

"För att de tycker sig ha sett någon stå utanför huset under stormen – på gatan och senare i trädgården. Nu är de oroliga att han kan komma tillbaka. Och efter det som hänt Andrei lutar jag åt att hålla med."

"Och du är säker på att någon var där?"

"Hur skulle *jag* kunna vara säker?" sa Tomek och pekade på sig själv. "*Jag* var inte där. Det enda sättet det vore möjligt är om jag hade en tidsmaskin, eller åtminstone tillgång till en. Men tyvärr har jag inte det, så jag kan bara ta henne på orden. Och enligt henne sågs någon som stämmer med beskrivningen av vår huvudmisstänkte stå utanför huset. Vi måste se till att han inte kommer tillbaka och gör med dem det han har gjort med Andrei."

"Och vad skulle det vara?" frågade Victoria. Hon försökte dölja förvirringen och bestörtningen i rösten, men Tomek såg rakt igenom det. Hon hade ingen som helst aning om vad som pågick och behövde honom att förklara det för henne som om hon vore ett barn.

"Jag trodde att det var uppenbart?"

"Du tror att Andrei blev mördad?" Hon lät överraskad, som om hon inte kunde tro att orden kom ur hennes egen mun.

"Jag har skäl att tro det, ja."

"Rapporterna som kommer in säger att det är självmord."

"Jaha. Rapporter kan vara fel. Det är därför jag inte har lämnat min från i går."

"Är det ett erkännande av inkompetens, sergeant?"

Inte än.

När Tomek inte svarade frågade Victoria: "Varför försökte du rädda honom?"

"Ursäkta?"

"Andrei. Varför valde du att rädda honom? Enligt preliminära uppskattningar har han varit död i nästan tjugofyra timmar."

Tomek skakade på huvudet, oförstående. "Frågar du mig det på allvar?"

"Ja."

Tomek suckade. "För att ytterdörren stod öppen. Efter att ha hört vad som hade hänt Kirsty Redgrave och hennes familj var jag lite på helspänn, och när jag såg dörren tänkte jag att något kanske precis hade hänt honom. Förlåt mig för att jag försökte rädda någons liv."

"Gör inte så där", väste hon. "Få mig inte att framstå som skurken här."

"Svårt att låta bli när du ifrågasätter mitt beslut att försöka återuppliva någon."

"Du kan ha kontaminerat brottsplatsen. Det vet du bättre än."

"Jag vet också att det är viktigare att försöka rädda ett liv än att bevara vilken sorts bevisning som helst – bevisning som du, av allt att döma, inte verkar tro existerar."

Victoria vände sig bort från honom igen och stirrade in i väggen.

"Vi får vänta och se vad obduktionen och de rättstekniska rapporterna säger, men tills dess vill jag att allt vårt fokus ligger på att försöka hitta Morganas mördare. Vi vet med säkerhet att någon dödade henne. Vi vet inte med någon grad av säkerhet att Andrei Pirlog blev mördad, även om skrämselretoriken från amerikanerna antyder att han kan ha blivit det. Och jag är inte redo att jaga människor som inte finns."

Tomek sköt ifrån, lämnade hennes kontor mållös, och stormade mot köket där han högg åt sig en flaska vatten och en Rocky-kexbar med kola (en av hans absoluta favoriter) ur kylen. Lutad mot köksbänken stjälpte han i sig vattnet. Så snart han var klar började han öppna kexchokladen. Han var hungrig och behövde socker. Nivåerna var låga, och de var på väg att sjunka ännu mer när han kände adrenalinet rusa genom kroppen. Då klev Sean in i köket och Tomek tog en kexbar till i beredskap. Sean låtsades inte om honom. Han gick bara in, styrde direkt mot skåpet och tog fram en mugg. Först när Tomek slog igen dörren märkte Sean honom.

"Oj, är allt bra, kompis?" frågade han och pressade vad som än fanns av vänlighet i rösten till oanade nivåer.

"Jodå", svarade Tomek.

"Hur är det med Kasia?"

"Ja, det är bra med henne."

"Och Abigail?"

"Också bra."

"Schysst."

"Fint."

Sean öppnade munnen för att säga något, men Tomek hann före. "På tal om flickvänner, du skulle inte kunna ta ett snack med din, va?"

"Om vad då?"

"Andrei. Hans "självmord". Hon verkar tro att snubben har tagit livet av sig i badkaret."

"Jag är säker på att hon har sina skäl."

"Även när de är fel?"

Sean grymtade.

"Det hände honom något och det vet hon. Hon är bara för jävla dum för att göra något—"

Sean höjde ett finger mot honom och svarade: "Prata inte om henne på det där sättet."

Tomek höjde händerna i låtsad kapitulation. "Säger inget som inte är sant, kompis."

Sean täckte avståndet mellan dem på ett ögonblick, och accelerationen i hans överväldigande kroppsmassa och sex fot och fyra tum långa gestalt var nära att knuffa honom in i Tomek. Men han höll emot och stod fast. De stirrade på varandra länge. Tomek studerade mannens drag, såg pupillerna studsa åt vänster och höger. Kände värmen från Seans andedräkt mot huden. Såg akneärren på kinderna som han alltid haft komplex över.

Innan någon av dem hann säga något öppnades dörren. Kriminalassistent Oscar Perez klev in i rummet och stelnade i dörröppningen.

"Ursäkta, herrar", sa han, finurligt. "Stör jag något, eller?"

"Nej", svarade Tomek. "Sean sa just att han behövde en kram. Men jag är inte mycket för att kramas. Skulle du vilja?"

Oscars ansikte lystes upp under LED-lamporna. Han slog ihop händerna och kastade sig mot Sean. "Det vore ett nöje. Vi behöver alla en famn då och då. En liten bro-kram för att känna att allt är okej."

En sekund senare var Oscar redo att sluta armarna om Sean, som plötsligt såg ut som om han höll tillbaka ett akut och obekvämt toalettbesök.

När Tomek var på väg att gå snäppte Oscar med fingrarna och grep honom om axeln. Han drog honom tillbaka och sa: "Uh-uh-uh. Vart tror du att du är på väg?"

"Till mitt skrivbord."

"Nehej. Inte så snabbt. In med dig, kom igen."

Tomek verkade inte ha något val i saken. Oscar grep honom i ärmen och drog in honom. I nästa ögonblick hade han armarna om två män, i varsin ände av längdspektrat, känna på deras hull, känna deras muskler. Tomek ville därifrån så fort som möjligt, men varje gång han försökte glida ur kände han hur Oscar drog in honom igen. Det här skedde helt på Oscars villkor och de fick inte avsluta förrän han sa att de fick.

Deras stund tillsammans avbröts när Nadia kom in i rummet, med ena handen vilande på gravidmagen. "Ni vet, om ni tänker göra ett barn på det där sättet gör ni allt fel."

Då fick Tomek nog och slet sig loss. Medan Nadia pysslade med mikron tog Tomek ett steg tillbaka och blängde på Oscar.

"Det där var väl inte så svårt nu, va, Tomek?"

"Nej. Men jag är hundra procent säker på att jag kände något *hårt* från någon av er mot benet."

KAPITEL
TJUGOETT

S enare samma kväll låg Tomek och Abigail i sängen, halvnaka under täcket. Det var två grader ute, men Tomek var varm och hade därför ett ben utanför täcket. Han låg med armen bakom huvudet och stirrade i taket. Dagens händelser hade tagit musten ur honom och han behövde få ur sig allt, varva ner. Tankar på Morgana, Andrei, badkaret och, i viss mån, Sean och Victoria, malde i honom. Men i kväll var det något annat som oroade honom.

Kasia. Tonåringen som fortsatte att förbrylla och reta upp honom, och som utan tvekan skulle fortsätta att förbrylla och reta upp honom i många år framöver – om inte resten av livet. Hon hade varit tyst de senaste dagarna, frånvarande, upptagen av något. När han hade frågat om skolan hade hon svarat med enstaviga ord. När han hade frågat om hennes vänner och favoritämnen hade hennes uttryck förblivit blankt. Något bekymrade henne. Och han visste inte vad. Antagligen de sociala påfrestningarna av att vara tonåring: skolan, att växa upp, pojkvänner, utseende, uppmärksamhet. Det var ett jävla minfält, och han hade inte den blekaste aning om vad han skulle göra åt något av det.

Under den korta tid de hade varit far och dotter hade de redan tampats med minderårigt drickande, vejping och pojkvänner; trippeln i att försöka imponera på sina jämnåriga. För att inte tala om händelsen då hon nästan dog av anafylaktisk chock, vilket fortfarande satte synliga spår. Men han ville gärna tro att han kände sin dotter tillräckligt väl för att förstå att det här handlade om något annat, något som inte hade med just den kvällen att göra. Hon hade varit motståndskraftig i att ta sig igenom det, målmed-veten, och hennes psykiska mående hade förbättrats tack vare terapisessio-nerna de gick på tillsammans. Men det här var en helt annan fråga, kände han. En som inte hade avhandlats i ett litet städskrubb med ett proffs. Han behövde hjälp. Han hoppades att han kunde hitta den bredvid sig. Abigail var oftast ett bra bollplank, och han litade på att hon höll det han berättade för sig. Just nu satt hon bredvid honom med laptopen och knac-kade fram ännu en artikel.

"Kan jag fråga dig en sak?"

"Vad är pi till tio decimaler?"

"Va?"

"Inget. Bara något jag tänkte på tidigare."

"Okej." Tomek stirrade ut i tomrummet på sängen. "Nej. Det är något som är lite viktigare än pi."

"Jag är inte redo att gifta mig än."

Tomek vände sig mot henne med uppspärrade ögon. "Är det också något du tänkte på tidigare?" Han kunde inte dölja oron i rösten.

Hon klappade honom nedlåtande på magen. "Oroa dig inte, lilla gubben. Dit är det långt. Du måste förtjäna dina sporrar först. Men du har potential..."

"Jag kanske inte vill det om du fortsätter att klappa mig som om jag vore din jävla chihuahua."

Det här var inte alls dit Tomek hade förväntat sig att samtalet skulle ta vägen. Faktum är att det inte var dit han hade väntat sig att något av deras samtal skulle ta vägen. Åtminstone inte på några månader. De hade bara dejtat i några veckor, med den officiella titeln pojkvän–flickvän i lite drygt en av de veckorna, och hon var redan inne på att gifta sig? Om hon någonsin ville ha en anledning att skrämma bort honom – eller vilken fyrtioårig man som helst som varit van vid sitt eget sällskap i trettio år – så var det här rätt sätt.

"Fortsätt", sa hon, och kände att ämnet gjorde honom stressad. "Vad ville du fråga?"

"Det handlar om Kasia. Har hon verkat... *nere* på sistone för dig?"

Abigail satte upp håret i en knut, lade ner laptopen på nattduksbordet och la sig bredvid honom. "Nere hur då?"

"Vet inte. Tystare än vanligt. Jag tror att något pågår, men hon vill inte säga något."

"Kan det vara skolan?"

"Kanske."

"Killar?"

"Det har vi redan rett ut. Jag tror att hon har hållit sig borta efter det som hände sist."

"Vad hände?" frågade Abigail, plötsligt nyfiken.

"Inget större. Men om jag frågade dig om du trodde att du skulle kunna slåss mot en fullvuxen ko, vad skulle du säga?"

"Jag skulle säga att du var jävligt dum som ställde den frågan från början."

"Exakt. Och det är allt du behöver veta om Billy "The Cow Fighter" Turpin."

Abigail verkade förstå vad han menade, för hon nickade och strök honom över axeln.

"Kan det vara händelsen?" frågade hon och förde tillbaka ämnet till Kasia.

"Det tror jag inte. Hon brukar vara ganska öppen med mig om *det*. Dessutom har mardrömmarna lugnat sig sedan hon började gå till Isabel."

"Och dina?"

"Ja, de är okej."

"Hur är det med lektionerna? Kanske kämpar hon med något och blir nedstämd av det. Vilka är hennes favoritämnen?"

"Hemkunskap och historia."

"Okej. Man kan ju knappt kugga hemkunskap, om man inte använder salt i stället för socker till något. Utöver det är det svårt att göra fel. När det gäller historia har det redan hänt, det är bara att återge fakta, så jag tror inte att det är det." Abigail hummade medan hon funderade. "Blir hon möjligtvis mobbad?"

"Jag hoppas inte det. Och senast det hände såg jag till att det slutade."

Tomek påmindes om gången han hade kört ner till Canvey Island, platsen han helst slapp besöka, och förklarat för en ung flickas familj att spridandet av en bild av honom själv naken i sängen och den efterföljande mobbningen av Kasia räknades som hämndporr, och att om hon fortsatte skulle han komma tillbaka med en griporder. Det verkade fungera, för sedan dess hade varken Tomek eller Kasia hört av henne.

Om hon inte blev mobbad för något annat.

"Kan det vara "tjejgrejer"?" frågade han Abigail och gjorde citattecken i luften med fingrarna.

"Du behöver inte säga det så där", sa hon till honom. "Vi är riktiga människor. Vi är inte hjärnspöken."

Han slog henne lekfullt på armen. "Du fattar vad jag menar. Kan det vara mensgrejer? Eller...?"

"Möjligt. En tonårstjejs liv är fullt av en cocktail av hormoner som fuckar med huvudet. Det pågår så mycket där uppe även när det är som lugnast; sådant hjälper inte. Det kan vara "tjejproblem"," sa hon och gjorde citattecken i luften för att reta honom, "men om du vill kan jag prata med henne för att se om hon är beredd att berätta något. Det vore nog bra för oss att få en liten stund på tu man hand också. Vi har inte riktigt haft en sådan chans sedan du och jag började dejta. Jag skulle vilja lära känna henne."

Tomek kände sig plötsligt väldigt beskyddande mot sin dotter. "Jag tycker att det är en bra idé, men låt mig ta det med henne först. Om hon inte säger något till mig kan du kliva in och göra det du behöver."

Ett svagt leende for över Abigails ansikte. Kort, diskret. "Det vill jag gärna", sa hon och plockade upp laptopen igen.

"Slutar du någonsin?" frågade han.

"Jag skulle kunna ställa samma fråga. Vi är båda arbetsnarkomaner. Det är det som får oss att funka som par."

På många sätt hade hon rätt. De var alltid för upptagna för att träffas, men under den lilla tid de kunde dela gjorde de det mesta av varandras sällskap. Om arbetet blev en prioritet för den ena, förstod den andra helt och gav utrymme och tid, för de visste hur det var. Det var en balansakt, men de fick det att funka. Samtidigt hade en del av honom tyst börjat medge att det inte var hälsosamt. För någon av dem. Och han undrade hur länge smekmånaden skulle räcka.

"Vad är det senaste om mordet i hamnen?" frågade Abigail.

"Du tänker väl inte kalla det så?"

"Nej. Det skulle vara en bra titel för en bok, i och för sig. Lite väl övertydlig för min smak, dock. Hur går det?"

Då fick Tomek ur sig resten av det som hållit honom vaken. Andrei Pirlog. Hans självmord. Hans *mord*. Redgraves. Mannen utanför huset. Den misstänkte som hade flytt från brottsplatsen. Han berättade allt, utan att bry sig om jävssituationen som borde ha hindrat honom. Föga förvånande lyssnade Abigail uppmärksamt och fiskade fram laptopen med ena handen medan hela hennes fokus låg på honom. I slutet av det hela hade leendet återvänt till hennes ansikte.

"Jag kan lägga ut något om du vill?"

Tomek tog ett ögonblick för att överväga förslaget. En artikel som beskrev händelsen och lade ut signalementet på den huvudmisstänkte skulle vara till stor hjälp. Hans oro var dock att signalementet var för vagt, för brett. Att be folk i Essex hitta en man med kort svart hår och svart skägg var som att be en bagare hitta en limpa bröd i en mataffär – man hittar en överallt. Ändå kunde det fylla en funktion och kanske hjälpa dem att lösa fallet. Fördelarna övervägde nackdelarna, tyckte han, och därför gav han henne grönt ljus att skriva något.

"Men först: sova", sa han till henne, innan han kysste henne godnatt och rullade över till andra sidan av sängen.

KAPITEL
TJUGOTVÅ

F öljande morgon vaknade Tomek av att telefonen vibrerade våldsamt bredvid hans huvud. Med halvöppna ögon famlade han efter den och stirrade på skärmen, det skarpa ljuset närapå bländade honom. Victoria ringde, och med tanke på de fyra missade samtalen från henne redan hade hon ringt ett bra tag. Tomek lät det här samtalet gå till röstbrevlådan och tittade sedan på sina notiser.

Fyra missade samtal. Sex sms. Allt inom den senaste halvtimmen.

Tomek, ring mig.

Jag behöver att du svarar. Det är akut.

Tomek?

??

???

??????

En knut började bildas i magen. Instinktivt vände han sig om och fann Abigail uppkrupen i sängen, datorn i knät, fingrarna knappande.

Känslan i magen drog ihop sig.

"Råkar du veta varför Victoria har försökt ringa mig?"

"Det kan ha något med det här att göra."

Abigail vred datorn mot honom. Överst på sidan på skärmen fanns *Southend Echos* logotyp, med en häpnadsväckande bild av Mulberry Harbour tagen av den lokale fotografen Dawid Glawdzin därunder. Rubriken löd: *Polisen släpper uppgifter om misstänkt efter dödandet i Southends hamn.*

"Japp", sa han. "Det förklarar saken."

"Du låter irriterad."

"Jag menar, jag trodde inte att du skulle ha fixat det här så snabbt. Sov du alls?"

"Jag fick ett par timmar. Oroa dig inte, det tog inte hela natten att skriva."

Uppenbarligen inte, eftersom publiceringstiden på webbplatsen var 03:57. Han lade också märke till att hon varit klok nog att skicka artikeln till någon annan i teamet för publicering, så att de kunde ta åt sig all ära – och all skit. Det innebar att Victoria inte hade något ben att stå på när anklagelserna utan tvekan skulle komma om att han hade läckt informationen till pressen. Om det hade publicerats i Abigails namn – det största misstag hon kunde ha gjort – hade det varit en helt annan femma.

Tomek rullade ur sängen, kroppen kändes tung och trött. Benen och bålen var helt slut efter gårdagens löprunda. Herregud, han var ur form. Han behövde komma igång igen. På riktigt den här gången. Verkligen göra det. Inte bara tänka på det och skjuta upp genom att skylla på att skorna var usla och för trånga. Nej, han behövde ta på dem, gå ut och börja nöta asfalt.

En fot framför den andra.

Med det i åtanke gick Tomek till duschen, tvättade sig och gjorde sig i ordning för dagen. Det var lördag, alltså helg. Ändå var han tvungen att jobba. Vara borta från familjen. Det var inte rättvist, men det ingick i jobbet. Och med en mordutredning så snårig och så öppen som den här hade han inte råd att ta ledigt.

Förutom den här morgonen. Han kunde komma sent till jobbet i dag, bestämde han. För att skjuta upp den oundvikliga skitstorm som skulle dra över honom. Victoria hade försökt ringa honom två gånger till medan han stod i duschen, och han räknade inte med att de missade samtalen skulle upphöra än på ett tag. Hon skulle få vänta.

Just nu hade han en dotter som behövde hans uppmärksamhet och vägledning.

Strax efter åtta på morgonen knackade Tomek på Kasias dörr. Inget. Inte ens ett ljud av rörelse i sängen. Plötsligt började han frukta det värsta: att hon hade smitit, rymt, precis som tidigare, och han knackade igen men gick in utan att vänta på svar. Han grep hårt om dörrhandtaget, beredde sig på att vråla hennes namn. När han såg henne hopkrupen till en boll, invirad under täcket och sovandes djupt, drog han en stor, djup suck.

"Upp och hoppa", ropade han, lite väl dramatiskt.

Kasia rörde på sig, blängde på honom och rullade sedan över till andra sidan av sängen.

"Jag har en överraskning åt dig i dag, Kash", sa han.

"Jag vill inte ha den."

"Du vet inte ens vad det är än."

"Meh", kom den entydiga grymtningen från en tonåring som bad om mer sömn.

"Upp och hoppa", sa han medan han gick mot fönstret och drog upp persiennerna. "Vi ska gå ut och äta frukost."

KAPITEL
TJUGOTRE

T omek hade aldrig sett Morgana's så tomt. Det var som om ryktet om hennes död hade spridit sig och att det plötsligt blivit tabu att gå dit. Det var bisarrt, nästan kusligt. Tomek hade varit där vid olika tider på dagen – tidiga lördagsmorgnar, söndagseftermiddagar, till och med klockan sju en tisdagskväll – och ändå var det lika fullt varje gång. Nu var det två andra sällskap där förutom dem, och stämningen hade sjunkit i samma takt. Tomek kunde inte låta bli att tänka att stället inte klarade att fungera som det skulle utan Morgana vid rodret, längst fram, som drog in intäkterna med sitt flirtiga leende, sin bubbliga personlighet.

Deras servitris den här morgonen hette Helena. Ukrainsk, liksom Morgana. Lika söt, lika oskuldsfull till utseendet. Men när det gällde hennes personlighet och hennes förmåga att bemöta gäster låg hon i andra änden av skalan. Nerver störde hennes tal när hon tilltalade dem båda och frågade vad de ville dricka. Två gånger bad hon Kasia upprepa sin beställning av apelsinjuice, och när hon vände sig mot det öppna köket längst bak stötte hon i ett bord och några stolar.

"Jag hoppas att det här stället inte går omkull", sa han, och hans blick föll på raden av blommor och nallebjörnar som hade lämnats utanför kaféet.

"Ja..." svarade Kasia, uppgiven. Hon tog fram mobilen och började skrolla.

"Vet du vad du vill äta?"

"Ägg."

"Bra början. Något till?"

"Rostat bröd."

"Och hur vill du ha det?"

"Hur menar du?"

Jävlar, vad plågsamt det här var.

"Äggröra? Pochat? Stekt? Kärnat till smör och sedan kastat över väggarna?"

"Åh. Just det. Eh... Äggröra. Tack."

Hon tittade inte upp på honom en enda gång. Hon blinkade inte ens eller höjde på ett ögonbryn åt hans sista äggförslag. Hon var distraherad bortom all begriplighet, och trots att han gjorde sitt bästa för att tona ner det och muntra upp henne fungerade det inte.

"Vad är det som händer, Kash?" frågade han. Innan hon hann svara kom Helena tillbaka med deras drycker i händerna. När hon ställde ner dem på bordet pressade Tomek fram ett leende, tackade henne och lade sedan in bådas beställningar. Äggröra till Kasia, dubbel hjärtinfarkt-specialare till honom. När Helena hade tagit beställningen och dragit sig undan utom hörhåll ställde Tomek frågan till Kasia igen.

"Ingenting händer", svarade hon mjukt, med huvudet fortfarande djupt ned i mobilen.

"Är det skolan? Hur går lektionerna?"

"Lektionerna är bra. Skolan är bra."

"Hur är det med hemkunskapen? Mrs Shaw har väl inte tagit hem mer av din utsökta mat igen?"

"Inte när jag använde salt i stället för socker..."

Det tog en stund innan kommentaren sjönk in. Salt, socker. Och så mindes han. Kvällen innan. Hans samtal med Abigail.

"Du hörde det?"

"Japp."

Tomek trodde att hon hade sovit, men hon hade hört allt. Han försökte minnas vad mer han hade sagt. Vad mer han kunde ha sårat henne med. Än mer oroande var att om hon hade hört det där samtalet när de hade pratat öppet och ganska högt, så innebar det möjligen att hon hade hört andra saker från deras rum. Vuxengrejer. Ljud som tjocka väggar är byggda för.

"Är det så du pratar om mig när jag inte är där?" frågade hon giftigt. "Säger du sådana saker om mig till folk på jobbet?"

Åh, fan.

"Absolut inte. Inte alls. Jag trodde att du sov i går kväll. Och jag sa inte att du var *dålig* på hemkunskap eller något sånt. Jag tycker att du sköter dig jättebra i skolan och jag är väldigt stolt över dig. Jag sa bara att..." Tomek tvekade medan han försökte minnas hur han hade formulerat sig. Men det stod helt still. "Du vet inte hur det går för mig i skolan", fräste hon. "Du vet inte, för du frågar aldrig."

"Du, kom igen nu. Så är det inte—"

Att hans tallrik med mat landade framför honom avbröt honom. Han tackade Helena och gav henne en blick som sa att hon skulle lämna dem ifred utan dröjsmål. Som tur var blev hon distraherad av ett annat sällskap som just hade kommit in och skyndade iväg som en hund som träffar nya människor.

"Det där är inte rättvist", fortsatte Tomek när hon var utom hörhåll. "Jag frågar alltid hur din dag i skolan var. Du säger alltid att den var bra."

"Ja, och du lämnar det där. Du kan åtminstone ställa några följdfrågor. Kanske fråga vilka lektioner jag hade, vad som hände på lunchen..."

Tomek nickade, och insikten slog till honom över ansiktet så hårt att det kändes som om han just hade kvalat in till VM.

"Okej. Förstått. Noterat. Håller med. Inpräntat." Han drog in ett djupt andetag, höll det och släppte sedan ut luften långsamt ur lungorna. "Förlåt. Jag borde visa mer intresse. Det ligger på mig. Men det här är fortfarande väldigt nytt för mig, att vara pappa."

"Du kan inte fortsätta använda den ursäkten för alltid, *pappa*."

Tomek uppskattade inte hur hon hade uttalat hans titel. Det fanns mycket eftertryck och agg bakom det.

"Som sagt. Förlåt. Det har varit mycket på jobbet. Och saker med Abigail har—"

Tomek hejdade sig så snart han märkte att Kasias uttryck ändrades. Hon hade himlat med ögonen, skakat på huvudet och börjat peta i maten. Med några få subtila rörelser gjorde hon sin åsikt om Abigail väldigt tydlig. Rätt sofistikerat för en trettonåring, fick han medge.

"Är det det här det handlar om?" frågade han, medan hans tankar läste mellan raderna. "Är det därför du har varit ledsen de senaste dagarna? Känner du att jag har försummat dig för att jag har tillbringat mer tid med Abi?"

Kasia sa ingenting.

"För om det är det, måste du säga det. Du måste tala om sånt här för mig. Jag är ingen tankeläsare. Och trots mina bästa försök att övertala killarna nere på IT att hitta på en, har de fortfarande inte kommit på ett sätt för mig att läsa dina tankar – eller någon annans, för den delen. Så jag måste göra mycket av grovjobbet själv. Och jag ska vara ärlig med dig, Kash: min hjärna är inte byggd för det. Jag önskar att den var det. Och det gissar jag att du också gör."

Hon grymtade till, vilket betydde ja.

"Så kanske det måste fungera åt båda hållen. Om något har gjort dig ledsen eller fått dig nedstämd, måste du säga det till mig. Du behöver vara ärlig och öppen med mig, och jag ska göra detsamma med dig. Överens?"

Långsamt tog hon upp kniv och gaffel och mötte hans blick. "Överens", sa hon, och började sedan skära upp sin frukost.

Ett tunt leende for över Tomeks ansikte. "Bara av nyfikenhet, hur var dina lektioner i går? Vad hände på lunchen?"

Kasia lade ner kniv och gaffel. På hennes min såg han att hon uppskattade att han äntligen ställde just de frågorna, även om de var arton timmar försenade. "Lektionerna var bra. På matten lärde vi oss om cosinus, sinus och tangens."

"Det där minns jag att jag gjorde", sa han medan han tuggade på lite bacon. "Jag minns att jag tänkte då att jag aldrig skulle behöva kunna det i framtiden."

"Det var vad Hayden sa."

"Nå, du kan säga till honom att han har fel. Jag använde det häromdagen."

" Verkligen?"

"Absolut inte", sa han. "Ingen i det engelska skolsystemets historia har använt den där formeln. Du kommer inte ha någon som helst nytta av den."

"Jag tror inte att du ska säga sådant till mig. Miss Hendry skulle inte bli särskilt glad om hon hörde att du sa åt mig att inte bry mig om det."

Tomek lade ner kniv och gaffel och viftade med fingret mot henne. "Nej, du missförstår mig. Jag säger inte att du inte ska lära dig det. Du *måste* lära dig det. Du behöver det för att klara GCSE. Det enda jag säger är: bli inte alltför upprymd över att få använda det senare i livet. Om Miss Hendry ifrågasätter om du kan skillnaden mellan cosinus, sinus och tangens, vill jag att du ska kunna säga att det kan du, men att du också vet att du aldrig kommer behöva använda det i ditt liv. Berätta för mig hur hon reagerar."

Fnissande svarade Kasia att det skulle hon. Nu hade ångesten försvunnit ur hennes ansikte och ersatts av ett leende som Tomek inte hade sett på veckor. Hon var en glad tonåring igen.

Eller så glad som en tonåring nu kan vara.

"Hur är det med lunchraster?" frågade Tomek. "Sitter ni bara med mobilerna allihop och pratar inte med varandra?"

"Många gör det. Jag gillar bara att titta på dem. Jag tycker att det är fascinerande."

"Intressant. Kanske skulle du bli en bra detektiv."

"Jag vill inte in i familjeföretaget, tack", sa hon snabbt. Alldeles för snabbt för Tomeks smak.

"Det finns fortfarande tid för dig att ändra dig", svarade han hoppfullt.

"Vad vill du göra i stället?"

"Ha ett eget kafé", sa hon ännu snabbare.

Han blev imponerad. Hans dotter som entreprenör. Han kunde skryta om det för kollegorna och visa hur stolt han var över henne.

Det var förstås ett grundkrav, en självklarhet, ett icke-förhandlingsbart villkor för att vara hennes pappa. Men ändå... en entreprenör.

Och tänk på kakorna!

"Jag skulle inte ha något emot att provsmaka alla nya godsaker du bestämmer dig för att skapa. Jag vet vad jag pratar om."

Kasia blev plötsligt blyg och riktade uppmärksamheten mot maten igen. Han bestämde sig för att föra tillbaka samtalet på det ursprungliga spåret innan han drog iväg på ett sidospår.

"Vem hänger du med på lunchen?" frågade han. "Hur går det för Sophia?"

"Ja, hon mår bra", svarade Kasia, med tvekan i rösten. "Jag tillbringar många lunchraster med Yasmin nu."

"Okej. Men du och Sophia är fortfarande vänner?"

"Ja. Självklart är vi det. Det har inte hänt något mellan oss, om det är det du oroar dig för."

Det var det, men han ville inte säga något. I stället ville han låta situationen spela ut sig naturligt och finnas där för att plocka upp bitarna om det behövdes.

Låt henne göra sina egna misstag, Tomek, sa han till sig själv.

Under de följande fem minuterna åt de under tystnad. Kasia åt fortfarande när Tomek var klar. Fast nu hade hon slutat äta och började leka med maten, flytta runt den på tallriken. Tomek iakttog henne en stund. Men hon märkte det inte, inte tystnaden, inte hans skarpa blick.

"Hej", sa han och överrumplade henne. "Du, är allt okej? Är du säker på att inget annat är fel?"

"Jag är säker", sa hon, alltför snabbt igen. Tvekan i rösten motsade hennes ordval.

"Kash. Vad pratade vi precis om? Berätta."

I en lång stund kämpade hans dotter med sig själv och samlade mod för att säga vad hon hade i tankarna. Till slut gjorde hon det. "Det är något jag har tänkt fråga om ett tag, men jag har varit lite generad. Det är egentligen fånigt, men—"

"Ingenting du säger är fånigt, och du har inget att skämmas för inför mig", sa han och sträckte ut handen efter hennes.

"Det är bara det att... i skolan har alla en, och jag tycker att de ser jättesnygga ut, men de är jättedyra, och jag vet att vi precis har haft jul och allt, och jag ville inte be om en, men—"

"Alla har en vadå?"

"En mugg."

"Förlåt, vad?"

"En mugg. En speciell mugg. Det är som en jättestor termos."

Säg inte vad du egentligen tänker.

"Okej."

"Den håller saker kalla jättelänge och den, liksom, håller drycker riktigt varma ännu längre."

"Så det är en termos?"

Gör det inte.

"Ja. Eller, nej. Inte riktigt. Den här blev viral för att den hamnade i en husbrand och var det enda som överlevde, med drycken kvar i – och den var *fortfarande* varm!"

"Elden kan ha haft något med det att göra..."

Tomek tog en stund på sig för att bearbeta vad hon sa. Hon bad honom köpa en mugg åt henne, förmodligen för att alla andra hade en (inklusive alla som var någon), och om hon inte hade en skulle det ses som en social tabbe och hon skulle bli någon slags utstött.

Över en jävla mugg.

"Hur mycket kostar den?"

"Hundra pund", sa hon.

Okej, nu får du säga det.

"Men för i helvete", svarade han. "Botar den här muggen också cancer? För för de pengarna borde den göra det. Om inte tycker jag kanske att du ska göra *det där* till familjeföretaget."

Kasia såg inte det roliga i det. Hon sänkte huvudet och började peta i maten igen. När Tomek märkte att han tappade henne, knackade han henne lätt på handen och sa att han skulle kolla upp den där muggen och se vad han kunde göra.

"Är du säker på att det är allt du har på hjärtat?" frågade han för sista gången.

Hon nickade, men av den matta glansen i hennes ögon visste han att det inte var det. Det fanns något mer, något viktigare än en brandsäker mugg. Men det var okej. Hon hade öppnat dörren för honom. Det var kanske inte vad han ville höra, men hon hade anförtrott honom ett problem och lämnat dörren lite på glänt för mer. Och för tillfället var han nöjd med det.

Med lite tur skulle resten komma snart.

KAPITEL
TJUGOFYRA

Innan Tomek gick in i insatsrummet hade han bestämt sig för att han redan hade fått nog. Han var inte på humör för ännu ett gräl med Victoria, Sean eller någon annan.

Tyvärr kände de inte likadant.

Strax efter tio klev han in genom dörren och Victoria var mitt i att leda ett möte. Överraskande nog hade hon slutat ringa och sms:a honom efter att han och Kasia åkt till Morgana's, nästan som om hon hade vetat att han behövde tiden ensam med sin dotter. Antingen det, eller så sparade hon bara upp all uppdämd frustration till hans ankomst.

Vilket visade sig stämma. När han smög in i rummet drog han ut en stol längst bak i hopp om att ingen skulle märka det. Men hans plan sprack av det gälla gnisslet från stolen mot golvet.

"Här är han," sa Victoria och stannade upp. "Äntligen, för i helvete."

"Chefen."

"Har du lust att säga varför du inte har svarat på några av mina samtal eller på mina meddelanden?"

Tomek lät blicken svepa genom rummet. Alla blickar vilade på honom, vissa granskande, medan andra (särskilt Chey och Rachel) log, ivriga att se dramat utspela sig framför dem.

"Ska vi ta det här?" frågade han.

"Ja."

"Okej då. Jag var ute och åt frukost med min dotter."

"Och du tycker att det är ett acceptabelt sätt att använda tiden mitt under en mordutredning?"

"Vi var på Morgana's, chefen. Jag gjorde efterforskningar."

Tunt, på gränsen till obefintligt, men det var ändå efterforskningar. Trogen sin natur bad Victoria honom redogöra för vad han kommit fram till.

"Den vikarierande servitrisen, Helena, såg trött ut. Liksom resten av stället. Det var tomt. Det var bara tre sällskap totalt. Ingen vill gå dit nu när de vet vad som har hänt. Det tyckte jag var märkligt. Jag hade trott, om man ska döma av mängden blommor och kort utanför fönstret, att folk skulle visa sitt stöd genom att gå in och hålla rörelsen flytande."

Victoria nickade långsamt och lade armarna i kors över bröstet.

"Servicen var långsam i köket," fortsatte Tomek. "Vår mat dröjde, vilket oroar mig för hur länge rörelsen kan överleva."

"Hur hjälper det oss att hitta mördaren?"

Tomek funderade en stund, i hopp om att svaret skulle dyka upp. Men det gjorde det inte. Han hade inget.

Tills kriminalassistent Martin Brown lade sig i. "Var inte biträdande chefen där?"

"Det tror jag inte. Påminn mig om hur han ser ut."

Som om han i hemlighet jobbade för *Blue Peter* plockade Chey fram ett foto på den biträdande chefen, Vlad Boyko, ett som han hade förberett tidigare på sin laptop. Tomek studerade mannens foto och slöt ögonen för att försöka se honom på restaurangen.

"När jag tänker efter," sa Tomek, "minns jag inte att jag såg honom över huvud taget."

"Intressant," svarade Victoria. Sedan vände hon sig mot Nadia. "Lägg till det på åtgärdslistan, tack. Vi måste hålla koll på honom. Han kan vara en flyktfara."

Så snart Nadia började anteckna i sitt block sjönk Tomek ihop, sänkte axlarna och kröp längre ner på stolen i hopp om att gömma sig för inspektörens blick.

Det fungerade inte.

"Du kom in i precis rättan tid, Tomek," sa hon upphetsat, som om tanken just slagit henne. "Vi höll på att diskutera läckan."

"Läcka? Åh, det låter inte bra. Det finns ett apotek längre ner på gatan. Jag tror de säljer inkontinensskydd."

Ett lätt, nästan ohörbart fniss studsade genom rummet, men tystnade vid Victorias genomborrande blick.

"Du vet vilken läcka jag syftar på. Den i *Southend Echo*. Den som släppte all information vi har om vår huvudmisstänkte. Den som tillkännagav Andrei Pirlogs död för allmänheten. Du råkar inte veta något om den, eller hur?"

Tomek sänkte blicken. "Det skulle jag, ja."

Victorias ögon blev stora av förtjusning. "Det gör du?"

"Ja. Nu vet jag allt du just berättade."

Överraskningen över hans plötsliga "erkännande" rann snabbt av hennes min.

"Det var inte så jag menade. Och det vet du."

Det visste Tomek. Klart han gjorde. Han var inte dum. Men han tänkte inte erkänna något om inte Victoria hade bevis som kunde pressa in honom i ett hörn.

"Jag vet ingenting om någon artikel," sa han.

"Inget att göra med din flickvän som är journalist?"

Tomek skakade på huvudet och svarade platt: "Nej. Och jag uppskattar inte anklagelsen. Om du inte har bevis som pekar på något annat föredrar jag att du inte insinuerar att jag har blandat ihop det privata med jobbet."

Tystnad gled in i kontoret. I ögonvrån såg Tomek kollegornas huvuden gå fram och tillbaka mellan dem som om de tittade på en såpa.

"Bra," sa hon. "Jag var bara nyfiken. Men om jag hittar bevis som stödjer min teori, så svär jag vid gud, för fan, att jag ska göra ditt liv till ett helvete de närmaste veckorna."

"Det ser jag fram emot," svarade han och log.

KAPITEL
TJUGOFEM

I timmarna efter mötet hade Tomek varit bunden vid skrivbordet. Han hade äntligen börjat skriva den rapport som Victoria hade tjatat på honom om. Det var en lång och mödosam uppgift: att koka ner de framsteg de hade gjort till hanterliga, lättsmälta bitar information. Först började han med sina slutsatser från obduktionen. Den hade, utan minsta tvekan, visat att Morgana hade drunknat. Blåmärkena runt hennes hals tydde på att hon hade hållits under vattnet. Däremot fanns det få eller inga fingeravtryck eller DNA-spår på henne som inte kom från Redgraves, Andrei Pirlog eller Warren Thomas. I sina försök att få upp kroppen på kajen hade de kontaminerat alla spår som hade kunnat peka dem mot mördaren.

Bortsett från blåmärkena runt halsen och vattnet i lungorna fanns det inget annat anmärkningsvärt med Morganas kropp. Hon hade varit vid god hälsa. Hon varken drack eller rökte, och hon unnade sig inte heller av läckerheterna på sin restaurang. Trots det hade hennes kläder och skor skickats iväg för extern undersökning. Det fanns dock en eftersläpning, och det skulle dröja en eller två veckor innan de fick resultaten. Som tur var blev det en kort rapport, och han var klar med den inom en halvtimme.

När han stängde dokumentet på datorn, lät han blicken svepa över kontoret. Det var glest. Bara han, Chey och Nadia, som hade fått order att fortsätta sitt arbete på kontoret. Under tiden var alla andra ute i fält, samlade in fler vittnesmål och pratade med Morganas anställda och hennes kunder. Chey hade däremot fortfarande den otacksamma uppgiften att försöka hitta CCTV-material på den misstänkte – det, och att svara på samtalen som hade kommit in från allmänheten efter Abigails nätartikel. Sedan artikeln hade publicerats hade teamet fått hundratals samtal via växeln, alla påstått ha information om Morganas mördares identitet. Som så ofta hade en stor del av dem varit rena tidsförluster. Det hade dock kommit ett samtal till växeln som varit intressant. En kvinna från Southend hade sett en man komma upp ur vattnet på morgonen då Morgana dog, fullt påklädd och täckt av sand, vagt överensstämmande med den misstänktes signalement. Som Tomek och Chey hade misstänkt hade gestalten smält in bland folk ett par hundra meter från Southend Pier. Sean, den lyckliga jäveln, hade skickats för att prata med henne.

Det passade Tomek. Han tyckte att teamet slösade tid på att prata med fler nyckelvittnen. Hans fokus låg på Andrei Pirlog. I hans värld var mannen fortfarande mördad, även om Victoria inte höll med och redan hade dragit slutsatsen att hans död var självmord. De väntade fortfarande på obduktionen och DNA-resultaten, men något med mannens död gjorde honom illa till mods. Varför skulle han ha tagit livet av sig? Hade synen av ett lik blivit för mycket för honom? Eller hade han tystats, dödats för vad – och vem – han hade sett den morgonen?

Tomek sköt ifrån sig från skrivbordet och gick mot köket. När han kom in pingade telefonen. Det var ett sms från Nick.

Är du på kontoret? Jag ser din bil. Jag är utanför.

———

En arktisk vindby slog honom i ansiktet i samma ögonblick som han öppnade dörren ut till parkeringen. Spår av stormen Alisha fanns kvar, löv virvlade från ena sidan till den andra.

Tomek fick syn på Nick en stund senare, sittande i sin bil, ansiktet knappt synligt bakom speglingen av den grå himlen i vindrutan. Han gick bort till bilen och klev in. Värmen stod på för fullt, som att kliva in i en bastu.

"Du har nog inte ställt den tillräckligt varmt," sa Tomek, och önskade genast att han inte hade tagit med sig jackan.

"Man fryser mycket mer i min ålder."

"Det och den svaga blåsan."

"Okej. Det räcker. Din jävel." Nick pekade mot byggnaden. "Hur är livet utan mig?"

"Beror på vem du frågar. Vissa skulle säga att det är bättre och att de har det hur bra som helst. Andra skulle säga att det är sämre än någonsin."

"Vilket läger hör du till?"

"Det senare."

"Så illa?"

Sedan förklarade Tomek för Nick allt som hade hänt sedan hans avstängning. CCTV-materialet, incidenten utanför Redgraves, Andreis död och läckan till tidningen.

"Kan jag anta att du var på det där lilla pisskalaset?" frågade Nick.

"Som en tjock unge på en muffin."

"Och det vet hon?"

"Tja, hon misstänker det. Hon *vet* ingenting."

Nick suckade, länge och djupt. "Gå inte för nära elden, kompis. Du kan hamna i mycket större trubbel när jag inte är där och försvarar dig."

Det var problemet. Tomek ville inte att Nick skulle försvara honom. Inte längre. Han var gammal nog att ta hand om sig själv och hantera konsekvenserna av sina handlingar – tills det gick för långt, förstås, då kunde han behöva en hjälpande hand. Men till dess gillade han att tro att han skulle veta var gränsen gick.

"Hur är det tidiga pensionärslivet?" frågade Tomek.

"Så jävla tråkigt. Alltså, missförstå mig inte, jag älskar att jag får tillbringa hela dagen med Lucy, Maggie och Nella, men så mycket passning behöver inte Lucy. Hon sitter bara där och tittar på tv. Vi måste bara se till att finnas till hands när hon behöver oss. Resten av tiden är det bara Maggie och jag hemma medan Daniela är i skolan."

"Hur går det med allt det där?" frågade Tomek.

"Skit. Värre, kanske. Definitivt inte bättre än tidigare."

"Det har bara gått ett par dagar."

"Precis. Det är det som oroar mig. Om jag är så här uttråkad, om jag redan efter mindre än en halv vecka bävar för att gå hem, vad säger det om vårt äktenskap? Vad betyder det för vår framtid?"

Tomek hade inget svar på den frågan. "Ge det lite tid. Har du pratat med Isabel om det?"

Nick skakade på huvudet och suckade igen, ännu djupare den här gången. "Hon är fullbokad. Hon har fortfarande en eftersläpning att beta av. Det är därför jag har kommit för att träffa dig. Få tankarna på annat. Prata av mig med en gammal polare."

Fan.

"Vet inte hur mycket hjälp jag kan vara. Har egna grejer på gång: Kasia håller något ifrån mig, och jag kan inte lista ut vad det är."

"Har du försökt fråga henne?"

"Ja. Självklart. Har *du* försökt prata med *din* fru?"

Nick stirrade bort i fjärran. Hans röst var tom, nästan innehållslös. "Inte mycket. Jag går ut och promenerar mycket för att rensa huvudet, bearbeta tankarna. Under stormen kunde jag dock inte det, så jag tvingades sitta inne. Då hade vi en bra dag."

"För att du var tvungen och inte hade någon annanstans att ta vägen?"

Nick nickade. Det såg inte bra ut. Att prata igenom deras personliga problem var väl och bra, kanske terapeutiskt, men Tomek ville byta ämne.

"Vad tänker du om Andreis död?" frågade Tomek.

Om Nick tog illa upp av det plötsliga ämnesbytet visade han det inte. I stället såg han nästan lättad ut. De var ju karlar, trots allt. Två män oförmögna att uttrycka sig och konfrontera sina känslor.

"Det verkar väl bekvämt att han skulle ta livet av sig dagen efter att han hade varit nyckelvittnet till ett mord," sa Nick. "Och dessutom var han vänlig nog att lämna dörren öppen åt dig."

"Har du någonsin varit med om att någon som tagit livet av sig gör så?"

Nick letade i minnet. "Jag har haft ett par som varit liknande på den punkten. Folk som inte hade någon i sitt liv. Som hoppades att de skulle hittas någon gång. Som gjorde det lättare för den som sedan hittade dem. Men det är inte vanligt. Särskilt inte när det gäller ett nyckelvittne, som jag sa. Och ännu ovanligare när andra nyckelvittnen har rapporterat en gestalt som stått utanför deras fönster."

"Precis vad jag tänker, men Victoria verkar tycka att det är för tidigt att slå fast en angreppsvinkel på hans död. Hon vill vänta tills vi har DNA-resultaten och obduktionen klar."

"Du kan alltid hinna före henne. Ligga steget före. Min teori vore att han tystades. Att den som dödade Morgana kom tillbaka efter honom. Frågan du måste ställa dig är *hur*, och *varför*, och om det finns något annat som länkar dem två."

Tomek slöt ögonen medan han funderade på vad Nick hade sagt. Men innan han hann fokusera på det för länge fångade en gestalt hans uppmärksamhet, där den promenerade över parkeringen, i en mörk kappa, med svart hår, ett tunt svart skägg och en halsduk virad runt halsen. Små plymer av ånga puffade snabbt ur hans mun, trots att han inte sprang. Antingen var han rejält otränad, eller så var han nervös över något; hans puls hade ökat av en anledning.

"Ursäkta," sa Tomek och grep tag i dörrhandtaget.

"Vart ska du?"

Tomek pekade på mannen. "Någon som ser förbaskat mycket ut som vår huvudmisstänkte har precis gått in på polisstationen."

KAPITEL
TJUGOSEX

M annen hette Mariusz Stanciu. Trettiofyra år gammal, rumän, med kort svart hår och ett tunt svart skägg. Kort efter att ha fått syn på honom från passagerarsätet i Nicks bil hade Tomek rusat tvärs över parkeringen och gått fram till mannen, erbjudit sin hjälp, i tron att han hade gått vilse.

Mannen hade svarat: "Jag har kommit för att överlämna mig."

Det hade fått hjärtat att rusa. Den möjlige misstänkte gjorde hans jobb åt honom. Nu, tjugo minuter senare, satt de i ett litet rum tillsammans. Intetsägande, tomt, förutom ett bord och två stolar som stod tryckta mot väggen. I de övre hörnen på Tomeks vänstra sida satt två kameror som bevakade och spelade in varje rörelse. Mariusz hade gått med på ett frivilligt förhör, utan juridiskt ombud, och Tomek var mer än villig att gå honom till mötes.

"Tack för att du kom i dag", började han. "Men jag måste påminna dig om att även om det här är ett frivilligt förhör har jag rätt att gripa dig. Du har också rätt till juridisk rådgivning under hela processen, även om du redan har avböjt det. Är det något du vill fortsätta utan?"

Mariusz gav honom en tom blick. Ögonen var glansiga, som om han var djupt försjunken i något där hemma i Rumänien.

"Jag vill inte ha något juridiskt stöd närvarande", svarade han, med tung brytning.

Meningen lät tillrättalagd, nästan inövad, som om han drog fram den ur minnet i stället för att tala naturligt och i nuet.

"Nåväl. Då vill jag att du börjar", sa Tomek. "Varför har du kommit hit i dag, Mariusz?"

"Jag såg... jag såg..." Han gjorde en paus för att samla sig. Han tittade ner på fingrarna och började fläta dem i varandra. "Jag såg på tv. Nyheterna. Om kvinnan som dog vid hamnen. Jag såg... jag såg beskrivningen av vem ni letade efter."

"Så varför har du kommit in? För att du faktiskt var där, eller för att du passar in på beskrivningen av någon som var där?"

"För att jag var där och passar in på beskrivningen."

"Och du har kommit först nu för att du har insett att polisen letar efter dig?"

"Jag... jag..." Mariusz tittade ner på händerna igen och fortsatte att leka med dem. "Förlåt, min engelska..."

"Det är lugnt", sa Tomek lugnt. "Ta den tid du behöver."

Han tänkte inte sumpa det här så snabbt.

"Jag var där", sa Mariusz långsamt, nästan robotartat. "Men jag hade inget med hennes död att göra."

Tomek nickade och sjönk tillbaka i stolen. Nu var det dags att låta Mariusz sköta snacket. Själv skulle han hålla tyst och lyssna. Hitta hål i berättelsen, sådant han kunde utnyttja och borra i längre fram.

"Berätta allt", sa han och tog fram sin osynliga popcornpåse och lade den bredvid penna och block.

Innan han började harklade sig Mariusz. "Ser du, ja, jag var i hamnen den morgonen. Ja, jag hittade kvinnans kropp – vad hette hon, Morgana? Ja, just det. Men jag hade inget med att döda henne att göra. Jag bara hittade henne. När de andra människorna kom till hamnen fick jag panik, släppte henne på marken och sprang därifrån. Jag vet inte vad som tog åt mig. Jag ville inte att de skulle tro att jag hade något med att döda henne att göra. Jag fick panik."

Mariusz kom till ett naturligt stopp och såg förväntansfullt på Tomek, väntade på ett svar, men när inget kom kände han sig tvungen att fortsätta.

"Jag gick åt fel håll. Jag såg inte vart jag var på väg. Och sedan kom tidvattnet. Det gick riktigt fort. Fortare än jag hade väntat mig, och sedan hamnade jag nära piren. Du vet, Southend Pier. Efter det sprang jag mot stranden, täckt av sand, lera och vatten. Sedan gick jag hem där jag tvättade mig och tvättade kläderna. Jag visste inte vad jag skulle göra, så jag stannade inne resten av dagen."

Ännu ett naturligt stopp. Ännu en förväntansfull blick. Den här gången valde Tomek att spela med. Hittills stämde allt han hade hört. Men det lät inövat. Vissa detaljer som Mariusz nämnt, som piren, som hur han tvättat bort sand och lera från kläderna, lät fabricerade. Som om han antingen hade blivit tillsagd att säga dem eller repeterat dem om och om igen. Tomek ville föra samtalet in på en väg som Mariusz inte väntade sig.

"Vad försörjer du dig på, Mariusz?"

"Försörjer mig? Hur menar du?"

"Vad gör du för arbete? Vad har du för jobb?"

"Åh. Jag förstår. Jag... jag är lastbilschaufför. Jag jobbar för ett åkeri."

Tomek log snett åt mannens feluttal av haulier. Det kom ut som "hooliar". Hade han inte bott i landet i trettiofem år, trodde Tomek att han hade gjort samma misstag.

"Kan jag få namnet på företaget", sa han, mer som ett påstående än en fråga.

"Självklart. Det är..." En kort paus när han skruvade på sig, osäker. "Det heter DWG Logistics."

"Hur länge har du jobbat där?"

"Tre månader. Jag är fortfarande i, hur säger man, provanställning?"

"Provanställning, ja. Vad har du gjort dagarna sedan du hittade kroppen?"

"Jobbat. Jag har fått köra upp och ner genom landet. Levererat beställningar till mina kunder."

"För att du fortfarande är på provanställning?"

"Ja. Mitt jobb är väldigt viktigt för mig. Jag måste behålla det så länge jag kan, förstår du. Jag har planerat något viktigt."

Som att mörda någon annan?

Tomek såg betet dingla framför sig och tog det. "Vad?"

"Jag ska fria till min flickvän."

Tomek sneglade ner på mannens högra hand. I Rumänien, liksom i Polen och andra europeiska länder, bär man vigselringen på höger hand i stället för vänster.

"Om jag inte tar fel ser det ut som att du redan är gift?"

Mariusz tittade på sina fingrar, gömde dem och började massera dem. "Det här är ingen vigselring. Jag fick den av min farfar innan han gick bort. Jag bär den här för att minnas honom."

Det uppskattade Tomek. Själv hade han aldrig riktigt känt sina mor- och farföräldrar. Hans farmor hade gått bort innan han föddes medan hans morfar hade dött några månader efter hans födelse. Hans bröder, Michał och Dawid, hade tillbringat mer tid med sin polska mormor innan de till slut lämnade henne kvar i Polen när de emigrerade till Storbritannien. Själv hade han bara sett henne ett fåtal gånger sedan dess, på semestrar, årsdagar och begravningar. Vad gällde hans kvarvarande brittiske farfar hade han flyttat till Skottland för kärlekens skull. Det hade kommit fram att, medan hans mormor låg för döden, hade farfadern legat med en annan kvinna och väntat på att hon skulle gå bort innan han flyttade upp till Skottland med sin nya älskarinna. Det ledde förstås till många bråk inom familjen, och Tomek hade varken sett eller hört av honom sedan dess. Han tvivlade på att mannen fortfarande levde.

"Var är din flickvän nu?" frågade Tomek.

"Hon… hon är… hemma i Rumänien. Hon var tvungen att åka tillbaka för några familje… några familjeproblem."

"Okej. Och vet hon vad som har hänt?"

Mariusz skakade oskyldigt på huvudet. "Jag ville inte oroa henne", förklarade han. "Ska du inte fråga mig varför jag var vid hamnen?"

Frågan överraskade Tomek.

"Det hade jag tänkt göra", svarade han. "Kommer du att berätta?"

"Självklart. Jag vill hjälpa utredningen så mycket som möjligt. Det är viktigt för mig. Ni måste fånga mördaren!"

Tomek behöll en neutral min medan han väntade på att mannens psykologiska oro skulle ta över.

"Jag besökte hamnen för att jag ska fria där, som jag har sagt. Jag ville, hur säger du, *rekognosera* platsen. Jag ville göra ett test och se hur det är för mig och min flickvän att gå ner dit när jag friar. Jag behövde se om det var lerigt eller blött och hur tidvattnet är. Jag förväntade mig inte att hitta ett lik där."

"Verkligen inte", svarade Tomek stelt. "Kan du minnas när du kom fram till brottsplatsen?"

Mariusz tittade ner på bordet som om han hoppades hitta svaret där. Sedan sa han: "Halv tio på morgonen. Precis efter. Jag tror att jag tog mig tillbaka till stranden efter elva."

"Över en timme senare? Det är lång tid för att ta sig tillbaka…"

Små lampor började tändas i Tomeks huvud.

"Jag var tvungen att springa och undvika pölarna. Och dessutom gick jag fel. Jag har redan sagt det här."

"Du har rätt. Det gjorde du. Ursäkta. Såg du, under din första tur ner till hamnen den morgonen, någon som betedde sig konstigt eller något ovanligt? Såg du någon fly från brottsplatsen? Såg du själva mordet?"

Mariusz skakade på huvudet. Långsamt. "Förlåt", sa han, "men jag såg ingenting. Det var bara jag. Jag önskar att jag kunde hjälpa mer."

"Du vill verkligen hjälpa utredningen på alla sätt du kan, eller hur?" Mariusz lutade sig fram i stolen och rätade på ryggen en aning. "Självklart. Det är viktigt för mig. Vad ni än behöver."

Tomek hade hört nog.

"I så fall, Mariusz Stanciu, griper jag dig misstänkt för mordet på Morgana Usyk. Du behöver inte säga någonting, men det kan skada ditt försvar om du vid förhör inte nämner något som du senare åberopar i domstol. Allt du säger kan komma att användas som bevis."

KAPITEL
TJUGOSJU

Tomek hade inte haft något annat val än att gripa Mariusz och placera honom i en arrestcell. Han hade erkänt att han befunnit sig på brottsplatsen och att han var den enda i området vid tiden för Morganas död. De närmaste tjugofyra timmarna, åtminstone, hade Tomek och teamet lyxen att kunna utreda hans koppling till Morganas död utan risk att han skulle fly eller förstöra några bevis. Det enda problem som återstod nu var dock att bekräfta var han hade befunnit sig, hans jobb och hans rörelser efter hennes död. Det var en kamp mot klockan, men lyckligtvis, tänkte Tomek, hade de teamet för att klara det.

Kort efter gripandet hade Mariusz tagits ner till intagningsdisken – eller, som Tomek brukade kalla den, arrestdisken – där han hade lämnat ifrån sig sina tillhörigheter, fått en träningsoverall att byta till, och där togs även hans fingeravtryck och DNA-prov. Tomek hade också sett till att behålla en kopia av mannens polisfoto. Till hans irritation såg Mariusz förbluffande bra ut på det. Det fanns inget av den där bleka, vissna och slutkörda uppsynen i mannens ansikte. I stället såg han ung och vital ut, som om han visste att han inte hade något att oroa sig för.

Tomek lät fotografiet glida mellan fingrarna medan han väntade på att ytterdörren skulle öppnas. Bredvid stod Rachel, som i dag hade valt att låta håret hänga löst. Ett ögonblick senare öppnades dörren, och den store mannen tog emot dem. Han var så stor att kroppen knappt fick plats genom den. Den här morgonen var han klädd i ett par korta rugbyshorts som satt tajtare än ett korvskinn och buktade på alla fel ställen. På överkroppen bar han en gammal, trasig och illa medfaren rugbytröja som såg ut att inte ha passat på tjugo år.

"Tomek..." sa Warren förläget. "Och...?"

"Kriminalassistent Rachel Hamilton", svarade hon.

"Du låter inte som att du är härifrån."

"Det är jag inte heller. Fast det bär jag som en hedersmedalj. Jag är en tjej från norra London."

"Vad förde dig hit? Det var då inte Tomeks ledarskap, det vet jag. Jag har sett honom på rugbyplanen i skolan. Han kunde inte skilja på arslet och armbågen."

Warren lade handen uppe på dörrkarmen och lutade sig mot sidan, så att hans stora triceps och lats syntes – ryggmusklerna som fick det att se ut som om han hade vingar. Den uppenbara flörten och försöket att spreta med fjädrarna som en påfågel var beundransvärd, men lönlös. Såvida Rachel inte hade gjort en plötslig och rätt drastisk helomvändning de senaste veckorna, var hon fortfarande gay och spelade väldigt tydligt i samma lag som dem båda. Men det ville Tomek inte säga till honom. Han njöt av att se bilen styra rakt mot ett träd som det inte gick att köra igenom.

"Det var det faktiskt", sa Rachel. "Jag hade hört så fina saker om honom, och blev sedan bittert besviken när jag till slut träffade honom."

"Man ska aldrig möta sina hjältar", sköt Tomek in.

Rachel himlade med ögonen och vände sig sedan till Warren och frågade om de kunde komma in. Mannen klev åt sidan för att släppa förbi dem. När Tomek smög sig förbi honom, trängde han sig förbi som en räv som försöker klämma sig genom ett grävlingshål, och Warren sa: "Varför låter du inte gliringarna vara min grej, kompis?"

"Du trodde att det där var mitt försök att flirta?"

"Var det inte?"

"Jo. Förlåt, ja. Uruselt, du har rätt. Faktum är att jag lämnar över det till dig. Och om du behöver tips, hon älskar skämt där man totalsågar ABBA."

"ABBA?"

Hennes favoritband.

Tomek nickade och höll tillbaka ett leende som ville spricka upp i ansiktet. "Avskyr dem. Tål dem inte. Tycker att den där virtuella showen de kör just nu är det största pengaslöseriet som mänskligheten känner till."

Warrens ansikte lyste upp som en alkoholist som blir bjuden på en drink. "Toppen, tack! Jag hatar också ABBA!"

Ett ögonblick senare slog sig Tomek och Warren ner hos Rachel i vardagsrummet. Hon hade redan gjort sig hemmastadd genom att hitta en plats i soffan mittemot tv:n. Warren erbjöd något att dricka, men båda tackade nej.

"Låter allvarligt", sa han medan han hasade sig mot rummets mitt.

"I morse grep vi någon misstänkt för mordet på kvinnan från hamnen", sa Rachel, rakt på sak.

"Redan gripit någon? Vem?"

"Det är därför vi är här", sa Tomek och stack handen i fickan.

Så fort Tomek gjorde rörelsen tog Warren ett steg bakåt och höll handen framför sig, som om han värjde sig mot en rugbytackling från en motståndare. Ögonen var vilda av rädsla.

"Mig? Är det här något sjukt sätt att säga att ni har kommit för att gripa mig?"

Tomek och Rachel kastade en blick på varandra. Sedan brast de ut i skratt.

"Det skulle nog krävas fler än två av oss för att klara det", sa hon.

"Fast om du försöker springa för det, är det nog bara jag som kan hinna ikapp dig", lade Tomek till.

Det verkade dämpa Warrens farhågor. Han sänkte händerna och lät axlarna sjunka några centimeter.

"Vi ville se om du kan bekräfta identiteten på personen vi har gripit, om det stämmer med beskrivningen av personen du såg den morgonen?"

"Har ni varit och träffat amerikanerna?"

"Vi kommer precis därifrån."

"Och?"

"Det tänker jag inte säga. Jag vill att du tittar på det här fotot först och säger om det stämmer med beskrivningen du gav."

Tomek stack handen i fickan och tog fram polisfotot på Mariusz Stanciu. Han räckte över det till Warren, som försiktigt tog det av Tomek och granskade ansiktet på avstånd, med kisande ögon. Sedan insåg han att han inte lurade någon och skyndade sig ut i köket efter ett par läsglasögon. När han kom tillbaka studerade han fotografiet. Det tog honom högst tre sekunder att komma fram till en slutsats.

"Jag kan inte säga säkert", sa han. "Jag såg inte snubbens ansikte särskilt väl. Den enda som fick bästa kika på honom var killen som var där före oss. Ni borde visa det för honom."

"Det skulle vi gärna göra", svarade Tomek och tog tillbaka polisfotot från Warren. "Men han är död."

"Död?"

"Tyvärr."

"Hur då?"

"Självmord. Påstås. Men vi utreder det."

Warrens blick gled mot burspråksfönstren. "Om han mördades...
betyder det att han kan ha blivit dödad för att han såg mannens ansikte?"

"Om det är så, har du och resten av gruppen inget att oroa er för",
svarade Rachel.

"De såg honom inte tillräckligt tydligt heller alltså?"

Rachel skakade på huvudet.

"Det verkar som att den enda som otvetydigt kan bekräfta om det här
är killen som flydde från brottsplatsen är död."

"Förlåt", svarade Warren.

"Vad ber du om ursäkt för?" frågade Tomek.

Med en gest mot dokumentet i Tomeks hand sa han: "Det där. Jag
önskar att jag kunde bekräfta om det var han. Men jag såg helt enkelt inte
hans ansikte. Allt jag såg var hans rock. Jag var för upptagen med att
hjälpa Kirstys man längst bak i gruppen. Den fete jäveln fastnade hela
tiden i leran."

"Det är inget problem", svarade Rachel lugnt. "Du har varit till stor
hjälp i den här utredningen ändå."

"Just det." Warren knäppte med fingrarna, som om något just slagit
honom. "Hörni, har ni tänkt på att det här kan vara en ABBA-besatt lönn-
mördare? För då har han the time of his life."

Tystnad. Rachels ansikte föll. Tomek hade svårt att hålla sig för skratt.

"Vad?" frågade Rachel.

"Vad?"

"Vad?" sa Tomek och stämde in.

Plötsligt krympte den gigantiske rugbyspelaren till hälften och såg ut
som ett barn som just blivit förödmjukat på skolgården. "ABBA... 'Dan-
cing Queen'... Nej?"

"Nej. Inte direkt."

Rachel gav honom en föraktfull blick och vände sig sedan mot Tomek
och blängde på honom. Det var i det ögonblicket som Tomek tappade
kontrollen och brast ut i ett skrattanfall, dubbelvikt, hållande i soffkanten
för stöd.

"Förlåt. Jag bad honom göra det. Jag tänkte att du kanske skulle
uppskatta ett ABBA-skämt som inte kom från mig för en gångs skull..."

"Du satte dit mig?" bubblade Warren. "Du satte dit mig? Rövhål."

"Ja, jag instämmer i det", sa Rachel och hasade sig över till Warrens sida så att de två gav sig på honom tillsammans. "Troligen det största rövhål jag känner. Om inte världens största."

När han hade återfått fattningen log Tomek självgott mot dem och gjorde sedan en skämtsam bugning. Rachel satte snabbt punkt för besöket.

Tomek hade mer än gärna stannat och lyssnat på fler av Warrens kvalitetsskämt om ABBA, men enligt Rachel fanns det ingen tid. Deras tidsfönster för att hitta bevis mot Mariusz Stanciu höll snabbt på att stängas.

"Du måste fortfarande ta med mig ut till brottsplatsen", sa Tomek till Warren när de gick mot ytterdörren.

"Inte efter den där lilla fällan, gör jag inte det."

"Bra. Ska vi säga i morgon, samma tid som vår löprunda?"

"Vill du ut och springa igen?"

"Om det är okej för dig? Kroppen kände av det dagen efter, men när jag väl kommer in i det igen ska det nog gå bra."

Warrens ansikte lyste upp vid tanken på en löparkompis. På lång sikt.

"Kom igen, Mo Farah", sa Rachel och knackade Tomek på axeln, "vi måste tillbaka till kontoret. Vi har en mordutredning att driva, minns du?"

KAPITEL
TJUGOÅTTA

Tomek drog ut stolen från bordet och satte sig. Bredvid honom satt Chey som, på bara några timmar, såg ut som om han hade förvandlats till fembarnsfar, med allihop under tio. Ögonen hade sjunkit in, han hade tappat färg i kinderna, och buspojksleendet som Tomek var van vid var borta. Han såg knäckt ut, tilltufsad.

"Lång dag?" frågade Tomek.

"Du skulle fan inte tro det."

"Det ser ut som att du skulle behöva lite Adderall."

"Vad är det?"

"Jag vet inte", svarade Tomek. "Det är en sån där grej amerikaner säger när de ser någon som ser trött ut."

"Om det är amerikanskt vill jag inte ha det. Jag har sett Netflix-dokumentärerna."

Tomek var på väg att be honom utveckla, men Victoria hade just kommit in i rummet, så han hejdade sig. När hon passerade honom kände Tomek hur stämningen sjönk.

"Okej, allihop", började hon, "jag vill hålla det här kort och koncist. Jag vill ha uppdateringar från er allihop, och jag vill bekräfta om vi formellt kan åtala Mariusz Stanciu för mordet på Morgana Usyk."

Hon daskade ner en mapp med handlingar på skrivbordet onödigt hårt och vände sig sedan mot whiteboarden längst fram i rummet. Vid hennes sida stod hennes trogna hund, Sean, med dressyrhalsbandet fortfarande runt halsen och en whiteboardpenna i handen.

"Chey", började Rachel. "Vill du inleda?"

Alla blickar vändes mot Chey.

"Tror inte jag har något val", mumlade han för sig själv. Han prasslade med några papper för att maskera det, men det hördes ändå. Om Victoria hörde det, visade hon det inte. "Var vill du att jag ska börja?"

"Med de viktigaste punkterna."

"Okej. Visst. Så, jag har gjort allt jag kan när det gäller att gå igenom övervakningsfilmen från piren och strandpromenaden runt omkring. Nu när vi vet var och när Mariusz säger att han kom upp på land, har det hjälpt att snäva in sökfältet, men jag kan fortfarande inte hitta några bilder av honom längs strandpromenaden. Det finns inget som täcker just den vattensträckan vid den tiden på dagen. Så han kan ha kommit upp ur vattnet just då, men jag kan inte se något av det."

"Eller så ljög han", anmärkte Tomek.

Hans kommentar ignorerades.

"Martin? Vad har du?"

Nu var det kriminalassistenten Martin Browns tur att tala. Han såg, i total kontrast till Chey, pigg ut, som om det var hans första dag på jobbet och han bara hade varit där i tio minuter. Vilket det, jämfört med resten av teamet, i princip var; tillsammans med Victoria hade han kommit från Colchester för några månader sedan. Han höll fortfarande på att komma in i gruppen, men det syntes fortfarande tydligt att de nära banden till inspektören bestod.

Innan han talade strök han undan en lös hårtest bakom örat. "Jag har pratat med hans arbetsgivare, DWG Logistics, och de har bekräftat att Mariusz jobbar hos dem. De har skickat över arbetstillstånd, kopia på passet – allt. De har till och med bekräftat att han har jobbat de senaste dagarna och skickat leveranssedlarna för hans körningar upp och ner i landet."

"Chey…" började Victoria. "Kan du kolla dem mot ANPR och övervakningskameror, tack?"

"Skulle inte någon annan kunna göra det?" svarade han, så artigt han kunde. "Det är bara det att jag är överhopad med den andra filmen du vill att jag ska hitta."

"Men du har ju redan konstaterat att du inte kan hitta honom. Nu ber jag dig att hitta honom vid ett annat tillfälle."

Polisen sänkte huvudet, nickade tankspritt och krafsade ner en anteckning i sin bok.

"Tomek..." fortsatte Victoria och vände sig mot honom med en antydan till förakt i rösten.

"Ja, chefen?"

"Vad sa nyckelvittnena om Mariusz?"

"De känner honom inte från Adam", svarade han. "Eller, i det här fallet, Andrei."

"Va?" frågade Sean tvärt och tog både Tomek och alla andra i rummet på sängen.

"De kunde inte definitivt säga att det är samma man. Den enda som fick bäst blick på honom var Andrei Pirlog."

"Och nu är han död..." sa Victoria mjukt, som om hon talade med sig själv.

"Tycker du fortfarande att det är självmord, chefen?" frågade Tomek, men hans fråga möttes av tystnad. "Åh, och innan vi går vidare, jag sa till Redgraves att du har godkänt ytterligare en veckas vistelse i deras Airbnb."

"Varför i helvete skulle du göra det?"

"Tja, jag tänkte att vi kanske skulle behöva dem för utredningen, och de skulle flyga tillbaka till USA i morgon. Jag tyckte inte vi hade råd att tappa dem."

"Så du sa att de kunde stanna en vecka till?"

"Allt betalt. Mat, boende, säkerhet. De är väldigt tacksamma."

Victorias ögon smalnade när hon spände käkarna. "Jag tror för fan inte att det är sant. Vad förväntar du dig att jag ska göra?"

"Jag förväntar mig att du håller ditt ord, chefen."

"Jag har aldrig gått med på det här."

"Vill du vara den som sviker dem, eller vill du att jag framför budskapet?"

"Jag har väl för fan inget val än att godkänna kostnaden nu, eller hur?"

Victoria behövde ett ögonblick för att kontrollera sin ilska innan hon fortsatte mötet. Ansiktet hade blossat rött av ursinne. Hon vände sig till kriminalassistenten Anna Kaczmarek, familjekontakten.

"Kan du ta hand om det här? Ge dem en budget. Jag vill inte att de ska leva som dödsdömda fångar."

Anna bekräftade att hon skulle det. Sedan vände sig Victoria till kriminalassistenten Oscar Perez. Kaptenen, som han kärleksfullt kallades på kontoret, tack vare att han ständigt korrigerade allt och alla, hade varit tyst under hela samtalet. Olikt honom. Han hittade alltid något att säga. Han var en bra utredare, och Tomek hade mycket till övers för honom. Han visste vad han pratade om. Han var noggrann, sansad och effektiv. Allt teamet hade kunnat önska sig.

"Jag har gått igenom Mariusz sociala medier, och det verkar som att han kom till landet först nyligen. Så vitt jag kan se kom han hit för lite drygt tre månader sedan. Han postar inte särskilt mycket, men det räcker för att jag ska få en inblick i hans liv. Tyvärr inget mer. Inget som tyder på att han var där på mordmorgonen."

"Något som tyder på en koppling till Morgana?"

"Inte än. Men jag letar fortfarande."

"Bra. Hur är det med hans flickvän?" frågade Victoria. "Vad vet vi om henne?"

"Hon är mer aktiv på sociala medier. Lägger upp mycket. Eller, det gjorde hon. Tills de kom till landet postade hon nästan varje dag. Nu inte så mycket."

"Kan du prata med henne? Ta reda på om hon vet något om sin pojkväns förehavanden."

Martin nickade. "Jag ska försöka ta kontakt med henne."

Victoria klappade i händerna. "Utmärkt. Bra jobbat, team. Verkligen, bra jobbat. Ni gör ett fantastiskt arbete. Jag är stolt över er allihop. Men det finns fortfarande massor att ta tag i. Mycket att göra de nästa nitton timmarna. Hårt arbete, fokus och dedikation förväntas av er alla. Och jag vill kunna åtala Mariusz Stanciu för Morganas mord innan nedräkningen är slut."

———

Tomek tyckte att Victorias peppande tal var mer Boris Johnson än Winston Churchill. Självgott, platt och oinspirerande. Kanske var det bara så hon var. Eller så var det hans snabbt växande avsky mot henne.

När han gled ut genom dörröppningen, en av de sista att gå, kände han en hand mot ryggen.

Sean.

"Skulle du..." han tystnade. "Skulle du ha något emot att vi tog ett snack?"

"Okej..." svarade Tomek och dröjde kvar i tröskeln. "Låter oroväckande."

Sean gjorde en gest åt Tomek att flytta sig, och stängde sedan dörren bakom sig som om han var i en spionfilm.

"Du håller väl inte på att dö?" frågade Tomek.

"Nej. Tja, det gör vi väl alla. Bara i olika takt."

"Strålande."

"Men nej, jag ska inte dö. Inte på ett bra tag i alla fall. Jag bara..." Sean stack ner händerna i fickorna och tittade i golvet. Tomek kände sig som om han höll på att bli uppbjuden till balen. "Det har hänt några grejer hemma."

"Jaha?"

"Ja. Inget stort. Jag missade... jag missade några hyresinbetalningar och nu slänger hyresvärden ut mig. Dessutom funderar han på att sälja stället också, vilket inte hjälper."

"Att betala hyran i tid hade förmodligen hjälpt", anmärkte Tomek.

Sådan var deras relation – eller snarare, vad som en gång hade varit deras vänskap – att de kunde tala så öppet med varandra, utan att fjäska eller dalta. Allt de sa till varandra var osentimentalt – även det allvarliga. Som det ska vara. "Vad har hänt?"

"Jag hamnade bara i lite ekonomiska problem", svarade Sean.

"Du köpte inte en varuautomat, va?"

Tomek syftade på deras gemensamme vän, hyresvärden till en pub de brukade frekventera, som hade fallit för ett potentiellt lukrativt affärsupplägg med en varuautomat inne på puben, varor som påstås fyllde på sig själva (och sålde i första taget), och en passiv inkomst som aldrig tog slut. Sedan Tomek senast pratade med honom var det bara den första punkten som hade slagit in – till en dyr startkostnad.

Ett snett leende flög över Seans ansikte. Det första Tomek hade sett på länge.

"Nej", svarade han, "så dum är jag inte."

"Det avgör jag, beroende på hur du gjorde av med pengarna."

"Jag brände dem bara. För mycket spenderande. För mycket utekvällar. För många onödiga köp."

"Som vad då?"

Tomek insåg inte att han förhörde sin vän, men Sean gjorde inget för att stoppa honom.

"Jag köpte en dator jag inte använder. Nya hörlurar. En ny klocka. En ny bil."

En ny bil? Nu kände sig Tomek verkligen utanför. Det var en sådan sak de skulle ha delat med varandra. Även om Tomek hade väldigt lite intresse för motorfordon hade han ändå bett att få ta en sväng med honom. Inom lagens råmärken, förstås.

"Vad köpte du?"

"En Tesla. Sprillans ny."

"Hur länge har du haft den?"

"Ungefär sex veckor. Tidig julklapp."

"På avbetalning?"

Sean sänkte huvudet ytterligare. "Allt var det."

"Så du missade en betalning."

"Det var problem med min bank. De klantade sig."

Så är det alltid i såna här lägen. Alltid bankens fel. Eller någon annans. Men aldrig offrets, aldrig den vars namn står på kreditavtalen.

"Och nu blir du utslängd från ditt boende?"

"Det, och att hyresvärden säljer."

Hur kunde han glömma det?

"Vad fick dig att köpa allt det där skitet?" frågade Tomek.

"Jag vet inte! Jag trodde att jag ville ha det."

"Du ville ha allt det där inom loppet av några veckor?"

Den mänskliga hjärnan, och hur den har konditionerats till det senaste, hetaste, blankaste, fortsatte att förbrylla honom. När han växte upp hade han och hans bröder aldrig pengar att köpa vad de ville. I stället tvingades de nöja sig med att fönstershoppa, att hoppas, att vilja, att en dag kanske saker skulle förändras. Och även när det hade börjat förändras för dem som familj, när hans föräldrar hade startat sina respektive verksamheter hemma i Storbritannien, höll de ändå hårt i pengarna, de höll dem ändå borta från dem. Endast det nödvändigaste. De visste inte vilken turbulens som väntade, och därför var de försiktiga. De var smarta, återhållsamma, och det fick honom att uppskatta hur det är att inte ha något.

Intressant nog hade samma sak gällt Sean. Som barn visste Sean också hur det var att inte ha något, särskilt när hans far gick bort, och därför hade han tvingats bli företagsam i skolan genom att sälja godis och snacks med rejäl påslag. Vinsten använde han till det nödvändiga. Mat. Vatten. Värme. Hyra. Precis som Tomeks föräldrar hade Sean varit förnuftig. Men nu hade något slagit slint. Dopaminreceptorerna i hans hjärna hade blivit frasiga. Och Tomek trodde sig veta varför.

Victoria. Antingen gjorde han det för att imponera på henne eller så var hon drivkraften bakom allt.

"Vet hon?"

Sean skakade på huvudet. "Och jag vill gärna att det förblir så. Det är pinsamt."

"Pinsamt för vem? Dig eller henne?"

Sean öppnade munnen men kunde inte svara på frågan.

"Har du pratat med HR?" frågade Tomek. "De behöver nog veta, så att det inte blir några otrevliga överraskningar längre fram. Vi vill inte hitta dig död i ett dike för att du inte kunde betala tillbaka till en lånehaj."

"Nej, nej. Bara inkassobolagen i stället."

"Strålande."

En stunds tystnad rullade mellan dem. Sean masserade ansiktet medan han kämpade för att hitta orden. Ljudet av huden mot skägget var öronbedövande i det nästan tysta rummet. Trettio sekunder gick innan han till slut sa det han behövde.

"Jag undrade om jag skulle kunna bo hos dig ett par nätter, kanske veckor? Jag skulle bara behöva en soffa—"

"Bra, för det är allt du får."

"Och jag kan betala min egen mat och allt. Jag skulle inte ta upp för mycket plats."

Tomek mönstrade honom uppifrån och ner. "Du har sett hur stor du är, va? Du får vara glad om halva du får plats i soffan. Låt mig kolla. Jag måste dubbelkolla med Kasia, se om hon är okej med det."

"Självklart."

"Och Abigail."

"Abigail?" Det fanns sårat i rösten, som om han kände sig nedprioriterad. "Varför måste du fråga henne?"

"Hon sover över rätt ofta. Hon kan tycka att det blir obekvämt."

"Du har ju bara känt henne i två sekunder."

Tomek tog ett steg tillbaka och höjde handen mot Sean. "Vill du ha soffan eller inte?"

KAPITEL
TJUGONIO

L ukten av bacon och matolja var densamma, bekant, men samtidigt annorlunda, främmande. Som att krypa ner i samma märke och modell av säng, bara för att upptäcka att det inte var din egen. Som när Guldlock bryter sig in hos De tre björnarna, det var helt enkelt något som inte stämde med Iliana's Café. Stämningen var fel. Det var färre kunder, och mellanrummen mellan borden var för smala, vilket betydde att man nästan satt ovanpå varandra och snappade upp allt som sades runtomkring. Som grädde på moset smakade kaffet bedrövligt.

Medan Victoria och teamet lade all sin energi på att försöka hitta bevis för att anklaga Mariusz Stanciu för att ha dödat Morgana Usyk, hade Tomek andra idéer. För det första trodde han inte att mannen hade haft något med hennes mord att göra (han hade bara gripit honom för att starta klockan för hur länge han fick hållas kvar och för att se till att han inte blev en flyktrisk). Det fanns hål i Mariusz berättelse, för att inte tala om att Chey inte kunde bekräfta var han hade befunnit sig och att ingen av de viktigaste vittnena kunde identifiera honom med säkerhet. Även om Andrei fortfarande hade varit vid liv var Tomek nästan säker på att nyckelvittnet inte skulle ha känt igen honom.

I stället misstänkte Tomek att något annat pågick. Att någon hade satt Mariusz på uppgiften. Hans svar och monolog lät för slipade, för välrepeterade. Och den lilla luckan i hans historia där han hade sagt att han hade släppt ner Morgana på marken, när vittnesmålen hade sagt att han släppt henne i vattnet. För att inte tala om hans iver att behaga och hjälpa till i deras utredning, vilket fick Tomek att tänka att det var något någon hade sagt åt honom att säga. Varför, och av vem, visste han inte. Men han tänkte ta reda på det.

Så han hade kommit till Iliana's Café längs strandpromenaden i Southend, mitt bland en liten rad av butiker med utsikt över vattnet, några miles från systern, Morgana's, i Hadleigh. Restaurangen ägdes av hennes man, Anton Usyk, en man som Tomek gärna ville träffa en andra gång. Väldigt lite hade rört på sig kring honom och, så vitt Tomek visste, behövde det göra det. Det första stället man brukar titta i en sådan här utredning är offrets närmaste anhöriga, särskilt maken. Och hittills hade Victoria låtit honom glida undan.

Tomek ville gärna lära känna mannen. Och han brukade märka att en välbekant miljö gav bäst resultat.

"God... eftermiddag", sa servitrisen. "Kan jag... hämta... något åt dig?"

Hennes uppträdande var helt fel. Disharmoniskt, fladdrigt. Det fanns ingen trygghet i hennes uttryck, inte heller i hennes leende. Åtminstone hade Helena, servitrisen på Morgana's, sett glad ut över att vara där. Den här, på vars bröst det stod Gina på namnskylten, såg eländig ut. Fast när hon upprepade frågan bestämde sig Tomek för att ha lite överseende. Hon var polska, och hennes engelska lämnade en del att önska. Så, för att få henne att slappna av, talade han deras modersmål.

"*Dzień dobry*", sa han. God eftermiddag.

"Du pratar polska?"

"Jag *är* polsk, så det hoppas jag."

Det lockade fram ett skratt. Fast det varade inte länge. Så snart ljudet hade sluppit ur hennes mun, vred hon på huvudet mot restaurangens baksida.

Iliana's hade nästan exakt samma planlösning som Morgana's, med bås längs rummets sidor, kassan längst till höger och det öppna köket längst bak där kockarna syntes bakom en metallbänk. Nyfiken vred Tomek på sig i sätet i hopp om att få en skymt av vad hon tittade på, men hon avledde honom.

"Vilken del av Polen kommer du ifrån?" frågade hon.

"Katowice. Du?"

Ännu en blick mot köket. "Gdańsk."

"Trevligt. Jag har aldrig varit där. Hur länge har du bott här?"

"Tre månader."

"Trevligt. Hur trivs du?"

Gina tvekade, vände sig mot köket och ryckte sedan på axlarna. "Är okej..." Den här gången talade hon engelska.

"Vad fick dig att lämna hemmet?" frågade han.

Men innan hon hann svara kom en gestalt fram till henne och lade en hand på hennes axel.

"Är allt i sin ordning här?" frågade mannen bryskt. Sedan, så fort Anton Usyk kände igen Tomek, sa han: "Ah, kriminalare. Det är gott att se dig igen."

Han talade rakt på sak, utan känslor. Hans ansikte var tomt, blankt. Svårtolkat. Tomek avskydde att prata med folk från hans del av världen. De gav aldrig ifrån sig något. Lät aldrig den andre veta vad de tänkte eller kände. Det var som att de alla var ryska spioner inför rätta.

"Trevligt att se dig också", sa Tomek.

"Jag hoppas att du är här under bättre omständigheter än sist?"

"Jag är inte här för att tala om att ännu en närstående är död, om det är det du menar."

"Det är bättre nyheter än inga alls." Anton vände sig mot servitrisen, sedan tillbaka mot Tomek. "Så ohyfsat av mig. Du höll på att beställa. Ursäkta. Vad kan vi ordna åt dig?"

"En flat white räcker bra."

"Perfekt. Något att äta?"

Tomek avböjde. Anton vände sig till Gina och viskade till henne på ukrainska. Sedan skyndade hon bort till kaféets bakre del, där hon omedelbart började sysselsätta sig med sina uppgifter. Utan att säga något tog Anton stolen mittemot, och hans bröstmuskler spelade under den tajta designtröjan från Hugo Boss. "Jag hoppas att du inte har något emot sällskap?"

"Inte om du inte sväljer väldigt högljutt?"

Anton skrattade till. "Bara när jag pratar med någon jag inte vill prata med."

Ett ögonblick senare kom deras drycker. Gina ställde dem försiktigt, försagd, nästan så att Tomeks flat white höll på att spillas ut över bordsskivan. Med blicken stadigt fäst på Tomek förde Anton Usyk koppen till munnen och drack. Ljudet var ohörbart.

"Jag sa ju det", sa han. "Jag ljög inte om det, eller hur?"

"Nej", svarade Tomek, men undrade om det fanns något han *hade* ljugit om.

"Hur går utredningen?" frågade Anton. "Jag har inte hört något."

"Sakta. Men vi kommer framåt."

"Har ni gjort några gripanden än?"

"Inte än", ljög han. "Vi arbetar fortfarande på det. Området åt vilket gärningsmannen flydde från platsen är så stort att det visar sig vara svårare än vi hade räknat med. Hittills har vi en idé om att gärningsmannen kan ha kommit upp på strandpromenaden vid piren. Vi går just nu igenom övervakningskameror och eventuella ögonvittnesuppgifter runt den tiden och i det området. Vårt team tror att de kan ha fångat en stillbild av honom på en av kamerorna. Planen är att kanske gå ut med uppgifterna till allmänheten snart."

Antons ansikte var blankt, tomt. Fortfarande avslöjade han ingenting. Tomek hade försökt provocera honom att försäga sig, men mannen hade ett pokerface som ett proffs.

"Jag litar på att du och ditt team gör allt ni kan. Om det finns något jag kan göra för att hjälpa till, så måste du säga till."

En varningsklocka började ringa i Tomeks huvud.

"Du kanske kan hjälpa till, faktiskt", sa han och stack ner handen i fickan för att ta fram anteckningsblocket. "Jag undrade om du kunde berätta vad du gjorde på morgonen då din fru mördades."

För första gången ryckte Antons huvud till. Subtilt, nästan osynligt för det nakna och otränade ögat. Men inte för Tomeks.

"Jag har redan lämnat ett vittnesmål. Jag har redan sagt var jag var."

"Tidens gång låter oss ibland reflektera annorlunda över situationer och se dem i nytt ljus", förklarade Tomek, avsiktligt filosofisk och dunkel. "Dessutom, du berättade för mina kollegor. Du berättade inte för mig."

"Jag förstår..." Anton sippade på sin dryck. "Vad vill du veta?"

"Allt. Men låt oss först börja med dig, din historia, din frus historia."

"Kan du vara mer specifik?"

"Hur länge har du varit i Storbritannien?"

"Tretton år", svarade han utan att tveka. När Tomek själv ställdes inför den frågan var han alltid tvungen att tänka tillbaka och räkna ut sin ålder innan han gav ett svar. För Anton kom svaret däremot på ett fingerknäpp. Antingen kunde han det på rak arm. Eller så var det en lögn. "Morgana och jag kom över när vi var i mitten av tjugoårsåldern. Southend har varit vårt hem sedan dess."

"Och ni två har byggt upp några väldigt framgångsrika verksamheter, ser det ut som?"

Anton nickade knappt märkbart. "Vi har arbetat hårt för att komma dit vi är."

"Det är jag säker på." Tomek drack av sin flat white och slickade bort skummet från läppen. "Säg mig", fortsatte han, "varför har ni två restauranger?"

"Därför att, som du säger, vi är framgångsrika."

"Fungerar de båda verksamheterna fristående från varandra, eller ser ni er som en kedja?"

"Separat. Morgana sköter Morgana's. Jag sköter Iliana's. Det är två separata bolag."

"Orsakade det aldrig någon friktion mellan er, några gräl, konkurrens, meningsskiljaktigheter? Om den ena gick mycket bättre än den andra kan jag absolut se hur det skulle kunna göra det. Om jag ska vara ärlig har jag bara varit på Morgana's. Jag visste inte att det här stället fanns förrän häromdagen. Och jag har en känsla av att det är likadant för många."

"Jag beklagar att du inte gjorde upptäckten tidigare."

"Det gör inte jag. Morgana's var mycket bättre."

Ännu en huvuddip. Ett ögonblick för Anton att överväga sitt svar. "Det är din åsikt."

Och flera tusen andra, om man ska tro omdömena på Google och Tripadvisor.

"Har du kommit hit för att förolämpa mig, kriminalare? Jag tycker inte om att bli förolämpad. Särskilt inte av en man i din profession." Plötsligt smalnade Antons blick och hans panna veckade sig. Nu avslöjade han mycket i sitt uttryck. En känsla i synnerhet: raseri.

"Jag har inte kommit för att göra något sådant", svarade Tomek. "Jag är bara nyfiken, grälade ni aldrig om den konkurrens som fanns mellan era verksamheter?"

"Nej. Vi är ett team."

"Så verksamheternas läge kom aldrig emellan er?"

"Nej."

"Hur var det med Morganas flirtiga sida? Jag har fått höra att hon var väldigt vänlig mot många av sina kunder."

"Det är därför hennes restaurang var mycket mer framgångsrik. Hon visste hur man var vänlig mot sina kunder. Jag, jag gillar att vara roligare."

För du har ju varit en riktig muntergök hittills.

"Sex säljer, som man säger", la Anton till.

Det gjorde det. Och Tomek skämdes över att säga att han hade gått på det lite grann. De fina ögonen, leendet. Krok, lina och sänke. Om det inte hade varit platsen där han hade träffat Abigail i ett halvprofessionellt sammanhang, hade det varit hans enda skäl att återvända.

"Ni måste ha det väldigt fullt upp", sa han och förde samtalet vidare.

"Ja. Jag börjar klockan sju på morgonen och går vid åtta eller nio på kvällarna ibland. För Morgana var det ungefär likadant. Ibland stannade vi ännu längre. Det är mycket som ska skötas."

"Jag kan tänka mig att ni tillbringade väldigt lite tid tillsammans."

"Det är det offer man måste göra om man vill ha en framgångsrik verksamhet."

"Jag kan tänka mig det. Ni kommer hem sent, trötta efter dagen. Det måste ha tärt på ert äktenskap. Att ni blir frustrerade på varandra. Småsakerna som går dig på nerverna. Men ingen av er säger något eftersom ni är trötta och stressade. Sedan börjar de där småsakerna nöta mer och mer. Och fortfarande säger ni inget, för ni vet hur det är. Tills en dag den där lilla saken blir en stor sak. Och något brister."

"Nej, kriminalare. Du har fel. Vi vet hur det är att inte ha någonting alls utom varandra. Vi vet hur det är att vara på botten. Och nu när vi är på toppen har det aldrig förändrats mellan oss. Vi är ödmjuka, enkla. Ingenting har kommit emellan oss. Inget av det du säger stämmer."

Tomek trodde inte på det. Det fanns fortfarande ett frö av tvivel i hans huvud om Antons rörelser och beteende. Han var en muskulös, välbyggd kille som uppenbart tränade. De rundade axlarna, de buktande bicepsen. Tomek sneglade ner på Antons händer. Han hade inte tänkt på det, men de omslöt muggen utan ansträngning. Starka och kraftfulla, men ändå med en följsamhet. Det skulle ha varit väldigt lätt för honom att strypa sin fru till döds med dem.

"Du har fortfarande inte svarat på min fråga", sa Tomek och drack ur det sista av sin dryck. "Vad gjorde du på morgonen då din fru dog?"

Mungipan på Anton reste sig. "Det är inte frågan du ställde från början. Du frågade *var* jag var på morgonen då hon dog. Men jag ska svara på båda samtidigt. Jag var här, arbetade, på kontoret. Som jag sa, jag börjar klockan sju och jag lämnar inte kontoret förrän sent. Det finns viktig administration jag måste sköta."

"Varje morgon?"

"Varje morgon."

"Utan undantag?"

"Utan undantag."

"Så vem lämnade huset först den morgonen?"

"Det gjorde jag."

"Och du vet inte vart din fru gick?"

"Nej."

"Och du vet inte varför hon var där?"

"Nej. Jag vet inte varför hon var där."

Tomek vände sig mot Gina och började sedan betrakta omgivningarna, granska kunderna. Vid det här laget hade antalet vuxit till fem.

"En sak till", sa han, "innan jag glömmer."

"Ja."

"Varifrån kommer namnet Iliana?"

"Det är namnet på vår dotter. Hon dog under Morganas graviditet för tio år sedan. Det är på grund av henne vi startade den här restaurangen. Iliana's kom först, sedan Morgana's."

Tomek uttryckte sitt deltagande. Anton sänkte huvudet. Han kunde se smärta i mannens ansikte, för första gången en känsla. Och lite skam också. Kanske var det för att restaurangen i hennes namn inte var lika framgångsrik. Att han på något vis hade svikit hennes minne.

Sedan hann tanken ifatt honom, att Morgana förlorat barnet under graviditeten. Hur fruktansvärt det måste ha varit. Hur traumatiskt. För tre månader sedan hade de här tankarna inte ens slagit honom; nu när Kasia fanns i hans liv hade saker förändrats.

Med det tog Tomek upp plånboken och lade en tiopundssedel på bordet. Anton plockade upp den och räckte tillbaka den. Det bjuder vi på, sa han. En särskild gest, för allt ditt hårda arbete. Tomek tackade honom och lämnade kaféet.

Teamet väntade sig att han skulle komma tillbaka strax efteråt, men det fanns ett annat ställe han ville besöka först.

Någon som han visste med säkerhet inte hade varit på jobbet när vederbörande skulle ha varit det på morgonen då Morgana dog.

KAPITEL
TRETTIO

Vlad Boyko bodde i en lägenhet med ett sovrum på bottenvåningen nära Leigh Cemetery. Tomek visste väldigt lite om mannen som bodde där. Seans rapport om honom, som fanns lätt tillgänglig i PNC, hade varit vag, och den snabbsökning han bett Nadia göra hade gett knapphändig information.

Tomek knackade på dörren och väntade. Ovanifrån, från lägenheten ovanför, kom ljudet av tung musik och djup bas.

Ett ögonblick senare öppnades dörren och där stod Vlad, klädd i en enkel vit T-shirt som var flera storlekar för liten och ett par gråa joggingbyxor.

Tomek hade chansat på att Vlad var hemma. Vad biträdande chefen för ett café som saknade sin ägare och sin chef gjorde hemma, det visste Tomek däremot inte.

Det ville han ta reda på.

"DS Tomek Bowen", sa han och visade upp sin tjänstelegitimation framför mannens ansikte. "Kan jag få komma in?"

"Är det något som inte stämmer?"

"Inte än. Jag har bara några fler frågor till dig om morgonen då Morgana dog. Det är lite kallt ute, och jag vill inte att du förlorar all värme. Kan jag komma in?"

Motvilligt klev Vlad åt sidan. Han hade inget att sätta emot i den här situationen, inte om han inte ville verka misstänkt genom att vägra släppa in honom.

När Tomek klev in tilltog oljudet från musiken ovanför. Tak och väggar vibrerade hårt, och han kände hur huden kröp i takt med takten.

"Omtänksamma grannar du har."

"Ja."

"Hur länge brukar det hålla på?"

"Hela dagen. Ibland hela natten."

"Du borde klaga", sa Tomek.

"Jag är van."

Tomek tvivlade inte på det, men det var ändå ett bekymmer. Som tur var hade han välsignats med en underbar granne i form av en pensionär i sjuttioårsåldern som höll oljudet på ett minimum och stod ut med mycket från honom och Kasia, däribland hans tunga fötter som dundrade över golvbrädorna tidiga morgontimmar när han inte kunde sova.

Vlad tog sedan med Tomek till köksdelen, där han erbjöd te eller vatten. Tomek tackade nej till båda.

"Om jag får i mig mer koffein kommer jag att sprinta upp och ner längs strandpromenaden hela natten."

"Just det", sa Vlad halvhjärtat medan han sysslade med vattenkokaren för att göra en kopp åt sig själv.

"Har du någonsin gjort det? Sprungit längs strandpromenaden alltså?"

"Nej."

"Det borde du. Det är fantastiskt. Upprymmande. Gillar du att springa?"

"Nej. Det kan jag inte påstå."

"Men jag lade märke till att du hade ett snyggt par Hoka-löparskor vid dörren. Förlåt mig ..."

"De är bara för komfort. Många av recensionerna jag läste på nätet sa att de är som att gå på moln."

"Jag har sneglat på ett par ett tag men kan inte rättfärdiga kostnaden. De är riktigt dyra."

Vlad ryckte på axlarna, vilket antydde att även om kostnaden kunde vara hög för Tomek, var den det sannerligen inte för honom. Strax därpå kokade vattenkokaren klart och biträdande chefen gjorde sin kopp te.

"Hur har du hanterat nyheterna de senaste dagarna?" frågade Tomek.

"Det har varit en chock. Tufft."

"Hur kommer det sig att du inte är på restaurangen?"

"Det är min lediga dag."

"Och hur mår alla på restaurangen? Tar de det också hårt?"

"Självklart. Vi älskade alla Morgana. Vi kan inte fatta att hon är borta."

Till höger om Tomek stod ett litet, runt matbord i trä. Han pekade på det och frågade om det var okej att sitta. Vlad bekräftade att det var det.

"Hur länge har du känt Morgana?" frågade Tomek.

"Sedan vi var sju."

Intressant.

"Och hur länge har du arbetat med henne?"

"I flera år. Hon gav mig jobbet när jag först flyttade över. Hon hjälpte mig när jag behövde det som mest. Jag skulle aldrig ha gjort något för att skada henne."

"Det är det ingen som säger", svarade Tomek.

Svar som det där var alltid mer oroande än de flesta. Talande, faktiskt. Det fanns alltid en dold innebörd bakom.

"Du säger att ni varit vänner sedan barndomen", fortsatte han. "Har ni alltid stått varandra nära?"

"Ja."

"Inga bråk eller meningsskiljaktigheter mellan er?"

Vlad skakade på huvudet och korsade armarna över bröstet.

"Jag kan tänka mig att ni litade på varandra, eller hur? Jag menar, ni har känt varandra sedan ni var sju. Jag slår vad om att hon berättade saker som du lovade att inte föra vidare till någon annan, och du delade säkert också sådant med henne som du inte ville att någon annan skulle få veta."

Tomek hade en hacka i handen och högg på stenmurens yta som var Vlads ansiktsuttryck. Under den hårda ytan fanns en diamant, det märkte Tomek, och den tänkte han få fram.

"Vi litade på varandra, ja."

"Berättade hon någonsin om några gräl hon hade med Anton? Någon gång då han kan ha slagit henne, eller när våldet trappades upp?"

Vlad log snett och gav ifrån sig ett litet fniss. "Du tror att du är så smart", sa han. "Men du har helt fel. Anton slog henne aldrig, han slog ingen."

"Kanske litade hon inte på dig så mycket som du tror."

En blandning av oro och förvirring flimrade över Vlads ansikte. "Vad pratar du om? Jag känner Morgana bättre än de flesta. Hon är som en syster för mig."

"Inte en älskare?" frågade Tomek och fortsatte att nöta på, på jakt efter rätt vinkel för att spräcka stenen.

"Ursäkta? Vad säger du?"

"Gick dina känslor någonsin från vänskap till något mer? Är du säker på att du aldrig såg henne som mer än en vän?"

Tomek mindes sin barndomsrelation med Saskia Albright. Hon hade varit den enda som kom fram till honom på skolgården hans första dag i skolan i England. Efter det hade de blivit bästa vänner. Även om deras relation hade blivit avlägsen med åren var Saskia nu tillbaka i hans liv och Tomek var angelägen om att behålla henne där. Trots att deras vänskap varit stark hade Tomek alltid undrat om det fanns något mer där, något de skulle kunna utforska båda två, men han hade alltid varit rädd för att äventyra relationen. Det var en svår och hårfin balansgång. En där han inte var säker på om han ville veta vart den skulle leda.

"Jag ... jag vet inte vad du menar", sa Vlad. Men tonfallet i rösten och den skakiga minen berättade en annan historia.

"Du ville aldrig vid något tillfälle be henne bli din flickvän eller gå på dejt med henne?"

"Nej ..."

"Du försökte aldrig och hon ratade dig?"

"Nej ..."

"Det där sved, eller hur? Tänk dig att se henne varje dag och veta att hon var med en annan man, kanske en man du inte godkänner. Jag slår vad om att du tycker att hon kan få någon mycket bättre än honom, eller hur? Önskar du att det var dig hon var gift med?"

"Jag förstår inte vad du pratar om ..."

"Vad hände före hennes död?" frågade Tomek. "Bad du henne lämna sin man? Lovade du att hon skulle bli lyckligare med dig, att ni två kunde leva livet tillsammans på restaurangen? Men sedan sa hon nej—"

"Du har fel", fräste Vlad.

"Och det gillade du inte, eller hur? Så du ville se till att om du inte kunde få henne, skulle ingen annan kunna det heller."

"Nu räcker det!" Vlads röst dånade genom lägenheten på bottenvåningen och dränkte musiken ovanför. Han slog knytnäven mot låret, kroppen spänd, bröstkorgen som höjdes och sänktes djupt.

Tomek log inombords. Han hade just hittat diamanten han letat efter.

"Varför kom du sent till jobbet morgonen då Morgana mördades, Vlad?"

"För att jag försov mig", väste mannen genom sammanbitna tänder. "Det har jag redan sagt."

"Inte till mig har du inte. Kommer du ihåg exakt när du vaknade?"

"Det var efter elva."

"Det var en rejäl sovmorgon. När brukar du gå upp inför jobbet?"

"Sex."

"Vilken tid ska du börja?"

"Åtta."

"Har det hänt dig förut?"

"Nej."

"Men du kom inte till restaurangen förrän vid lunchtid."

"Vad tog så lång tid?"

"Det tar ett tag för mig att göra mig i ordning."

Två timmar. Det var en bra stund.

"Vad gjorde du kvällen innan?"

"Varför?"

"Jag vill bara veta varför du, som aldrig kommer för sent, plötsligt dök upp på jobbet tre timmar efter utsatt tid."

"Jag var trött", svarade han. "Att jobba på restaurangen är fullt ös. Det tar musten ur mig. I slutet av dagen är jag trött. Allt jag gör är att gå till jobbet, komma hem och sova. Jag äter inte. Jag duschar inte. Men jag gör det ändå. Vet du varför? För att jag älskar det."

Och för att du älskar Morgana.

"Jag hade inget med hennes mord att göra, och jag vet ingenting om det. Så du kan sluta ställa alla de här frågorna."

Det tog Tomek som en signal att ge sig av; med diamanten han hade grävt fram varsamt inbäddad i fickan. Han skakade hand med Vlad och sa sedan att han kunde hitta ut själv. Ganska misstänksamt (och Tomek kunde inte klandra honom för det) ignorerade Vlad erbjudandet och följde Tomek till dörren. När han vandrade genom korridoren, medan musiken fortfarande fortplantade sig genom väggarna, fastnade blicken på något. En fläck med lera på golvet vid ett litet skåp, och små men tydliga fotavtryck.

"Vad är det där?" frågade Tomek.

"Lera", kom det tomma svaret. Liksom Anton Usyk avslöjade Vlad ingenting i minen.

Utan att be om lov öppnade Tomek skåpet. Där inne fanns ett urval jackor – från tunna till tjocka, vattentäta till modemedvetna – och en liten samling skor. Den mest uppseendeväckande var ett par röda träningsskor med plastpiggar som stack ut vid tårna.

"Vad i helvete är det här för några?"

"Christian Louboutin. Det är designer."

"Försöker du få kontakt med utomjordingar med dem där?"

"Nej."

"Har du något emot att jag tar dem?"

"Varför då?"

"Bevis. Göra några tester på dem."

Vlad tvekade. "Gissar att jag inte har något val, eller hur?"

"Klart du har. Du kan säga nej och låta mig gå härifrån och undra varför du inte ville lämna ifrån dig dem. Eller så ger du mig dem och har ingenting att oroa dig för."

Hur som helst såg det inte bra ut för Vlad.

Till slut, efter några grymtningar och nedlåtande blickar, gav Vlad med sig och lät Tomek ta skorna med sig. Som tur var hade han en stor bevispåse i bagageutrymmet på bilen för just sådana tillfällen.

När Tomek körde därifrån hade han ett leende på läpparna. Framgång. Han hade inte bara fått med sig en diamant i form av Vlads orubbliga kärlek till Morgana, han hade också åkt därifrån med en fysisk, konkret sådan. Och de satt för närvarande bredvid honom i passagerarsätet, fastspända med säkerhetsbältet.

KAPITEL
TRETTIOETT

T ill sist på Tomeks lista för dagen stod Red Birch Farm i South
Woodham Ferrers. Gården låg lite drygt tjugo minuter bort, men det
var rusningstid och resan blev frustrerande mycket längre. När Tomek
kom fram hade det börjat skymma.

Red Birch Farm ägdes och drevs av Stanley Hutchinson. Tidigare i
morse hade Tomek gått igenom listan över misstänkta och hittat hans
namn allra längst ned. Han levererade, med mycket hjälp av djuren på sin
gård, kött och råvaror till Morgana och Anton för deras verksamhet.
Vanligtvis importerades det från utlandet till lägre pris, men på något sätt
kunde Stanley – och hans kreatur – ta betalt av Morgana och Anton till ett
löjligt lågt pris. Tomek visste inte vad deras vinstmarginaler låg på, men
om paret kunde ta fem pund för en full English breakfast var det någon
som blev blåst någonstans, och det kändes inte som att det var kunden.

Tomek tyckte att det var värt att prata med mannen som hade nära
affärsrelationer med paret. Hans bild av relationen skulle vara mer subjek-
tiv. Det kunde ha funnits saker – stickiga kommentarer, beslut som den
andre inte kände till – som han hade snappat upp och hållit för sig själv.
Han kunde sitta på värdefulla insikter som Victoria och teamet kan ha
förbisett.

Tomek svängde in bilen vid gårdens infart. En enorm banderoll med
texten "Red Birch Farm and Petting Zoo" dominerade en låg häckrad till
vänster. När Tomek körde in på en stor grusyta som användes som parke-
ring körde han ner i ett potthål. Kroppen for och studsade från sida till

sida, och han grimaserade vid tanken på skadorna på bilens undersida. Det lät dyrt, men det var inte annorlunda än de otaliga potthålen upp och ner genom hela länet. (Han hade kört igenom över ett dussin bara på vägen dit.) Det första Tomek lade märke till när han steg ur bilen var lukten. Gödsel, blandat med doften av nyklippt gräs. En unik, men märkligt nog ganska njutbar, blandning. Gården bestod av fyra stora, hangarstora byggnader och några mindre tegelhus som låg en bit från varandra. Traktorer och annan tung utrustning låg utspridda över gårdsplanen. Längre bort bredde enorma grönytor ut sig, prickade av djur små som myror. I fjärran kantades markens yttergräns av täta trädrader.

När Tomek slog igen bildörren gick en man i gummistövlar och tunn fleece tvärs över gårdsplanen från en byggnad till nästa.

"Är allt bra där, kompis?" ropade han till Tomek, i bred Essexdialekt. "Klappzoot har stängt för idag, polarn."

"Tur att jag inte är här för det," svarade han, när en vindil slog in från sidan. "Jag letar efter ägaren."

Mannen knackade på bröstfickan på sin fleece. "Honom tittar du på. Är det något slags problem?"

Stanley Hutchinson såg helt annorlunda ut än vad Tomek hade väntat sig. I huvudet hade han föreställt sig en överviktig, pompös man med mage större än plånboken och ett blodtryck som avslöjade att han aldrig gjorde något av det tunga arbetet. Mannen framför honom var dock raka motsatsen: lång, smal men muskulös överkropp, och betydligt yngre. Tomek placerade honom i tidiga trettioårsåldern, och mannens handslag överraskade Tomek också. Det var vad det gjorde med en att slänga tiotals höbalar om dagen, utan tvekan.

"Nej, inget problem," svarade han. "Jag kommer från Essex-polisen." "Gäller det Morgana?"

Tomek nickade svagt.

"Bäst att du följer med in."

Stanley syftade på sitt kontor, ett hypermodernt rum med höj- och sänkbart skrivbord, iMac och stram inredning rakt igenom. Intryckt i hörnet, tillsammans med kaffemaskin, fanns en liten sittgrupp med två svarta lädersoffor och ett litet soffbord.

"Det är här vi har morgonmötena," sa Stanley. "Inget går upp mot lite koffein för att väcka mig i ottan."

"Eller för att hålla dig igång hela natten."

"Precis. Sommaren är vår stressigaste tid med all skörd, så därför har vi klappzoot som en extra intäktsström som är öppet året runt. Ungarna älskar att komma hit och gegga i leran och se alla djuren. Föräldrarna, inte lika mycket."

Tomek mindes när han varit på Marsh Farm på klassutflykt i lågstadiet. Minnet var vagt, men doften var stark och det var den som hade fastnat i huvudet alla dessa år.

På väggen till Tomeks vänster satt en liten rad med priser och sköldar riktade till Stanley och gården. Tomek sköt närmare för att titta ordentligt. De kom från olika välgörenhetsorganisationer runt om i landet, och gratulerade och tackade Stanley för hans insatser som beskyddare och hans insamlingsprojekt.

"Vad är allt det här då?" frågade Tomek.

"Bara mitt sätt att ge tillbaka," sa han.

"Verksamheten måste gå bra."

"Sådär. Vi har haft det tufft sen Brexit, men det vill de inte att du ska höra om."

Stanley erbjöd honom en kopp kaffe, men Tomek tackade nej. Han hade fått nog för en dag.

"Som jag förstår det har en kollega till mig varit här sen Morganas död tidigare i veckan?"

"Ja. Trevlig kvinna. Rachel, tror jag hon hette. Det som hände henne är fruktansvärt. Vi är fortfarande lite chockade, men vi har inte haft tid att sörja eller bearbeta det, för här stannar inget upp. Jag önskar att det gjorde det, men du vet hur det är. Ständigt, ständigt, ständigt. Som en hamster i ett springhjul."

"Eller en höna som värper," lade Tomek till, vilket gav ett uppskattande leende från Stanley. "Kände du Morgana väl?"

Stanley ryckte på axlarna. "Jag skulle säga det. Vi har varit hennes och Antons leverantör i över tio år, ända sen de startade verksamheten. Anton sköter logistiken, medan Morgana har hand om ekonomin."

"Jaså? Så hon är chefen för verksamheten?"

Stanley nickade. "Stereotypen blir upp- och nedvänd med den där. Hon är en riktig affärskvinna, en ordentlig entreprenör. Hon vet hur man prutar, förhandlar och får som hon vill. Det är nog därför många av grabbarna här omkring gillade henne så mycket. Hon kommer alltid förbi för att se hur hennes kött förbereds, hur det går med äggen, hur läget är."

"Var det så hon kom undan med att betala så lite för sina varor?" frågade Tomek. "För att hon fladdrade med ögonfransarna åt dig?"

Stanley uppskattade inte spydigheten. "Som jag sa, vi gör mycket affärer med henne," sa han, med en antydan till förakt i rösten. "Hon var en av mina första kunder när jag tog över verksamheten efter farsan när han gick bort, och sen dess har jag aldrig sett någon anledning att ta mer betalt av henne än jag behöver. Vi skeppar runt två ton varor till dem varje år, det mesta våra finaste köttbitar. Missförstå mig inte, vi tjänar fortfarande pengar på affärerna med henne, men marginalerna är hårfina."

"Hur har du råd att driva det här stället då?"

"Vi har andra kunder. Vi gör mycket grossist till grönsakshandlare och andra restaurangkedjor, det är där vi tjänar merparten av pengarna, men vi erbjuder våra bästa priser till våra bästa kunder. Så har det alltid funkat."

"Ser du att det förändras framöver?" frågade Tomek.

"Det beror helt på vad Anton bestämmer sig för att göra med verksamheten. Han kanske lägger ner Morgana's, han kanske håller det öppet. Jag tror att det till och med fanns diskussioner om att öppna ett tredje."

"Vem skulle driva det?"

Stanley tvekade, ryckte på axlarna, utan att binda sig. "Jag försökte hålla mig utanför de samtalen. Det hade inte med mig att göra, och när jag hörde att det blev hett mellan dem drog jag mig undan."

Intressant, tänkte Tomek. Något som Anton hade underlåtit att nämna. Kanske var det grälet som hade fått dem att tippa över kanten. Kanske var det grälet som hade lett till att Anton dödade henne. Tomek gjorde en anteckning.

"Och hur var er personliga relation med Morgana?" frågade han.

"Vad menar du?"

"Jag har förstått att hon var rätt flörtig. Du sa ju själv att alla grabbar här omkring älskade henne. Försökte du någonsin stöta på henne?"

Stanleys förnärmelse slog över i raseri. "Absolut inte! Varför skulle jag riskera vår affärsrelation för något så dumt?"

"För att vissa saker är större än affärer."

Han skakade våldsamt på huvudet, så mycket att Tomek nästan mådde illa bara av att titta på honom. "Aldrig. Jag skulle aldrig göra något så omoraliskt och självgott."

"Jag antar att det inte finns någon fru Hutchinson då?"

Han skakade på huvudet. "Det gjorde det. Hon bestämde sig för att hon inte stod ut med skitlukt längre. Det och de långa arbetstimmarna. Hon anklagade mig för att vara mer gift med gården än med henne, även om den hjälpte till att betala hennes Range Rover och smycken, eller hur?

Hon blev inte så glad att höra något av det. Hur som helst, det är över och förbi – *hon* är över och förbi – och jag har gått vidare."

Tomek nickade och förde samtalet vidare.

"Frågade min kollega dig om var du befann dig häromdagen?"

"Ja. Och jag sa att jag var här. Tidigt. Förmodligen innan du var vaken." Stanleys ton hade sjunkit hastigt, hjälpt, utan tvekan, av Tomeks antydan att mannen också hade blivit kär i Morgana.

"Kan någon styrka det?"

"Vad sägs om de femton personer jag har som jobbar åt mig?" Stanley pekade mot dörren. Och nästan som på beställning gick en gestalt förbi det från golv till tak stora glasfönstret. "Och glöm inte de tjugofem korna, de hundrafemtio fåren, de trettiosju hönsen och de nio grisarna – förlåt, *åtta*, vi har precis fått skicka en till slakt."

"Kan jag få titta?" frågade Tomek.

"Runt på gården? Är det för att du vill se djuren eller för att du vill förhöra dem om var jag var?"

"Både och."

Tomek började tycka om Stanley. Mannen hade humor, och det var skönt att ha att göra med någon som inte såg ut som att han just fått höra att mjölkpriset skulle höjas med ytterligare tjugo procent. Kanske var det för att han var en äkta Essexkille – från sättet han pratade till hur han klädde sig, till och med håret som var bakåtkammat – som Tomek kände en viss samhörighet med honom.

Promenaden till djuren blev kort. De första de stötte på var grisarna. Åtta stycken totalt, alla i varierande grad av smuts, alla nästan lika stora som Tomeks bil. När han gick fram till kanten av deras hage rusade de mot honom och grymtade och frustade som vettvillingar. Där förklarade Stanley att de betedde sig så för att de antagligen var hungriga eftersom de senast hade ätit för några dagar sedan. Han försökte hålla dem så magra som möjligt, det var bra för köttet när de väl gick till slakt, hade Stanley lagt till.

Sedan kom hönsen, som Tomek inte hade mycket till övers för. Han visste inte varför, men de hade alltid skrämt honom. Kroppen drog ihop sig och håren på armarna reste sig varje gång han såg en. Kanske var det hur de gick eller hur deras huvuden gungade fram och tillbaka för varje steg, men det var något med dem som gjorde honom illa till mods. Han ville därifrån så snart som möjligt, men inte innan Stanley hade bett honom föreställa sig hur det skulle kännas att hackas ihjäl. Och med den skräckbilden i huvudet begav de sig mot korna. I kväll hade de tagits in och stod på rad, kopplade till mjölkmaskiner. Ljudet av tunga maskiner var öronbedövande och överrumplade Tomek. När de gick därifrån, med ljudet fortfarande ringande i Tomeks öron, gick de rakt över en liten hage till en rad inhägnader. Det riktiga klappzoot, som Stanley hade kallat det. Där fanns en liten flock får, lamm, åsnor, lamor, getter, kaniner och ett piggsvin, vilket gjorde Tomek en smula ställd. Under hela rundturen lyssnade Tomek artigt, men hjärnan var upptagen med att kartlägga och scanna ansiktena på dem som arbetade på gården, och matcha dem mot beskrivningen av deras huvudmisstänkte. Även om Stanley kanske inte hade något med Morganas mord att göra, om hans kollegor verkligen kunde styrka hans alibi, fanns det inget som sade att inte någon annan på gården kunde ha begått brottet. Och hittills hade han inte sett någon sådan.

"Tack för att du visade runt och svarade på mina frågor," sa han till Stanley strax innan han gick. "Jag kanske får ta med min dotter när zoot öppnar igen."

"Åh, är hon liten?"

"Hon är tretton. Så inte så liten. Men jag menade inte att hon skulle komma och titta på dem," svarade han. "Jag menade som jobb. Något att göra. Jag kan inte låta bli att tänka att lite skitskottning kanske skulle roa och engagera henne lika mycket som det gör med ungarna. Jag vet att det i alla fall skulle göra mig glad att få bort henne från telefonen. Hon skulle må bra av en distraktion."

KAPITEL
TRETTIOTVÅ

L eendet hade försvunnit från Tomeks ansikte när han väl kom hem. Under den tjugo minuter långa bilfärden tillbaka hade Tomek fått ett telefonsamtal från sin mamma, det första på länge, där hon bjöd hem honom, Abigail och Kasia på middag följande kväll. Tomek hade slingrat sig och dragit ut på tiden så mycket han kunde tills hans mamma hade pressat honom på ett svar. I slutet av samtalet hade han gått med på att höra av sig samma kväll.

Det var inte så att han inte ville träffa sina föräldrar; det var bara det att de senaste gångerna inte hade slutat väl. För att inte tala om att deras relation hade varit splittrad i nästan trettio år. Sedan hans bror dog hade hans föräldrar (framför allt hans mamma) hållit honom utanför familjen, men på senare tid hade de alla börjat försonas. Tomek hade presenterat Kasia för dem, vilket hade kommit som en chock. Det kunde han inte klandra dem för. "Hej, mamma, här är en tonårsdotter som jag inte visste något om förrän för några veckor sedan." Den sortens nyhet krävde förarbete och en ohälsosam dos alkohol.

Innan dess hade Tomek en gång tagit med en tidigare partner på en middag för att hedra årsdagen av sin brors död. Det hade slutat med ett rejält gräl och att Tomek stormade ut under varmrätten.

Och det var just *det* som bekymrade Tomek. Att ta med Abigail. Hans nya flickvän. Att presentera henne för familjen.

Det var ett stort steg i deras relation. Det signalerade långsiktigt engagemang, att han var med för lång tid. Tomek kunde bara minnas två andra flickvänner som han hade introducerat för familjen. Den ena visade sig bli mamman till hans barn, den andra en seriemördare. Det var inget beslut han tog lätt på. Och under bilfärden hem hade han klivit ombord på flyget till Grubbelförorten, där han hade överanalyserat varje detalj av sin och Abigails relation. Älskade han henne, eller var det för tidigt? Såg han en framtid med henne, eller var det bara lite kul för stunden? Ville han vara med henne på lång sikt? Hon var några år yngre än han, och även om de inte hade pratat om det visste han att hon ville ha barn. Skulle Kasia räcka, eller ville hon ha fler? Var han redo att välkomna ännu en Tomek Bowen-avkomma till världen? Han var fyrtio år gammal, på en bekväm plats i sin karriär. Hade han det i sig?

Han visste inte. Och han var inte redo att konfrontera den sortens frågor än. Så, som han alltid gjorde, sköt han frågorna – och svaren – längst bak i huvudet, där han fick ta itu med dem senare.

När det nu skulle bli.

Som tur var blev han, när han kom hem, distraherad av Kasia. Hans dotter hade bytt till bekväma kläder och var mitt uppe i att titta på tv, utfläkt i soffan med ansiktet försjunket i mobilen, när han klev in genom ytterdörren.

"Hur var skolan?"

"Bra."

"Säker?"

"Ja."

"Skulle du säga till om det inte var det?"

"Ja."

Lögnare. Det hade krävts enorm ansträngning för honom att pressa ur henne informationen på kaféet häromdagen, och inte ens då hade hon varit ärlig mot honom.

"Du kan aldrig gissa vart jag var i dag", sa han.

"Okej."

"Vill du veta var?"

"Ja."

"Gissa då."

Hon stönade och himlade med ögonen, ansiktet fortfarande nersjunket i mobilen. "Jag vet inte. Kan du inte bara säga det?"

"Nej. Du måste gissa."

"Jag vet inte. Jobbet?"

"Ja. Jag var på jobbet, det har du rätt i. Men det är inte det jag menar. Jag var på en klapphage i dag. Uppe vid Nana och Grandad."

"Varför?"

"För jobbet. Den är öppen för allmänheten. Jag tänkte att du kanske skulle vilja åka dit?"

"Till klapphagen? Jag är inte fem, pappa."

Tomek log snett. "Jag menade inte att du skulle åka dit och ha kul. Jag menade att du skulle jobba – mjölka korna, mata hönsen, mocka i grisarnas bås."

"Usch, nej!" Hon for upp på helspänn och svängde ner benen från soffkanten i avsky. "Varför skulle jag vilja göra det? Det låter vidrigt."

Förslaget landade precis som han hade väntat sig.

"Dessutom", fortsatte hon, "jag är tretton. Jag får inte jobba än. Det är olagligt."

"Jag är lagen."

Kasia himlade med ögonen igen. "Du är så störig ibland", sa hon, tappade snabbt intresset och vände tillbaka uppmärksamheten till sin mobil.

"Vad säger du om att vi åker till Nana och Grandad i morgon och äter i stället?" frågade han när han gick mot matsalsbordet.

"Alla vi?"

"Jag har inte frågat Abigail än. Jag ville kolla om du var sugen på att åka, och om du är okej med att hon är med."

Kasia sänkte mobilen mot bröstet. "Varför skulle jag inte vilja att hon var där?"

"Bara undrar."

Han hade valt den fega vägen. Lagt beslutet på henne. På det här sättet slapp han den obekväma diskussionen efteråt; Abigail skulle inte kunna argumentera eller starta gräl med Kasia för att hon inte ville att hon skulle följa med. Hon skulle bli den som framstod som den elaka.

"Jag har inget problem med att hon följer med", svarade Kasia. Det var avgjort åt honom. "Och jag har inga planer med någon av mina kompisar, så vi kan åka."

Men Tomek hade slutat lyssna. Hans uppmärksamhet var riktad mot högen med brev på matsalsbordet som hastigt hade lagts där, utspridda över ytan. Hans ögon sökte efter sitt namn i handstilen, efter stämpeln från HMP Wakefield högst upp på brevet.

Men det fanns inget.

Inte i dag.

"Pappa?" Kasias röst drog honom bort från tankarna.

"Ja", svarade han halvhjärtat.

"Hörde du?"

"Ja, kompis", sa han och stirrade fortfarande på breven, ifall hans hjärna på något sätt hade missat det.

"Vad sa jag?"

"Att... att du inte har några vänner."

"Va? Nej! Jag sa att jag inte ska göra något med mina vänner, så vi kan åka. Jag kan inte fatta att du sa att jag inte hade några vänner."

Fan.

Nu hade han inget annat val än att bjuda med Abigail. Han hoppades bara att hon skulle ha för mycket att göra.

KAPITEL
TRETTIOTRE

D et var becksvart när Tomek mötte Warren vid sjösättningsrampen strax före sex på morgonen. Mannen hade kommit väl rustad för färden: en regnponcho som gick ner under knäna, ett par tjocka shorts med ett värmande lager under, och en pannlampa som bländade Tomek när han råkade svepa den rakt i Tomeks ögon.

Tomek, i jämförelse, var rejält oförberedd och felklädd. Hans enda tröst var pannlampan han hade hittat i skåpet under diskhon. I övrigt hade han sina bästa träningsskor, en tunn huvtröja och ett par löparshorts – utan något värmande lager under. En miss, i hasten och tröttheten.

"Jag hoppas att du inte räknar med att de där skorna fortfarande är brukbara när vi kommer tillbaka", anmärkte Warren.

"Om inte, så fakturerar jag ditt guideföretag för ett nytt par."

Warren skrattade till och gav sedan tecken att de skulle börja. När Tomek kom ut bakom vågbrytaren och satte foten i sanden, träffades han i ansiktet av en vindstöt. De sista byarna från stormen hade dånat mot hans fönster hela natten och berövat honom sömn. Det, och nervositeten över att äntligen ta sig ut till hamnen.

Vid rampens fot stannade Tomek och spanade ut över omgivningarna. Svärta överallt. Vart han än vände blicken. Molnen ovanför låg som ett kompakt täcke, det fanns ingen antydan till sol vid horisonten, och de enda ljus som syntes i fjärran var de små prickarna från gatlyktor i Kent på andra sidan flodmynningen.

Det fanns dock ett särskilt ljus som fångade Tomeks uppmärksamhet. Ett rött ljus som blinkade rytmiskt i fjärran.

"Är det dit vi ska?"

"Det kan du ge dig på."

"Tur att vi har pannlamporna."

"Tro mig", svarade Warren. "Dem vill du inte vara utan."

Han hade rätt. De första hundra metrarna var skakiga och obehagliga. Tomek tittade hela tiden ner på fötterna när han traskade genom rännilarna och fårorna i sanden, så att han inte skulle snubbla och vricka foten. Ju längre de lämnade tryggheten från stranden bakom sig, desto mörkare blev det, och Tomek var tacksam över att ha en vän med sig, någon som visste vad han gjorde. Warren, däremot, såg avslappnad ut, som i sitt rätta element. Han joggade i sin vanliga takt, med huvudet högt, och lyste upp vägen några meter framför sig hela tiden. Fötterna slog metodiskt mot sanden. Han hade hittat in i löprytmen utan minsta besvär, medan Tomek försökte kämpa emot i varje steg.

Det tog ytterligare några hundra meter innan han kom in i det, och vid halva vägen hittade han till slut sin rytm. Därifrån kunde han hålla Warrens tempo, och de sprang axel vid axel och skvätte ner varandras ben med det allra sista av tidvattnet. De joggade tysta och fokuserade på målet och rytmen i sin andning.

Lite drygt trettio minuter senare var de framme. De djupa fårorna på stranden hade tvingat dem att snirkla sig fram, vilket la till ytterligare drygt 1,5 kilometer på deras färd. När hamnens siluett äntligen trädde fram mot det becksvarta kändes Tomeks knän som gelé. Att pulsa genom den mjuka sanden och leran hade varit tuffare för musklerna än han hade trott. Han behövde sätta sig. Men tid fanns inte. Innan de gav sig av hade Warren understrukit vikten av att vara så snabb och effektiv som möjligt. Enligt hans beräkningar hade de lite drygt trettio minuter innan de behövde vända för att undvika det annalkande tidvattnet. Vanligtvis gav han sina kunder mindre än så. Men tack vare Tomeks skäl till att vara där hade han gett dem mer tid.

Flämtande böjde sig Tomek dubbel och stödde händerna mot knäna. "Jag är så glad att du var med på det där", sa han. "Jag hade inte haft en susning om vart jag var på väg."

"Jag börjar ångra att jag tar betalt av dig", svarade Warren när han kom fram, grep Tomeks hand och drog honom upprätt. "Du måste ställa dig upp och öppna bröstkorgen om du vill få luft." Sedan klappade han till på

Tomeks lite rundare än vanligt mage. "Och andas med magen. Då fyller du lungorna bättre."

Tomek gjorde som han blivit tillsagd, och inom några minuter kände han sig normal igen. Fyrtioåriga män ska inte ägna sig åt den sortens träning, särskilt med tanke på att han inte hade gjort det på månader. (Och rundan de hade sprungit dagen innan hade inte gjort mycket för att förbereda honom.)

Med händerna på höfterna överblickade Tomek hamnen. Den var större än han hade väntat sig, men i det här ljuset var det i det närmaste omöjligt att genomsöka platsen. Och en pannlampa gjorde bara så mycket nytta.

Medan de väntade på att solen skulle krypa upp över horisonten, föreställde sig Tomek händelserna som lett till Morganas död. Warren hade pekat ut platsen där de hade hittat kroppen, och Tomek hade tänkt sig henne stå där, väntande i kylan, hukande i vind och regn. Sedan dök en gestalt upp. De började prata, lågt, vänskapligt till en början. Sedan förändrades något. Det hettade till. Någon slog ett slag, missade. Morgana knuffades ner i sanden. Ett handgemäng följde. Hon kämpade emot sin angripare, men det var lönlöst. Han övermannade henne, var starkare än hon, och använde all sin tyngd för att trycka ner henne. För att dränka henne. Tomek föreställde sig Morganas kamp: ansiktet under vattenytan, bubblor som steg ur munnen när hon skrek åt sin mördare att sluta, händerna som slog omkring mot angriparens ansikte – missade, det också, eftersom man inte hittade några DNA-spår under hennes naglar.

Vem som än hade dödat henne hade gjort det snabbt och effektivt och inte lämnat ett enda spår.

Tjugo minuter senare tittade solen äntligen fram och väckte liv i omgivningarna. Nu kunde Tomek tydligt se hamnen och alla dess detaljer. Problemet var bara att de hade tio minuter kvar att leta.

Tomek visste inte vad han förväntade sig att hitta, om ens något. Det fanns en högst verklig och oroväckande möjlighet att han var för sent ute. Att allt som mördaren av misstag lämnat efter sig redan hade fallit offer för stormen och det rasande tidvattnet, inklusive Morganas telefon.

Tomek vadade genom den lilla vattenfyllda vallgraven tills den nådde upp till knäna. Sedan sträckte han sig uppåt, lät fingrarna söka efter en skåra eller något annat, något som gav honom fäste mot betongen. När han hittade det kilade han in foten mot väggen och hävde sig upp på hamnens krön. Han kunde inte föreställa sig vilken styrka som krävdes för att lyfta upp någon annan dit, än mindre en död kropp. Andrei och Redgraves, och till och med Morgana själv, hade haft tur som hade Warren där med sig.

Så snart Tomek tog sig över kanten möttes han av en överväldigande besvikelse. Hamnens insida var uppdelad i stora ihåliga rutor, tre gånger fyra, som en ny version av sudoku. Han tittade ner. Vatten kluckade mjukt mot konstruktionens insidor.

Men det fanns ingenting. Inget som flöt där, inget som kilats fast i några av de skrymslen och håligheter som hade bildats under årtiondena. Allt hopp om att hitta något var helt borta.

"Och du säger att det var här ni lyfte upp kroppen?" ropade Tomek till Warren där nere.

"Precis där du står."

"Och sedan?"

"Barnen skrek, vilket gjorde det svårt att fokusera. Vi försökte återuppliva henne, men Andrei hade redan gjort det. Jag ringde sedan kustbevakningen eftersom jag hade min komradio med mig, och så väntade vi. Längst ner först, men när tidvattnet kom in flyttade vi längre upp. Efter ungefär tio minuters väntan gick Andrei och jag upp till den där pylonen och började vifta med armarna så att de skulle se oss."

Tomek vände sig mot pylonen. Dess klarröda ljus fortsatte att blinka med några sekunders mellanrum. När han började gå mot den vibrerade telefonen i shortsfickan.

Det var Rachel.

Han svarade.

"God morgon, Sarge", sa hon. "Hoppas att jag inte väckte dig."

"Inte alls."

En vindstöt ven genom telefonen. "Herregud, var är du?"

"Vid foten av Mulberry Harbour. Jag fryser benen och röven av mig."

Då insåg han att han inte hade känt den nedre halvan av kroppen sedan de kom. "Vad är det? Vad är så viktigt att du måste ringa mitt under min meditationsstund?"

"En del av oss har jobbat hela natten för att få fram bevis mot Mariusz", förklarade Rachel med en ton av sarkasm. "Medan du har mediterat har Lorna precis rapporterat att hon har hittat DNA-spår under Andrei Pirlogs naglar."

"Vems?"

"Andrei Pirlog", sa hon. "Killen du hittade i badkaret."

"Nej, inte honom. Jag vet vem han är. Jag menade, vems DNA?"

Ett mjukt skratt. "Jag förstod vad du menade. Jag skojade. Jag tror att du får gå tillbaka till din meditation, huvudet är fortfarande helt grötigt."

Tomek suckade. Känseln i benen blev ännu sämre medan vinden fortsatte att piska honom. "Säg bara", skrek han i luren.

"DNA:t under Andrei Pirlogs naglar tillhör Mariusz."

KAPITEL
TRETTIOFYRA

Tomeks flin när han strövade genom utredningsrummet var ett av ren upprättelse. Och av Victorias min att döma ville hon i den stunden inget hellre än att slå bort det från hans ansikte.

Hans första ord till henne gjorde ingenting för att stilla den lusten.

"Vad var det du sa om att Andreis död var ett självmord? Jag fick intrycket att du var så säker att du skulle kunna satsa huset på det."

"Vad var det *du* sa om att Mariusz inte hade någonting med Morganas mord att göra?" kontrade Victoria.

"Det vet vi fortfarande inte säkert."

"Dödsorsakerna är desamma."

Tomek ryckte på axlarna. "Bevisar ingenting. DNA:t bevisar att min teori stämde. Din är fortfarande bara en teori."

"Nu räcker det."

"Jag bara säger."

"Gör inte det då. Ingen vill höra vad du har att säga."

Det där hade Tomek hört så många gånger i sitt liv att han började tro att det kunde vara sant. Men när han just hade fått rätt på det där viset, hur skulle han kunna låta bli?

"Var är Mariusz nu?" frågade Tomek, plötsligt medveten om att det fanns andra i rummet.

Martin Brown svarade genom att peka på platt-tv:n på väggen bredvid. Tomek hade varit så upptagen med att reta upp Victoria att han inte ens hade lagt märket till mannen på skärmen, som satt i ett förhörsrum med en advokat närvarande. Mittemot satt Sean och Oscar.

"Tjugo minuter in," lade Martin till. "Precis i tid." Han ska just få veta om DNA:t."

Fängslad drog Tomek ut en stol från bordet, helt uppslukad av skärmen.

"Känner du igen den här mannen?" frågade Sean Mariusz och sköt sedan över ett foto av Andrei över bordet. "Den här mannen dödades i sin lägenhet i Southend för några dagar sedan. Känner du igen honom?"

"Nej... inga kommentarer," svarade Mariusz, avvaktande.

Redan då snappade Tomek upp tvekan i hans röst. Mannen på skärmen var helt annorlunda än den han hade suttit mitt emot bara tjugo-fyra timmar tidigare. Axlarna var sjunkna, ryggen krökt som på en puckel-rygg och huvudet hängde. Han pillade med fingrarna och skakade energiskt med knät. Inget av det hade Tomek sett tidigare. Då hade han varit sinnebilden av behärskning. Men nu var han uppfylld av rädsla. Tomek anade att det inte enbart berodde på bilden framför honom. Han misstänkte att något annat låg bakom.

"Han heter Andrei Pirlog," fortsatte Oscar. "Känner du igen det namnet?"

"Nej... inga kommentarer."

Mariusz kunde inte slita blicken från fotot framför sig. Han stirrade intensivt, som om det talade till honom.

"Vi har skäl att tro att du känner honom," sa Oscar. "Faktum är att vi har skäl att tro att du också vet var han bor. Är du säker på att du aldrig har träffat den här mannen förut?"

"Jag... jag vet inte vad jag ska säga. Jag... jag..." Mariusz vände sig mot sin advokat. Mannen bredvid honom höjde handen lite och sänkte den sedan. I sin tur lugnade Mariusz sin tunga andning och sa: "Inga kommentarer."

"Intressant." Nu var det Seans tur att ta rodret. "I morse hittade vi ditt DNA under Andreis naglar. Vi hittade också spår av ditt DNA i hans badrum och runt hans hals. Bevisningen tyder på att du var där när han dödades. Kanske var det du som dödade honom."

"Nej... jag..." Ännu en blick mot sin advokat. "Snälla, hjälp mig."

Mannen gav inget svar.

"Du borde hjälpa oss, Mariusz," fortsatte Sean. "Nu är det din chans att berätta vad som hände. Du dödade honom, eller hur, Mariusz?" Seans röst krävde respekt och uppmärksamhet i förhörsrummets trånga utrymme. "Du dödade honom och fick det sedan att se ut som ett självmord."

"Nej. Snälla. Det gjorde jag inte. Min flickvän, hon... jag..."

"Jobbade du ihop med din flickvän?"

"Nej! Aldrig. Nej."

"Hade hon något med mordet på Andrei att göra? Var hon din medhjälpare?"

Mariusz skakade häftigt på huvudet. "Nej. Ni måste förstå, hon hade ingenting med det här att göra. Hon är oskyldig. Liksom jag. Jag vet inte vad jag ska göra."

"Bevisningen pekar åt annat håll," avbröt Oscar. "DNA-bevisningen är oemotsäglig. Du kan inte gömma dig bakom den."

"Vad kommer... vad kommer att hända med mig?" frågade Mariusz. Plötsligt saktade hans snabba andning in och benet slutade skaka.

"Vi kommer att åtala dig för mordet på Andrei Pirlog," svarade Oscar. "Strax efter det kommer du att skickas till fängelse där du sitter häktad i väntan på rättegång. Är det något mer du vill säga?"

"Hjälp mig. Snälla. Jag vet inte vad jag ska göra. Min flickvän." Mariusz röst var tom, känslolös, nästan robotlik. Det fick det att isa sig på Tomeks nacke. Sedan lade Mariusz till: "Jag gjorde det inte. Jag dödade inte Morgana. Ni måste tro mig."

Tyvärr för Mariusz trodde ingen i teamet på honom. I stället var de ute efter honom, alla ivriga att hitta bevisen de behövde för att bevisa att det var han som hade dränkt Morgana. För, som Victoria redan hade påpekat, om han kunde göra det med en fullvuxen man i hans badkar, skulle han inte ha några problem att göra det med en kvinna ute på den öppna stranden, omgiven av ingenting annat än vatten.

Alla i teamet ansåg att Mariusz bar ansvaret för Morganas mord.

Alla utom Tomek.

Han visste inte varför, men något skavde. Att Mariusz skulle ha gett sig ut mitt i estuariet för att hitta den perfekta platsen för sitt frieri, stött på Morgana, dödat henne, flytt platsen och sedan mördat Andrei Pirlog på samma sätt. Bevisen mot honom för mordet på Andrei var oomtvistliga; det kunde Tomek inte förneka. Bevisningen placerade honom i badrummet vid tidpunkten för Andreis död. Och vad gäller motivet gick det att tänka sig att Mariusz hade följt efter honom och dödat honom för

DÖDENS SMAK 159

att han befunnit sig på fel plats vid fel tidpunkt. Allt det där gick ihop för Tomek. Men det som inte gick ihop var kopplingen mellan Mariusz och Morgana. Och så långt deras inledande utredning visade fanns det ingen. Tomek anade att det skulle bli svårt att sälja in det till teamet. Särskilt till Victoria.

Han hade försökt, strax efter att förhöret avslutats, men hon hade skjutit ner honom och påmint om bevisningen mot Mariusz: flera ögonvittnen, varav ett nu var dött; en gestalt som stämde med hans signalement utanför familjen Redgraves Airbnb; och en täckhistoria med fler hål än ett durkslag. Kort sagt såg det inte bra ut för lastbilschauffören.

Men Tomek var ändå övertygad om att något annat pågick. Och om teamet inte ville ta reda på vad, fick han göra det ensam.

Men först behövde han ringa ett samtal.

Allt prat om fängelser och gripanden hade påmint honom om en sak. Om en person.

Nathan Burrows.

Brevet.

Det hade varit så intensivt med utredningen att han helt hade glömt att ringa fängelset. Efter att ha lämnat utredningsrummet smet Tomek iväg till ett litet rum som oftast användes för enskilda möten och privata samtal. Eller, om man var Rachel eller Martin, lite lugn och ro för att kunna sitta ostört och fokusera på viktiga uppgifter.

Tomek drog mjukt igen dörren och plockade fram mobilen. När han slog sig ner vid bordet slog han numret till HMP Wakefield. Han hade väntat sig ett snabbt samtal, men fängelsebyråkrati och nedskärningar satte stopp för det. Första hindret var det robotiska talsvarssystemet som erbjöd honom åtta olika val. Sedan, efter att ha manövrerat sig genom den första uppsättningen, fick han fem till att välja på. Till slut, efter att ha tagit sig igenom den automatiserade labyrinten, fick han prata med en människa.

"Är det någon från posthanteringen på fängelset?" frågade han, tvivlande.

"Nej, du har kommit till fel avdelning, vännen," svarade kvinnan med kraftig Yorkshiredialekt.

För helvete. Hur svårt kunde det vara?

"Kan du koppla mig till dem?"

"Tyvärr, vännen."

Sedan dog linjen. Tomek knöt handen om telefonen och bet ihop.

Han försökte igen. Andra gången kom han till växeln.

Tredje gången lyckades det.

"Äntligen, för fan," sa han till personen i andra änden.

"Ledsen, kompis," sa rösten. "De gör det här svårt med flit, jag svär. Jag tror inte ens att någon av de där från NASA skulle lyckas komma fram till oss på första försöket om de försökte."

Tomek lugnade sig genast; frustrationen rann av när han lät mannens mjuka tonfall få honom att slappna av.

"Hur kan jag hjälpa till?"

För en gångs skull var det skönt att prata med någon i telefon som inte lät som att de hatade sitt jobb. Det var en trevlig omväxling jämfört med vissa konglomerat och banker han pratat med tidigare.

"Jag heter kriminalinspektör Tomek Bowen, Essexpolisen. Jag var på besök häromveckan, hos en intagen som heter Nathan Burrows."

"Jaha, Mr Burrows... Honom känner vi alla till här."

Det gjorde inte mycket för att stilla Tomeks oro.

"Jo, tidigare i veckan fick jag ett brev, levererat till min hemadress, från Nathan."

"Jag förstår."

"Det jag vill veta är hur han fick reda på min adress. Den här mannen dödade min bror för trettio år sedan. Jag vill inte att han ska ha enkel tillgång till min adress. Han känner också till min dotter och min sambo, vilket jag definitivt aldrig har berättat för honom. Den informationen ska inte vara allmänt känd."

Mannen i andra änden av linjen tystnade ett ögonblick.

"När sa du att du var här på besök?"

Tomek berättade.

"Och vilken tid?"

"Klockan tre."

Ännu en paus. Ännu en stunds väntan.

"Jag har precis kollat loggen i vårt besökssystem och jag kan se att dina uppgifter finns här."

"Inklusive min adress?"

Mannen bekräftade att hans hemadress fanns där. "Men det här är ett säkert system. Det finns ingen möjlighet att han skulle kunna komma åt det."

"Vad sägs om någon i ert team?" frågade Tomek, och insåg hur illa frågan lät i samma stund.

"Vad menar du? Menar du att någon av våra fångvaktare läckte din adress till honom?"

Det var fullt möjligt. Och inget han tänkte bortse från bara för att en nuvarande anställd försökte övertyga honom om motsatsen.

"Jag vet att du kanske tror att vi alla är korrumperade, men det är vi inte," sa mannen och gick plötsligt i försvar.

"Hörru," svarade han, "jag vet hur det är. Jag är polis. Vi får höra sånt hela tiden. Det hör till. Men det jag menade var att kanske någon inom verksamheten gav honom det av misstag, utan att förstå. Kanske tittade de bort från datorn en gång och Nathan såg det. Eller..."

Eller så skrev någon som tar emot mutor ner det och skickade det under bordet. Han kunde bara föreställa sig vilken ersättning vakten hade fått. Droger, pengar? Det skulle inte krävas mycket.

"Tyvärr låter våra system mig inte se vem, om någon, som har varit inne på dina uppgifter. Jag måste utreda det här vidare."

"Du personligen?"

"Nja, nej. Jag menar, någon får utreda det här. Jag kan höra mig för så länge."

Tomek var skeptisk. Chansen att någon skulle erkänna att de läckt hans privata och konfidentiella uppgifter till en dömd mördare var lika tunn som kuvertet brevet kom i. Och han trodde inte att den skyldige var redo att plötsligt omvärdera sin karriär och träda fram. Det var kört.

"Allt du kan göra för att hjälpa vore väldigt uppskattat," sa Tomek och masserade pannan.

"Toppen. Är det något mer jag kan hjälpa dig med?"

KAPITEL
TRETTIOFEM

Timmarna på eftermiddagen försvann i ett nafs. Tomek hade ägnat tiden åt att smälta Mariusz intervju, och såg den om och om igen. Efter tredje varvet var han fortfarande övertygad om att något inte stod rätt till. Problemet var bara att han inte visste vad. Stämningen på kontoret var jublande och triumferande. De hade fångat sin man, och många skulle till puben för att fira när dagen var slut. Lyckligtvis för Tomek hade han en ursäkt. En fyrtio minuters bilfärd till föräldrarnas hus för en middag han inte var överdrivet sugen på.

Tomek hade valt att köra. Dels för att han kunde vägen, dels för att Abigail inte gillade att köra i mörker. Under resan hann de tre komma ikapp med sin dag. Kasias hade, som alltid, varit bra, och inte så mycket mer. Abigails hade på liknande sätt varit relativt lugn. Inga nyhetsflashar att rapportera, inga spännande historier att dela med ortsborna. Hon hade strålat när Tomek berättade nyheten om Mariusz. Men han hade bett henne hålla det för sig själv tills vidare. Eller åtminstone vänta tills det delades officiellt med tidningen.

"Varför måste jag vänta?" frågade Abigail när han svängde bilen runt på en smal landsväg.

"Jag är inte övertygad om att han är vår man", svarade han.

"Är ditt spindelsinne som kittlar?"

"Usch!" kom det från Kasia i baksätet. Hennes ansikte badade i ett blekt blått sken från mobilen. "Det är äckligt. Säg inte sånt när jag är här. *Snälla.*"

Tomek rynkade pannan åt henne i backspegeln. "Du vet att det inte var så hon menade, Kash."

"Nej, det vet jag inte. Jag vet hur ni två är. Det är äckligt."

"Det är naturligt", avbröt Abigail. "Du är lite för ung för att ge dig in i sånt, men det är viktigt att du vet om det, och att du vet hur naturligt det är."

Tomek kunde inte tro vad han hörde. Det sista han ville just nu var att höra sin dotter och sin flickvän dra igång sexsnacket precis innan han skulle träffa sina föräldrar. Men han var för ställd för att säga något.

"Jag vet hur allt funkar", svarade Kasia giftigt. "Du behöver inte lära mig någonting."

"Så du vet vad orgasmer och utlösning är?"

"Va?"

"Abi!" ropade Tomek och vände sig mot henne. Hon såg tillbaka på honom, förvirrad, som om hon just hade passerat startlinjen i ett lopp och inte visste vad hon skulle göra härnäst.

"Vad är det?" frågade Abigail.

"Hon är *tretton*."

"Och? Jag visste om sånt när jag var i den åldern. Det är viktigt att känna sin kropp och vara bekväm nog att utforska den. Jag har en bra bok som du kan—"

Tomek dunkade handen i ratten. "Så, nu räcker det. Inget mer prat. Inte ett ljud från någon av er förrän vi är framme."

Barmhärtigt nog var resten av resan bara tio minuter. Tomek var fortfarande i chock när han klev ur bilen. När de tre gick mot ytterdörren tändes en sensorlampa, och Tomek såg smärta och oro i Kasias ansikte, och ett drag av stolthet i Abigails. Själv bar han chock och fasa i ansiktet.

"Tomek, Kasia!" skrek hans mamma, Izabela, när hon öppnade dörren. "*Cześć*!" Hon böjde sig ner för att krama sitt barnbarn och sträckte sig sedan efter en kram med Tomek. När hon släppte tog hon honom misstänksamt i ögonvrån. "Är det bra med dig? Du är väldigt blek."

"Lite generad, men det går över." Sedan kom han ihåg sin flickvän som stod lite stelt bredvid honom. "Mamma, det här är Abigail. Abigail, det här är mamma."

"Trevligt att träffas", sa Abigail och sträckte fram handen för att skaka Izabelas.

"Nöjet är helt på min sida." Izabela viftade undan Abigails hand och slog i stället armarna om henne. "Vi är kramare i den här familjen", sa hon. "Jag måste säga, du är väldigt söt. Jag gissar att du har mängder av män som kastar sig över dig. Vad är det för fel på dig? Vad fick dig att välja min son?"

Kommentaren lockade till ett litet skratt från tjejerna, men Tomek var den enda som inte hakade på.

"Tja, jag—"

"Svara inte på den frågan!" sa han till Abigail, grep sin mamma om axlarna, vände henne om och manade henne in. Så snart han klev in skyndade han iväg för att leta efter sin pappa, Perry. Den mannen skulle kunna rädda honom från att bli övermannad av de tre viktigaste kvinnorna i hans liv.

Tomek hittade honom i köket, med att hälla det sista ur en flaska vin i fyra separata glas. "Hoppas du gillar vitt", sa Perry.

"Jag är nöjd med vad som helst", svarade Tomek.

"Inte du. Din dejt." Perry tittade förbi Tomeks sida och räckte fram ett glas till Abigail, som följde tätt efter. När de hade presenterat sig, utan att avfyra fler verbala påhopp på Tomek, delade Perry ut varsitt glas till de vuxna. Sedan vände han sig till Kasia. "Och till kvällens nykterist, en flaska Fentimans cola."

"Du kom ihåg?" Kasia lyste upp.

"Klart jag gjorde."

"Wow, tack! Pappa låter mig aldrig få sån här."

"För att det kostar en förmögenhet", svarade Tomek. "Kanske om du tog det där jobbet jag fixade åt dig på djurparken skulle du kunna köpa hur mycket Fentimans du vill."

"Ett jobb? På en *djurpark*?" Ångesten i Izabelas röst var påtaglig när hon körde sina perfekt manikyrerade naglar genom håret.

"Det är inget riktigt jobb", svarade Kasia irriterat. "Det var bara pappas sätt att skämta."

"Han är bra på såna", sa Perry och gav Tomek en klapp i ryggen. "Jag tror att jag började jobba när jag var i din ålder, faktiskt, Kasia. I en verkstad, hos sonen till en av min pappas kollegor."

"Är du säker på att det inte var en skorsten? De skickade väl fortfarande upp ungar i skorstenar när du var i den åldern?"

Perry blinkade, slog Tomek lekfullt på armen. "Där har du din pappas humor igen. Inte vet jag var han fått den ifrån. För min är ju långt bättre än hans, eller hur, Kash?"

"Ja", svarade Kasia och sörplade på sin dryck. "Pappas är mer pinsam än rolig."

"Jag säger hela tiden att det är mitt jobb. Det var alltid ditt när det gällde mig."

"Men du tog det alltid så allvarligt", sa Izabela och lade handen på hans underarm. "Kommer du ihåg den gången du grät när pappa sa att dina ögon skulle bli fyrkantiga om du fortsatte stirra på tv:n och att de till slut skulle ramla ur huvudet?"

"Jag var sju!" Tomek skakade på huvudet och vände sig mot Abigail, som hade ett jättestort leende på läpparna. Det syntes tydligt att hon hade roligt. Att hon inte kände sig det minsta obekväm. Och att allt skedde på hans bekostnad. "Mina damer och herrar", la han till, "mina föräldrar, som terroriserar en sjuåring."

"Du var inte speciell. Dina bröder fick samma behandling."

Och det var just det. Han var inte speciell. Inte i sina föräldrars ögon. Inte jämfört med sina bröder. Han hade aldrig fått känna att han var favoriten när han växte upp. Som yngst var det vad han hade förväntat sig. Det var vad alla sitcoms och tv-serier fick en att tro. Men det hade inte varit hans verklighet. Och den känslan hade bara förstärkts efter Michałs död.

Som tur var kom någon annan på ett nytt samtalsämne – kanske Abigail, kanske hans mamma – men han lyssnade inte. Tankarna gled i väg till Michał och Nathan Burrows. Till brevet. Till samtalet de haft några veckor tidigare.

Att diskutera Michałs död slutade aldrig väl mellan de tre. Det var ett ömt ämne, av uppenbara skäl, men det blev värre av att Tomek aldrig hade kunnat ge sina föräldrar, i synnerhet sin mamma, något avslut kring vad som hade hänt honom. Möjligheten att det fanns en andra gärningsman där ute någonstans, som undkommit efter alla dessa år, och att ingen utom Tomek kunde identifiera honom, hade skapat en klyfta mellan dem. Tomek trodde inte på ett ord av vad Nathan hade sagt. Han visste vad han hade sett, och han hade sett en andra gestalt hukad över sin brors döda kropp. Men behövde hans mamma veta det? Kunde han laga relationen och överbrygga gapet mellan dem genom att till slut erkänna att allt varit en del av hans sköra och förvrängda fantasi efter alla dessa år? Skulle hon tro honom? Skulle det äntligen ge henne det avslut hon behövde efter över trettio års smärta?

Tomek var inte så säker. Men det fanns bara ett sätt att ta reda på det.

Till kvällsmat hade Izabela gjort familjens favorit: *pierogi*. En enkel rätt bestående av degknyten med köttfyllning, serverade med en ohälsosam mängd sås.

"Till Abigail gjorde jag något annat, ifall du inte gillar dem", sa Izabela med ett varmt leende.

"Jag är öppen för det mesta", sa Abigail och gafflade in en.

Ljudet som kom från hennes mun motsade minen i hennes ansikte. Liksom hennes ord. "Jättegott", sa hon.

Alla i rummet anade att hon ljög, men liksom hon var de alltför artiga för att säga något.

En kort stund åt de i tystnad. Snart gled samtalet in på jobbet. Tomek hade hoppats att de skulle få lära känna Abigail lite bättre, men han hade haft mer tur på lotto.

"Har du några stora fall just nu?" frågade hans pappa.

"Bara ett par stycken."

"Några vi kan hjälpa till med?"

"Abigail har gjort allt jag behöver få hjälp med."

"Jaså?"

Tomek puffade på henne att förklara. Det var säkrare så. Hon kunde bara återge den information hon snappat upp från Tomek eller Anna. På så vis riskerade inget viktigt, som hon inte kände till än, att läcka ut.

Abigail kämpade i sig tuggan och sa: "Du vet den där kvinnan som hittades i flodmynningen häromdagen?"

"Nej?"

"Hon dödades ungefär en och en halv kilometer därifrån. Dränktes. Jag gick ut med signalementet på den misstänkte."

"Och?" frågade Perry, med blicken låst vid Tomek.

"Vi grep någon i morse med koppling till dödsfallet", svarade Tomek neutralt.

"Varför känner jag att det kommer ett men?"

"För att jag inte tror att det var han. Jag tror att vi har fel person eller att någon annan var inblandad på något sätt."

Perry fnissade. "Det där är väl din livshistoria, va, grabben?"

Tomek bet sig i underläppen. Han hade väntat sig kommentaren från sin mamma, men inte från sin pappa. Kanske var det därför Perry sa det, för att han visste att Tomek inte skulle ge igen.

"På tal om det", började Tomek och harklade sig. "Härom veckan åkte jag och träffade Nathan."

"Nathan?" upprepade Perry. "Vem är Nathan?"

"Det gjorde du inte ..." sa Izabela, med ovanligt mörk röst.

"Det gjorde jag, mamma."

"Vem är Nathan?" frågade Perry, men ingen svarade.

Samtalet mellan Tomek och hans mamma fortsatte.

"Varför gjorde du det? Hur kunde du?"

"Jag behövde veta."

"Inte så. Han förtjänar inte det."

"Är det någon som tänker säga vem Nathan är?" frågade Perry. Ljudet av en gaffel som slog i bordet avbröt dem alla. "Han som dödade Michał!"

Alla blickar vändes mot Kasia. Både kniv och gaffel låg på bordet och lämnade såsfläckar över den perfekt vita och nystrukna duken.

"Tack, Kasieńka." Perry vände sig mot Tomek, med dyster min. "Den Nathan? På riktigt? Varför åkte du dit?"

"Som jag sa: jag behövde veta. Jag behövde svar."

"Och fick du det?"

Tomek sänkte blicken, höjde den mot Kasia, sedan mot Abigail, och lät den till sist landa på sina föräldrar.

"Det fick jag."

"Tänker du berätta, eller ska du tala i gåtor?"

Tomek drog in ett djupt, långsamt andetag. "Det fanns ingen", sa han. "Det fanns ingen annan gärningsman. Han sa att jag hade fått allt om bakfoten. I alla dessa år har det bara funnits i mitt huvud."

KAPITEL
TRETTIOSEX

T omek vaknade med ett ryck.
Inte för att han drömde en mardröm. Inte för att han framkallade bilder av Nathan Burrows och den andre mördaren i huvudet. Utan för att mobilen började ringa intill hans huvud. Det lät som ett skott som small av, där den vibrerade på IKEA-möbeln. Med halvt öppna ögon sträckte han sig efter mobilen. Såg Seans namn överst på skärmen. Stönade. Klockan var strax före sex. Alarmet skulle gå igång om tjugo minuter. Men något sade honom att han inte skulle kunna somna om efter samtalet.

"Ja?" sa han.

"God morgon, Champ", kom det irriterande muntra svaret. "Jag väckte dig väl inte?"

"Flyger plan på himlen?"

"Vad? Åh. Jag fattar. Snyggt. Smart."

"Inte min bästa. Men å andra sidan, vad kan du förvänta dig när jag just har vaknat?"

När han sa det rörde sig Abigail bredvid honom. Hon brukade vara lättväckt och hade vaknat av flera av hans alarm sedan de började dejta, men de tre glasen vin och flera tallrikar mat hade satt stopp för det. Han smet ur sängen och ilade in i vardagsrummet.

"Kommer jag att gilla det jag är på väg att få höra?" frågade han.

"Troligen inte. Mariusz Stanciu är död. Mördad. Dödad i sin fängelse-cell i natt."

KAPITEL
TRETTIOSJU

E nligt fängelsevakternas rapport förklarades Mariusz död klockan 22:39, ungefär tio minuter efter att han hade placerats i sin cell för natten. Dödsorsaken angavs som knivhugg. Trettioåtta gånger. Hans mördare hade brutit sig ut ur sin cell, övermannat vakterna och smugit in i Mariusz' cell. Mariusz hade varit ensam, på väg in i sitt nya fängelseliv utan någon som kunde trösta honom, när mördaren stormade in. När vakterna reagerade och hade hittat en separat nyckel, cirka tre minuter senare, hade Mariusz förblött och dött på golvet. Under tiden stod hans mördare längst in i cellen, med ansiktet tryckt mot väggen och armarna över huvudet som om han greps för första gången. Han gav upp, erkände sig besegrad. Men det hindrade inte vakterna från att banka in honom i väggen, sju beväpnade kroppar som pressade in honom i betongen. Inte heller hindrade det dem från att slå honom upprepade gånger med sina batonger och kasta ner honom på golvet som om han vore en köttbit.

Mannens namn var Denis Danyluk, och han avtjänade för närvarande ett livstidsstraff för mord.

Tomek och Sean hade skickats för att förhöra honom. Beslutet hade kommit från Victoria. Som teamets största och mest fysiskt respektingivande personer var de perfekta för uppgiften. Det hjälpte också att de delade rollen som hennes ställföreträdare.

De fördes båda in i ett litet, kalt rum som påminde Tomek om förhörsrummen på stationen. I mitten stod ett litet bord, knappt stort nog för en, än mindre tre. Hopkrupen i sin stol, vänd mot dem, satt en kompakt, kraftig, flintskallig man med axlar nästan lika breda som bordet självt. Han bar en djupt oimponerad min. Ovanför vänster öga fanns ett fem centimeter långt jack som såg ut att ha gått ända in till benet. Hans ögon var i samma färg som taket, och hans näsa var bruten på minst två ställen. Denis var inte överviktig, men han låg inte precis på fem procent kroppsfett heller. Trots att han levde i fängelse dygnet runt såg det ut som att han åt bra – väldigt bra, till och med.

När de närmade sig reste sig Denis från stolen och räckte fram handen. Tomek hajade till över hur enorm han var. Som att stå öga mot öga med John Coffey från *The Green Mile*. Nu förstod han varför de två var bäst lämpade för jobbet. Han satte mod till sig.

"Jag heter Denis", sa han, med kraftig östeuropeisk accent. "Trevligt att träffas. Jag har väntat."

Varken Tomek eller Sean tog hans hand. I stället drog de ut sina stolar och satte sig. I rummets övre hörn blinkade röda lampor medan videokamerorna spelade in varje rörelse. Det var en klen tröst att veta att skydd bara var några sekunder bort, men med tanke på hans storlek kände Tomek sig övertygad om att mannen kunde slå ut dem båda innan förstärkningen hann fram – och dessutom hinna ställa sig med ansiktet mot väggen och händerna över huvudet med några sekunder till godo.

"Vi behöver att du berättar allt som hände i upptakten till Mariusz' död", sa Sean.

Denis ryckte på axlarna. "Det är enkelt. Jag bröt mig in i hans cell. Sedan dödade jag honom."

"Hur tog du dig in i hans cell?"

"Vakten kom in. Jag stal hans nyckel."

"Hur?"

"Jag tog den från vakten."

"Och?"

"Jag låtsades ha magproblem."

"Och sedan?"

"Jag stal nyckeln, gick in i Mariusz' cell och sedan dödade jag honom."

"Hur?"

Utan att säga något sköt Denis ifrån sig bordet och reste sig. Tomek spände sig genast, beredd på bråk. Men det kom inte. I stället började Denis spela upp hur han hade dödat Mariusz.

"Jag rusade in", började han, "grep honom i skjortan och tryckte upp honom mot väggen. Sedan stack jag honom. Trettioåtta gånger. Jag räknade. Ett för varje år av Morganas liv. Han var död när han slog i golvet. Sedan släppte jag kniven och ställde mig vid väggen. Så här." Denis pressade kroppen mot ena väggen och placerade händerna över huvudet. "Strax därefter kom vakterna. Stämmer det?"

"Det stämmer", svarade Denis, in i väggen.

"Du kan komma tillbaka nu", sa Tomek.

Ett djupt skratt. "Förlåt. Jag är van vid att stå så här."

Tomek tvivlade inte på det. Han tvivlade inte heller på mannens version. Den stämde med det han hade läst i rapporten. Att han hade stormat in och dödat honom utan att tveka en sekund. Att det var överlagt. Att Denis hade vetat att Mariusz var på väg in i fängelset och vilken cell han skulle hamna i.

Frågorna som gnagde på Tomek var hur, och varför?

"Varför dödade du honom?" frågade han när Denis hade satt sig igen.

"Hämnd."

"Hämnd för vad?"

"För att han dödade Morgana."

"Varför skulle det angå dig?"

"För att hon är min syster."

KAPITEL
TRETTIOÅTTA

Tomek hade slagits till marken av nyheten, och han hade behövt tid för att bearbeta informationen, men det var ingen tid han hade råd att avvara. Som tur var kom Sean till undsättning och genomförde resten av förhöret tills Tomek hade återfått tillräckligt med fattning för att ansluta. Han kunde inte tro det. Snarare inte.

Det var första gången Tomek och teamet hörde talas om att Morgana hade någon familj utöver sin make, än mindre en bror som satt i fängelse. Han hade inte dykt upp i någon av deras utredningar, vittnesmål eller efterforskningar. Han hade inte funnits. Men nu gjorde han det. Kanske var det så Morgana ville ha det. Kanske hade hon blivit så äcklad och besviken över sin brors handlingar att hon helt stängt av honom, låst in honom i sitt sinne och kastat nyckeln, och sagt åt alla andra att göra detsamma. Det hade inte varit det värsta hon kunde ha gjort.

Sean hade ifrågasatt riktigheten i hans påståenden. Men för att motverka det hade Denis gått med på att lämna ett DNA-prov, och när Tomek och Sean gick därifrån låg det i en påse och var redo att skickas iväg för analys. Bara tiden skulle utvisa om Denis talade sanning.

Oavsett vilket hade mannen ändå dödat Mariusz, slaktat honom och lagt honom i backen, och för det väntade ett ännu längre straff. Lagt till hans nuvarande dom såg det ut som att Denis aldrig skulle komma ut ur fängelset. Redan inne för mordet på en tjugofemårig man i ett slumpmässigt mord stod det klart att Denis skulle dö innanför cellens fyra väggar.

Och det fanns ingenting han kunde göra för att ändra på den saken. Inga DNA-test i världen, inte hur många bekännelser som helst.

När han klev in i insatsrummet, fyrtio minuter senare, var Tomeks huvud fullt av idéer, tankar. Han behövde bearbeta dem alla, och innan han gjorde något annat styrde han rakt mot sitt skrivbord och började klottra ner dem i ett anteckningsblock. När han var klar var anteckningarna knappt läsbara:

Morganas
Ilianas
Koppling Denis och Mariusz - vad förenar dem?
Denis - organiserar allt från fängelset?
Mariusz och Andrei - koppling?
Kanske inga kopplingar alls?
Slump?
Andrei, Andreis adress - Mariusz
Koppling?

Länge stirrade Tomek på listan. Tills orden blev meningslösa, inget annat än klotter och streck på en sida. I hans huvud var allt logiskt, men något saknades. Något längst bak i medvetandet som han inte nådde, inte kunde greppa och kasta ner på papper.

Han stirrade på listan en stund till.

Tvekan smög sig på, och plötsligt hade han ingen aning om var han skulle börja.

Som tur var fattades beslutet åt honom.

"Sergenten," kom det från en tveksam Chey.

"Ja, herr Pepper?"

"Kalla mig doktor."

"Nej. Det tänker jag inte göra."

Chey ryckte på axlarna och sa sedan: "Du går miste om förstklassig munhuggning där."

"Jag tar risken. Vad behöver du mig till?"

Chey drog ut stolen bredvid Tomek och slog sig ner på den. När han lade det ena benet över det andra sa han: "Jag var ute och spanade lite..."

"Var försiktig med var du gör det och med vem du gör det, kompis. Vill inte behöva gripa dig för att vara en smygtittare."

"Roligt. Men det var inte det jag menade. Jag menade att jag satt och tänkte—"

"Vissa skulle hävda att det är ännu farligare."

Den tidigare entusiasmen i Cheys ansikte bleknade ju mer Tomek tog ner honom på jorden.

"Förlåt", sa han och daskade konstapeln lekfullt på armen. "Jag bara skojar, försöker få igång kreativiteten, det är allt. Du har min fulla uppmärksamhet."

Chey såg osäker ut. "Tja, medan du var borta har teamet kollat upp Denis och försökt ta reda på allt de kan. Men jag ville hålla kvar vid Mariusz lite till."

"Okej."

"Jag har gått igenom övervakningsfilmer längs strandpromenaden igen, för att hitta minsta tecken på honom kring tiden för Morganas mord. Jag tittade till och med på material från morgonen för att se om jag kunde hitta honom när han gav sig ut för att döda Morgana."

"Och?"

"Fortfarande inget."

"Har vi hittat en koppling mellan Mariusz och Morgana än?" frågade Tomek. Hans huvud försökte sudda ut tankarna och idéerna och börja om på nytt med Cheys information.

"Nej, men teamet letar fortfarande."

"Okej. Är det något mer, eller var det allt du kom för att säga?"

Chey skakade på huvudet. "Självklart inte. Jag hittade något som jag tror att du kan tycka är intressant."

Tomek gned händerna. "Fortsätt."

"Jag tänkte tillbaka på något du sa om gestalten utanför Redgraves Airbnb. Hur kunde gestalten, om vi antar att det var mördaren, ha fått reda på den informationen? Den finns bara i våra system, eller så kände han Redgraves tillräckligt väl för att veta var de bodde. Den enda som passar in på det är Warren Thomas."

Tomek skruvade obekvämt på sig i stolen.

"Men då stämmer han inte med profilen och beskrivningen som alla gav av gärningsmannen. Jag menar, jag har sett Warren, och man skulle veta skillnaden mellan honom och Mariusz. Så då började jag tänka. Den andra möjligheten är att han på något sätt fick tillgång till Redgraves adress via våra system."

"Eller så följde han efter dem hem efter att de lämnat sina vittnesuppgifter på stationen?" sa Tomek.

Chey knäppte med fingrarna som en pistol. "Jag hoppades att du skulle säga det. Faktum är att jag visste att du skulle det. Jag kan läsa dig som en öppen bok, sergenten. Faktum är att det var du som gav mig—"

"Du sa?" avbröt Tomek.

"Ja. Just det. Förlåt. Jag hoppades att du skulle säga det eftersom jag tittade på Mariusz koppling till Andrei. Återigen, så långt vi kan se finns det ingen direkt relation eller koppling mellan dem."

"Vilket antyder att Mariusz dödade Andrei för att han var på fel plats vid fel tidpunkt."

"Precis, ja. Det är i alla fall vad det pekar på. Och det enda sättet han kunde ha fått reda på var Andrei bodde är antingen genom att komma åt uppgifterna i våra system, eller genom..."

"Eller genom att följa efter Andrei hem efter hans vittnesmål."

Ännu en fingerpistol. "Exakt! Så, tack vare din visa och professionella inspiration, tittade jag på övervakningsfilmer från stationen runt tiden då han kom in för att lämna sitt vittnesmål och när han gick. Jag tittade också på övervakning runt hans lägenhet ovanför den kinesiska takeawayen strax efteråt, och matchade alla bilar som lämnat stationen och kört förbi närmaste kamera."

"Och?" Tomek kände hur han lutade sig fram en aning.

"Och inget."

"Vad menar du, inget?"

"Det finns inga spår av Mariusz utanför stationen överhuvudtaget. Jag kunde inte heller hitta några matchande fordonsbeskrivningar eller registreringsnummer både härifrån och vid Andreis lägenhet, vilket betyder att han inte följdes hem med bil heller."

"Så hur visste Mariusz var Andrei bodde?" frågade Tomek, men han förlorade sig åter i djupa tankar.

"Är det inte uppenbart?"

Det var det. Men Tomek behövde fundera över konsekvenserna.

"Det är den andra möjligheten", fortsatte Chey. "Mariusz lyckades komma åt uppgifterna i våra system. Eller så gjorde någon det åt honom."

Tomek vände sig långsamt mot honom, med ögonen som vidgades i förtvivlan.

"Vet du... vet du vem?"

Chey kunde inte få bort ivern ur ansiktet. "Jag väntade tills du kom tillbaka, sergenten", sa han. "Victoria gav mig en annan uppgift att fokusera på medan du var ute."

Tänkte väl det.

Tomek sneglade mot Cheys skrivbord. "Har du det öppet nu?"

Chey nickade. Tomek var ur stolen före Chey och skyndade bort till hans skrivbord. Han knackade upprepade gånger på handleden, som för att skynda på den unge mannen.

Konstapeln kände av brådskan och hoppade över de sista stegen. Väl i stolen loggade han in på datorn och laddade fram skärmen. Högst upp fanns en liten sökruta. Chey skrev in Andrei Pirlogs namn och tryckte på retur.

Ett ögonblick senare dök en liten logg upp på skärmen. Tomeks blick skummade snabbt igenom informationen; han tittade först på datumen och sedan på namnet på det konto som hade öppnat hans akt.

Och då såg han det.

KAPITEL
TRETTIONIO

M ed lättnad kände Tomek inte igen namnet på skärmen. Han ville inte ens börja föreställa sig hur samtalet skulle ha blivit om det hade varit någon i teamet. Att någon han kände utan och innan hade läckt Andreis privata uppgifter till en mördare. Namnet som hade dykt upp på skärmen tillhörde herr Gavin Barker.

En snabb sökning på Gavins namn i polisens interna databas visade att han jobbade på Safer Policing-teamet, i samma kontor som Police, Fire and Crime Commissioner, Brendan Door. När Tomek såg PFCC:s namn började det snurra i huvudet. För några veckor sedan hade Brendan, tillsammans med några av stadens elit och mest respekterade personer, däribland den lokala riksdagsledamoten, borgmästaren, en framträdande affärsman och chefen för Abigails tidning, *Southend Echo*, åtalats för att ha transporterat kvinnor från Östeuropa för att vara deras dekadenta och utsvävande leksaker i deras exklusiva medlemsklubb i hjärtat av Southend, och han satt för närvarande häktad medan utredningen fortskred.

Tomek och Chey satt tålmodigt i en liten vänthörna. De balanserade på ett par obekväma stolar av ett grovt material som fick Tomek att tänka på hans morföräldrars soffa hemma i Polen. Bakom disken satt en kvinna som såg ut att vara typen som tappar kontrollen vid ett brandlarmstest, någon som skulle vara först att skrika och kasta sig ut genom fönstret om situationen krävde det – lite neurotisk och hårt spänd. Så snart hon insåg vilka Tomek och Chey var, och varför de var där, lyfte hon luren direkt, slog igenom till Gavin och bad oförtrutet om ursäkt medan de väntade.

Fem sekunder tog det innan han svarade.

Fem minuter innan han dök upp.

Gavin var en liten, anspråkslös man, med en stor käft och kort spretig frisyr som krävde alldeles för mycket hårgelé och som inte varit modern sedan tidiga 00-talet. Trots sin storlek hade han ett förbaskat fast handslag.

"Jag hoppas att det här går fort?" frågade han samtidigt som han sänkte händerna längs sidorna.

"Förmodligen inte", svarade Tomek. "Du kanske ska fundera på att ställa in alla tider eller möten du har inbokade."

Utan att säga något vände Gavin på klacken och for genom ett par dubbeldörrar. Hans kontor låg bara en kort bit bort, men mannen låg långt före dem, och när de hann ikapp satt Gavin redan bakom sitt skrivbord och väntade på dem som en rektor som väntar på två skolkande ungar.

"Om det här gäller utredningen av Brendan har jag redan svarat på alla tänkbara frågor."

"Vi har bara några till, om du kan ha överseende med det."

"Ha överseende? Vad ska det betyda?"

"Vi har bara några fler frågor som behöver svar."

"Jag sa ju redan att jag har diskuterat allt som finns att diskutera om Brendan."

"Vem har sagt något om Brendan?"

"Det gjorde väl du...?" Han verkade nu osäker på sig själv.

"Nej, det gjorde vi inte. Om det var vad receptionisten sa har du tyvärr blivit felinformerad."

"Om det inte gäller honom, vad gäller det då?"

"Vi tror att du vet."

Tomek slog sig ner på stolkanten, lade ena handen på bordet och gestikulerade åt Chey. Konstapeln stack ner handen i fickan och plockade fram ett papper.

"Har du hört om kroppen som hittades vid Mulberry Harbour häromdagen?"

Gavins blick hoppade mellan Tomek och Chey. "Jag tror att jag såg något om det." Rösten var skakig, nervös, som om han visste vart det här var på väg.

"Nå,", sa Tomek, "strax efter att allt det där hände dödades ett av nyckelvittnena. Säg inget bara, vi håller den här biten väldigt tyst. Så synd, för han var en riktigt schysst kille. Liksom kvinnan togs han ifrån oss alldeles för tidigt. Kan du fatta, den jäveln som gjorde det trädde självmant fram från ingenstans?"

"Från ingenstans", ekade Chey.

"Nå, inte riktigt från ingenstans. Han fick en hjälpande hand av *Southend Echo*. När de gick ut med hans signalement för allmänheten kände han sig tvungen att träda fram, förstår du? Men det var inte den enda hjälpande handen vår gärningsman fick, eller hur, Chey?"

"Nej, sergeant."

"Nejdå", fortsatte Tomek och skakade på huvudet. "Förstår du, Gavin, någon gav vår gärningsman ögonvittnets vistelseort. Kan du fatta det?" Tomek lutade sig närmare. Gavin kände sig tvungen att göra detsamma. Rynkorna vid ögonen hade djupnat och pannan dragits ihop. Tomek tyckte sig också se en svettdroppe bildas vid kanten av det tunnande hårfästet.

"Och... det galna är..." fortsatte Tomek. Oron i Gavins ansikte tilltog.

"Det kom härifrån, någonstans på *det här* kontoret."

Lättnaden i Gavins ansikte var så plötslig och kraftig att Tomek nästan kände den mot sin egen kind.

Tomek sänkte rösten. "Och vi tror att *du* kan hjälpa oss att få reda på vem..."

Gavins ögon vidgades. "Ni tror... ni tror att någon från det här kontoret läckte någons adress till en... till en mördare?"

"Oh ja."

"Och ni tror att jag kan hjälpa er att ta reda på vem som kan ha gjort det?"

"Ja, men du måste vara knäpptyst om allt det här. Det får inte läcka ut. Det finns farliga människor i den här världen. Det är en djungel där ute, och vem vet vad de är kapabla till."

"Just det. Ja. Jag förstår. Det där... det där är intressant. Väldigt intressant." Gavin föll plötsligt i djupa tankar, knackade med fingret mot hakan, vände bort huvudet från Tomek. "Har ni... har ni någon aning om vem det kan vara?"

"Tim på ekonomi."

"Tim på ekonomi? Verkligen? Jag... jag trodde aldrig att han hade det i sig."

"Det beror på att han inte finns", sa Tomek tvärt. "Det finns ingen Tim på ekonomi. Vi hittade på honom. Men du hittade inte på Andrei Pirlogs adress, eller hur? Den fann du precis där du behövde, och den gav du rakt till hans mördare, eller hur?"

Gavins ansikte förvrängdes i protest. "Vad pratar du om? Hur vågar du anklaga—"

Tomek tystade honom med pappret han hade väntat på att släppa fram.

"Det där är ditt namn där, eller hur? Och det där är IP-adressen till just den här datorn – oroa dig inte, vi lät IT kolla innan vi kom över. Vi kollade också din kalender, och övervakningskamerorna i byggnaden, och alla säger att du var här, vid just det här skrivbordet, när du tittade på Andreis profil i systemet."

Gavin öppnade och stängde munnen för att säga något, men inget kom ut.

"Jag kan inte fatta att du var på väg att låta en oskyldig, om än fiktiv, man åka dit för något han inte gjort. Stackars Tim på ekonomi. Har du ingen skam i kroppen, Gavin?"

"Det här kan ni inte göra mot mig", svarade mannen. "Ni har inga bevis."

"Jag har precis visat dem för dig. Är du från vettet?"

"Nej, jag—"

"Vem bad dig att läcka adressen?"

"Ingen, jag—"

"Vem bad dig?"

"Jag vet inte. Jag fick bara ett sms."

"Vad stod det?"

"Den bad bara om adressen. Det var allt."

"Har du kvar meddelandet?"

"Nej. Jag raderade det så fort jag hade skickat informationen."

"Varför? Varför just du?"

"Jag vet inte. Jag... jag önskar att jag kunde säga det."

"Du ljuger."

"Nej! Jag lovar, det gör jag inte!"

"Då föreslår jag att du berättar allt vi behöver veta."

I ögonvrån såg han hur Chey tog upp en liten ljudinspelare ur fickan och lade den på bordet. Gavin betraktade den misstänksamt, och medan han talade flackade blicken dit gång på gång.

"Lyssna, jag..." började han, pladdrade osammanhängande, oförmögen att få fram orden. Han drog in andan, samlade sig. "Jag vet hur det ser ut. Verkligen, jag vet. Men jag gjorde inget fel. Det gjorde jag inte. Häromdagen var jag i Leigh, gick längs Broadway med min fru och två döttrar, skötte mitt och allt det där, när jag fick det där smset. Det kom från ett okänt nummer, med ett foto på min familj som gick längs gatan. Det måste ha tagits ungefär fem minuter tidigare. De stod utanför Co-op och väntade på mig medan jag smet in i presentbutiken på andra sidan vägen. Jag tittade mig omkring för att se om någon var kvar, men jag hade ingen aning om vem jag letade efter. Och det var mycket folk också, så jag hade ingen chans att hitta dem."

"Vad stod det i meddelandet?" frågade Tomek.

"Något i stil med: "Vi vet allt om dig, vi vet allt om din familj. Svara med adressen till en herr Andrei Pirlog" – jag vet inte om jag uttalar det rätt—"

"Jag tror inte att han tar illa upp", avbröt Tomek. "Han är död på grund av dig."

Gavin ryckte till vid kommentaren men fortsatte ändå. ""Ge oss adressen till en herr Andrei Pirlog annars dödar vi din familj." Jag tänkte förstås inte bara sitta med armarna i kors."

"Så du fick någon dödad i stället."

"Jag har inte dödat någon!" Gavin slog handflatan i bordet. Den enda som ryckte till var Gavin själv.

"Nej, du har rätt", sa Tomek och sänkte tonen något. "Han dränktes bara i sitt eget badkar medan du i praktiken stod bredvid och tittade på."

Gavin bet sig i underläppen. En tunn hinna av tårar lade sig i ögonens nederkant när insikten sjönk in.

"Var det det enda du blev ombedd att göra?"

De hade tappat honom. Gavin stirrade tomt ner i mitten av skrivbordet, förlorad i sina djupa, nedåtspiralande tankar.

"Gavin, jag behöver att du svarar."

Till slut, efter vad som kändes som lång tid, höjde han huvudet. "De sa åt mig att åka till fängelset också."

"När?"

"I går. Jag var tvungen att gå innan en ny intagen kom."

"Vem pratade du med?" frågade Chey.

"En man som hette Denis. Jag... jag blev tillsagd att ta reda på när någon skulle komma in, någon som kallades Mari-*oosh*, eller vad han nu hette. De... de ville att jag skulle föra vidare budskapet."

"Vilket budskap?"

"Måste jag säga det rakt ut?"

"Det minsta du är skyldig de här människorna", svarade Tomek rakt.

Gavin harklade sig. "De ville att Denis skulle döda Mari-*oosh*. Han skulle in på kvällen, och de ville att Denis skulle döda honom."

"Och du gick med på det?" frågade Chey.

Gavin vände sig långsamt mot konstapeln. "Har du familj, kompis?

Nej, klart du inte har. Titta på dig, du är ju typ tolv. Vad vet du? Du kan inte döma om du inte vet hur det är att få sina nära och kära hotade. Jag gjorde vad jag var tvungen att göra för att skydda min familj."

"Även om det betydde att döda två personer?"

Gavins uttryck föll plötsligt. "Jag gjorde vad jag var tvungen att göra för att skydda min familj."

Den här gången fanns ingen ånger i rösten, som om han plötsligt hade förlikat sig med sitt beslut och följderna som skulle komma.

Tomek var rasande på mannen. Om han bara hade kommit till polisen först hade de kunnat skydda Gavin och hans familj och kanske räddat två liv. Men mannen hade tagit saken i egna händer, och nu skulle han få betala det yttersta priset för det.

KAPITEL
FYRTIO

S tämningen inne i insatsrummet var dyster, tungsint. Hopp och förväntningar hade grusats, och många förvirrade ansikten stirrade tomt ner i bordet och upp på väggarna. Tillförsikten, trots att de hade lyckats väcka åtal för mordet på Andrei Pirlog, ebbade bort lika snabbt som det bortdragande tidvattnet.

"Jag är bedrövad och chockad över att höra nyheten om mordet på Mariusz", sade Victoria långsamt, lugnt, med måtta i rösten. Hon stod med huvudet högt och ryggen rak. Den här gången fanns ingen trogen vapendragare vid hennes sida; i stället satt Sean bland de andra vid bordet. "Men tack vare Tomeks och Cheys noggrannhet har vi lyckats hitta en anledning till varför han är död. Mina herrar, vill ni förklara?"

Och det gjorde de. Men inte innan Tomek hade pekat ut det uppenbara felet i Victorias ursprungliga formulering: att de trettioåtta stickskadorna i Mariusz kropp hade varit den *faktiska* orsaken till att han var död, inte deras grundlighet i att göra sitt jobb. Hur som helst hade Tomek låtit Chey förklara Gavins aktiva delaktighet i mannens död för gruppen. Det var ett tillfälle för konstapeln att utvecklas och bli säkrare i sin roll. När han var klar öppnade Victoria för frågor, som Chey kunde besvara koncist och utan tvekan.

"Jag vill använda den här tiden till att gå igenom vad vi vet, vad vi inte vet och vad vi vill veta. Jag tror att vi alla behöver få in i huvudet vad fan som har pågått de senaste dagarna, så att vi kan begripa det och äntligen få ett slut på det."

Ett mjukt mummel drog genom gruppen.

Med trupperna samlade gav sig Victoria i strid och vände sig mot tavlorna bakom sig. Under de senaste dagarna hade teamet satt upp dokument, information, fakta, bilder, brottsplatsfoton och bevis på väggen för att bygga en fullständig tankekarta över utredningen. Uppe till vänster fanns ett litet fotografi av Mulberry Harbour, med några korta fakta om monumentet. Bredvid det fanns en bild av Morgana, hämtad från hennes sociala medier; den trettioåttaåriga log sprudlande in i kameran. "Klockan 09.52 tog vi emot larmsamtalet från Warren Thomas vid Mulberry Harbour om att de hade hittat Morganas kropp. På plats var Andrei Pirlog, nu avliden, Warren Thomas själv, Kirsty Redgrave och hennes familj på fyra." Deras namn stod skrivna under bilden av Morgana, och Victoria pekade på var och en medan hon talade. "En misstänkt, medelbyggd, med kort svart hår och ett tunt svart skägg, iförd svart rock och halsduk, sågs hålla i Morganas kropp. Han flydde senare platsen, västerut, mot Southend Pier, där han senare dök upp igen någonstans här."

Med pennan ritade Victoria en pil på en karta över Southend från hamnen till piren, sedan en ny linje uppåt. Hon stannade när hon nådde land.

"Vid den tiden på morgonen kom tidvattnet in snabbt, vilket gjorde att våra nyckelvittnen blev strandsatta. Som följd tvingades de lyfta kroppen, och sig själva, upp på hamnen, där de väntade på räddning. När de väl hade förts i land togs de till stationen för att lämna utsagor. Den som såg vår misstänkte bäst var Andrei Pirlog." Victoria petade på mannens namn med pennan. "Kort därefter hittades Andrei död i sitt badrum. Först trodde man på självmord, men DNA som senare hittades under Andreis naglar bekräftar att Mariusz Stanciu, lastbilschaufför hos DWG Logistics, var närvarande. Vi vet nu att Mariusz dödade Andrei, bevisen är oomkullrunkeliga, och vi vet också att det var han som flydde från Morganas brottsplats."

"Nej, det gör vi inte", avbröt Tomek.

Victoria gav honom blicken hos någon som just hade hindrats från att komma först vid mållinjen på ett maraton. Ilskan kröp längs vecken i hennes ansikte.

"Jo, det gör vi."

Tomek skakade på huvudet. "Allt vi har är hans ord. Han dök upp från ingenstans för att han stämde in på signalementet i tidningarna."

"Som du läckte."

"Det har inget med saken att göra."

"Så du medger det?" pressade Victoria.

"Nej. Kan du låta mig tala till punkt nu? Tack. Som jag sa, Mariusz dök upp för att han passade in på beskrivningen i tidningen. När han talade med mig sa han att han inte hade något med Morganas död att göra, att han hittade kroppen så, och att han flydde platsen för att han visste hur det skulle se ut. När jag visade hans foto för Redgrave-familjen och Warren Thomas kunde de inte med säkerhet säga att det var han. Den enda som kunde var Andrei."

"Som han dödade."

"Ja, men det betyder inte att han var den som dödade Morgana, eller att han ens var där."

"Det gör det så gott som", inflikade Martin. "Han var där vid hamnen, han blev sedd, han flydde och sedan dödade han personen som såg honom bäst. Det ser inte bra ut."

"Jag vet hur det ser ut", svarade Tomek med en tung suck. "Men ni satt inte mitt emot honom i det där förhörsrummet. Ni hörde honom inte. Ni hörde inte hur lugn och... robotlik han lät." Ännu en suck, den här gången djupare, längre. "Jag tror det jag tror, och jag tror inte att han dödade Morgana."

"Hur är det med hans flickvän?" frågade Martin, och fortsatte att lägga sig i.

"Vad är det med henne?" frågade Tomek.

"I sin utsaga sa han att han var där för att hitta en perfekt plats att fria till sin flickvän på. Var är hon? Finns hon?"

"Ja", kom det tvära svaret från Oscar. Han hävde sig ur stolen och pekade på ett fotografi på andra sidan väggen. Det föreställde en spänstig kvinna som log bakom en tjock halsduk virad runt hals och haka. I bakgrunden syntes en trappa och en byggnad. "Hon finns", fortsatte han, "men jag har inte lyckats få kontakt med henne eftersom hon är tillbaka i Rumänien."

"Vilket styrker det Mariusz sa om henne", fyllde Tomek i. "Han sa att hon hade åkt hem för att träffa sin familj."

"Inget av det där är relevant", avbröt Sean. "Det som är relevant är varför Mariusz, en man som dyker upp från ingenstans – bokstavligen, i det här fallet – skulle döda Andrei om han inte hade någonting med Morganas mord att göra. Varför skulle han döda en oskyldig man om han själv var oskyldig?"

Tomek hade inget omedelbart svar, så i stället ställde han en egen fråga. "Har någon hittat en koppling mellan Mariusz och Morgana än?"

Alla blickar vändes mot en av tavlorna. I mitten fanns två bilder, Mariusz och Morgana, med en linje emellan och ett stort frågetecken, understruket flera gånger, undertill.

"Nej, kort sagt", svarade Rachel.

Tomek ryckte på axlarna och gav resten av teamet en självgod blick. "Min poäng är bevisad."

"Vi går vidare", började Victoria. "Vi kan återkomma till Mariusz och Morgana. Men när vi ändå är inne på Mariusz: han har just blivit dödad i fängelset av Morganas bror, Denis Danyluk. Vem har senaste nytt om honom?"

"Vi håller fortfarande på att titta på honom", svarade Rachel. "Vi har inte haft tillräckligt med tid för att lägga ihop så mycket."

"Ingenting alls?"

"Tja, han kommer från Ukraina, precis som Morgana. Han satt i fängelse för mordet på en tjugofemårig man. Ihjälstucken. Det fanns farhågor om att det kunde ha varit stam-, drog-, gäng- eller till och med revirrelaterat, men det fanns inga bevis som stödde det. En dag hamnade Denis i ett gräl, tappade fattningen och stack ihjäl en man. Vi får inte veta om han är släkt med Morgana förrän DNA-svaren kommer tillbaka."

"Finns hon inte nämnd i några av hans handlingar? Aldrig angiven som närmast anhörig? Och tvärtom?"

Rachel skakade på huvudet. Sedan gick Victoria fram till en ren sektion av whiteboarden och började klottra ihop en kort att-göra-lista. Första punkten på listan var att tala med Morganas make och närmaste krets för att ta reda på hur det låg till med Denis Danyluks påstående. De som stod henne närmast skulle veta om hon hade en bror eller inte. Särskilt hennes make, Anton.

Samtalet gled sedan kort över på Gavin Barkers inblandning i Mariusz fängelsemord, och hur han hade informerat fången om Mariusz förestående ankomst.

"Någon sa åt Gavin att läcka Andreis adress", förklarade Tomek. "Sedan, när Mariusz hade åtalats, sa de åt Gavin att förvarna Denis Danyluk om att han var på väg. Någon, vem det nu är som ligger bakom de där meddelandena, ville uppenbart att Andrei och Mariusz skulle dö. Förstår ni nu varför jag inte tror att Mariusz dödade Morgana? Någon annan gjorde det, de skickade Mariusz att erkänna, och de har städat efter sig sedan dess."

Ingen svarade. Alla undvek varandras blickar, tills Martin var modig nog att tala igen. Han strök undan en hårslinga från ögonen och la den bakom örat. "Kanske hänger de inte ihop. Kanske är mordet på Mariusz en separat händelse. Det är fortfarande mycket vi inte vet om Mariusz. Kanske hade han fiender."

Tomek fnyste. "Snälla nån. Han har bara varit i landet i tre månader. Fortsätt att tro det om ni vill, men jag tycker att vårt fokus ska vara att ta reda på vem som skickade de där sms:en. Och jag tänker göra det medan den digitala forensiken försöker göra samma sak."

"Så att du kan hinna före dem?" frågade Victoria, med en antydan till indignation i rösten.

"Nej, så att vi kan vara redo med en häktningsorder när det blir dags."

KAPITEL
FYRTIOETT

"Teflon-Tommy!"

Ropet hade kommit bakifrån när han klev ut ur insatsrummet, och det dröjde ett tag innan han insåg att det var honom de menade. Han hade inte hört det smeknamnet på ett tag. Teflon-Tommy. Så kallad för att skiten aldrig fastnade. Och det hade funnits en period, tidigt i karriären, när han hade gjort några människor upprörda, trampat några på tårna, brutit mot reglerna ett par gånger, och ändå hade inget fastnat. Tack, till stor del, vare Nick. Kommissarien hade alltid funnits där för att försvara honom, och smeknamnet hade fötts dem emellan. Det ironiska var att namnet till en början faktiskt hade fastnat, men med tiden, och i takt med att han mognade och blev en mer kompetent och regelrätt utredare (de orden användes generöst om honom), hade det levt upp till sitt namn och glidit ur bruk.

"T-Bone!"

Ett rop till, ett smeknamn till. Den här gången syftade det på hans kärlek till T-bone. Tomek hade valt smeknamnet själv, men alla hade inte anammat det.

Förvirrad vände Tomek sig om mot röstens ägare. Han hade halvvägs väntat sig att få se en före detta kollega, en som gled upp vid minsta tillfälle, hängde i hasorna på honom och skrattade åt varenda skämt. Sådana blodsugare hade han träffat några stycken genom åren, som sög musten ur hans humor. I stället var det Sean. Han höll upp dörren med handen, fingrarna utspärrade över ytan som en blodfläck.

"Allt bra, kompis?"

Tomek svarade långsamt. "Ja... Vad är grejen med alla smeknamn? Flirtar du med mig, eller är du ute efter något?"

"Lite av båda. Vad som än funkar."

"Handlar det om rummet?"

Sean blev plötsligt blyg och sänkte rösten. "Ja. Jag undrade bara om du hade hunnit prata med tjejerna än, få deras godkännande?"

Tomek kliade sig på kinden. "Förlåt, kompis. Inte än. Det har helt fallit mig ur minnet – lite som mitt namn, va!" Men Sean såg inte det roliga. Blicken sjönk och han nickade långsamt. "Hör du, låt mig prata med dem i kväll. Jag ger dig ett besked i morgon, vad säger du om det?"

"Ja. Toppen, tack."

"När behöver du vara ute?"

"Helst så snart som möjligt. Jag skulle gärna stanna så länge det bara går, mest av ren trots – jag menar, den jäveln kastar ju ut mig, trots allt. Men det börjar bli lite giftigt att bo kvar där, och jag tror det är vettigare att dra därifrån förr snarare än senare, du fattar?"

Tomek förstod precis. Han lade handen på Seans axel. "Lämna det till mig, kompis. Vi ska hitta någonstans åt dig."

Seans ansikte fylldes av värme. "Tack, kompis. Jag uppskattar det verkligen. Du är en god vän. Det vet du, va?"

KAPITEL
FYRTIOTVÅ

E fter att han första gången hade sett Gavin Barkers namn dyka upp på skärmen hade Tomeks tankar omedelbart hoppat till att en viss man på något sätt var inblandad. Brendan Door, kommissionären för polis, brand och brott i Essex. Brendan var en ond man som hade visat liten ånger över sina handlingar, och det var omöjligt för Tomek att inte tänka på honom.

Mannen satt för närvarande häktad på HMP Bedford medan utredningen och rättegången om hans sexhandel fortskred. Tomek hade försökt få ett möte strax efter att Victoria var klar med den akuta avstämningen, men det hade varit för sent. Besökstiden hade gått ut, och det fanns ingen chans att tala med honom den kvällen. Så Tomek hade tvingats skjuta upp det till dagen därpå.

Han hade gett sig av till HMP Bedford före soluppgången och missade sin morgonrunda med Warren. Resan hade varit lång och tröttsam; det hade känts som om hela världen och hans moster hade bestämt sig för att lämna hemmet exakt samtidigt som han, och han hade legat stötfångare mot stötfångare hela vägen. Det enda positiva han tog med sig var att han hade kunnat lyssna på några avsnitt av en ny podcast han höll på att testa. *The Crime Detectives* hette den; den gjordes av ett äkta par som såg sig som hobbydetektiver och ägnade hela avsnitten åt att diskutera verkliga kalla fall. Varje vecka gjorde de sin hemläxa, tog reda på mer och kom tillbaka med nya fakta som sakta drev utredningen framåt. Tomek beundrade deras uppfinningsrikedom och uthållighet, och av de två avsnitt han hade lyssnat på hann han bli avundsjuk på framstegen de gjort. Han visste av egen erfarenhet hur svårt det ibland var att driva en utredning och hitta gärningsmannen, och ändå beundrade han dem mycket. Han var dock inte säker på om det var en podcast han skulle fortsätta lyssna på. Inte för att han ogillade hur mycket de kom framåt och att det fick honom att känna sig överflödig, utan för att han blev så uppslukad av deras resonemang och av att höra deras röster att han höll på att krocka vid flera tillfällen. Det verkade som om han var oförmögen att hantera fordon och lyssna på en podd samtidigt. Han tyckte att de borde ha satt en sådan varning på förpackningen, precis som på läkemedel.

När han kommit fram till fängelset och tagit sig igenom diverse kontroller hade Tomek blivit hänvisad till ett separat mötesrum, avskilt från de övriga intagna, där han hade väntat på att Brendan skulle komma. Fången var tvungen att godkänna mötet innan Tomek fick sitta framför honom, och till hans förvåning hade Brendan gått med på det. Till slut, efter tio minuters väntan, kom mannen in i rummet, och Tomek fick genast en känsla för vad fängelset hade gjort med honom. På så kort tid hade hans ansikte blivit härjat, hakpåsarna hängde efter den plötsliga och drastiska viktnedgången. Han gick långsamt, med krökt rygg, hängande axlar, blicken i marken. Här var en man som, de få gånger Tomek hade träffat honom, hade stått stolt, kaxigt, med anonymitetens och statusens makt i ryggen. Nu såg han bruten och tärd ut. Själva arrogansen var utslagen och bortstulen. Poliser, även de korrumperade, var fortfarande bland de mest avskydda intagna i fängelse, strax efter våldtäktsmän och pedofiler. Men trots det fanns fortfarande en tunn slöja av makt kvar över honom, som om den inte hade slagits ur honom helt.

Brendan drog ut stolen från bordet och satte sig.

"Jag har varit vaken hela natten och tänkt på i dag", sa han med sin vanliga djupa, sträva röst.

"Detsamma", svarade Tomek.

"Fast av helt andra skäl, det är jag säker på. De ville inte säga vad det gällde, så fantasin har skenat."

Tomek funderade på det där en stund.

"Förhoppningsvis gör jag dig inte besviken."

Precis när han skulle förklara skälet till sitt besök avbröt Brendan honom.

"Hur är det med min polare?"

"Vilken då?"

"Nick. Min polare Nick. Hur har han det?"

"Avstängd, tack vare dig."

"Verkligen?"

Tomek sänkte huvudet en aning. "Avstängd i väntan på en fullständig utredning av eventuella kopplingar till dig och det du och dina polare höll på med."

Ett stänk av ett snett leende gled över Brendans ansikte. Lite av makten kom tillbaka. "Åh, just det. Det var den gången jag bjöd in honom att bli medlem i Southend Seven."

Det var nytt för Tomek.

"Tur att han sa nej", svarade han och försökte dölja överraskningen i rösten.

Det sneda leendet växte till ett menande flin. "Är det vad han sa till dig?"

Tomek smalnade med blicken. "Vad menar du med det?"

"Ingenting", svarade Brendan. "Jag är säker på att din helgonlika kommissarie inte har något att oroa sig för. Jag är säker på att han är tillbaka lagom till middagen."

Det gjorde Tomek lite illa till mods. Att möjligheten fanns att en av hans närmaste vänner i kåren kunde ha tackat ja till att bli medlem i en klubb som var direkt inblandad i sexhandel. Dessutom att Nick hade ljugit för honom. Han hade svurit på heder och samvete att det inte fanns något mer som Tomek behövde veta, bara att han hade varit med på ett par saker och absolut inte haft någon som helst inblandning i klubben.

Nu var Tomek inte lika säker.

"Hur som helst", sa Brendan, "nu när den där lilla parasiten simmar runt i skallen på dig, vill du förklara varför du är här?"

Tomek harklade sig. "Säger namnet Morgana Usyk dig något?"

"Menar du kvinnan som dog i hamnen häromdagen? Är det därför du är här?"

Tomek sa ingenting.

"Vad har det med mig att göra? Jag har varit här inne hela tiden. Scoutens heder." Brendan höll upp tre fingrar i luften.

"Så du har aldrig hört det namnet förut?"

"Bara på nyheterna."

"Vad sägs om Mariusz Stanciu?"

Brendan letade i minnet i en hel sekund. "Nej. Tyvärr."

"Inga problem. Den här kanske friska upp minnet", fortsatte Tomek. "Vad kan du berätta om Gavin Barker?"

"Vem?"

"Gavin Barker, från ditt kontor... chefen för Safer Policing-teamet."

"Åh, du menar Halta Gavin! Varför? Vad har han gjort? Han har väl inte haft något att göra med dem du nämnde?"

Tomek pressade ihop läpparna. Det här gick inte som han hade tänkt. I går kväll hade han satt ihop en plan – kort, enkel – för att få fram den information han behövde. Men det fungerade inte. Mannen visste ingenting. Kanske hade Tomek så gärna velat att Brendan skulle vara inblandad att han nästan hade övertygat sig själv om att han var det, men det var något i mannens reaktion som antydde att han inte hade haft något med Morgana, Mariusz eller något av det att göra.

"Vad kan du berätta om Gavin?" frågade Tomek och försökte dölja sin besvikelse.

"Vad vill du veta?"

"Hans personlighet. Hur är han på kontoret?"

"En mes. En fegis. Nästa då, kom igen, jag ser på dig att du har något du verkligen vill fråga mig, men något håller dig tillbaka. Kom igen, Tomek, vad är det? Det liknar dig inte att hålla dig från att säga vad du egentligen tänker."

Tomek tyckte inte att mannen kände honom tillräckligt väl för att fälla den sortens omdöme, men på det stora hela stämde det rätt bra.

"Vad sägs om en man som heter Andrei Pirlog?" frågade Tomek, med rösten svagt darrande.

"Aldrig hört talas om honom."

Nästan lika snabbt som förra gången.

"Är du säker?"

Brendan korsade armarna över bröstet. "Absolut. Aldrig hört talas om honom. Och det är ju ett sånt namn man skulle minnas, eller hur? Som mittfältaren. Om du inte tänker säga det du kom hit för att säga kan vi lika gärna avrunda. Fängelset kan vara en hektisk plats ibland, och jag har gott om saker att ta itu med."

"Som att planera någons mord?"

Tomek hade egentligen tänkt behålla kommentaren i huvudet, men den hade slunkit ur honom utan tvekan, som om den hade ett eget liv.

Ett drag av förtjusning syntes i Brendans ansikte, och han lutade sig fram i stolen.

"Där satt den. Bingo. Du tror att jag hade något med ett mord att göra? Låt mig gissa: du tror att jag, av någon anledning, lät den där Morgana kvinnan mördas, och att det hade något med Gavin och de där två andra killarna du nämnde att göra? Åh, Tomek. Du har inte riktigt tänkt igenom

det här, eller hur? Jag känner inte någon av de där människorna. Jag har
aldrig hört talas om dem i hela mitt liv. Och det vet du att jag inte gör, eller
hur? Du har inga bevis som tyder på att jag gör det, och det vet du. Du
kom hit och trodde att jag skulle lägga mig flat och säga precis det du ville
höra. Men det blev inte som du hade tänkt dig. Lustigt hur livet funkar. De
kort du hade ligger nu på bordet, med framsidan upp, och du har förlorat.
Det är den sämsta handen jag har sett. Du ska ju vara smart, en kriminalin-
spektör dessutom. Jag väntade mig mer av dig."

Och han hade väntat sig mer av sig själv. Han hade fullständigt sabbat
hela förhöret. Han hade rasat ihop. Även om det fortfarande var möjligt att
Brendan ljög, att han kände till Morgana, Andrei eller Mariusz och att han
hade känt till meddelandena till Gavin, visste Tomek när han var
besegrad.

Han lämnade förhörsrummet med en klump i halsen och en tung
tyngd över bröstet. Så snart han hoppade in i bilen kopplade hans Blue-
tooth in sig automatiskt till telefonen och började spela podden. Han grep
efter enheten och stängde av. Det sista han ville bli påmind om var att ett
äkta par, utan någon som helst erfarenhet, ingen utbildning, ingenting,
gjorde ett bättre jobb än han med det han hade ägnat närmare tjugo år åt.

Innan han körde ut från parkeringen ändrade Tomek adressen i sin
gps. Han hade en omväg att ta.

KAPITEL
FYRTIOTRE

Nick bodde i utkanten av Rochford, en liten stad bara en kort bilresa från CID:s högkvarter. På vägen dit hade Tomek passerat åtminstone ett halvdussin cykelklungor. Ungefär tjugo personer som cyklade mitt på dagen, mitt i veckan. Vad gjorde de resten av veckan? Hade de inga jobb? Eller var de kanske så välbetalda att de hade råd att ta fyra timmar om dagen för att cykla runt på landet.

Tomek hade aldrig varit mycket för cykling. Löpning, fotboll, rugby, ja. Fysiska kontaktsporter, vare sig det var med fötterna mot asfalten eller en axel in i magen. Dessutom tyckte han inte att han hade kroppen för det. Han var över sex fot, benen tjocka som trädstammar, och att döma av genomsnittsstorleken på dem han passerade var han lika bred som tre av dem. Han var överkroppstung och skulle välta vid första bästa vindpust.

Cyklisterna var dock inte det värsta med resan. Att komma direkt från HMP Bedford hade tagit längre tid än han väntat sig, den här gången på grund av en olycka på M25. Han hade tänkt skjuta upp besöket och spara det till dagen efter, men han ville inte vänta, inte låta sina tankar och misstankar gro i huvudet.

Bättre att göra det på det här viset.

Tomek svängde av vägen och in på Nicks uppfart. Där, mitt på den grusade uppfarten, stod Nicks pojkleksak till Range Rover och Maggies stillsamma, lågmälda Citroën Berlingo. Sedan deras dotters olycka hade de tvingats bygga om familjebilen så att Lucy och hennes rullstol fick plats. Samma sorts ändringar hade, noterade han, inte gjorts på Rangen.

Framför huset var trädgården fylld av stenstatyer och prydnader. Några meter från ytterdörren fanns en liten damm. En marmorstaty av en ung pojke med vingar, varifrån vatten forsade ur munnen, stod stolt i mitten. Ljudet av vattnet som porlade ner i dammen lugnade honom, och medan han väntade på att dörren skulle öppnas blundade han och fokuserade på sin andning.

In. Ut. In. Ut.

Han bearbetade samtalet i huvudet.

"Tomek?" kom en ivrig röst och ryckte honom ur tankarna. "Vad gör du här? Det här var en trevlig överraskning!"

Tomek öppnade ögonen och fick syn på Maggie, Nicks fru, som stod framför honom. Hon verkade mindre än han mindes, äldre, skörare. På kort tid hade påsarna under ögonen vuxit och hängde nu ner över ansiktet. Ögonen var blodsprängda och kinderna hade tappat färg. Att ta hand om deras numera funktionshindrade dotter hade varit obarmhärtigt mot henne, och Tomek kände en våg av medlidande svälla i magen.

Han sträckte ut armarna och kramade henne.

"Jag tänkte titta förbi och säga hej," ljög han. "Det var ett tag sen."

"Ingen Kasia?"

Tomek skakade på huvudet och tittade sedan bakom sig ifall hon mirakulöst dykt upp utan att han märkt det. "Jag kommer från jobbet," sa han. "Men jag kan alltid ta med henne en annan gång."

"Åh, det vore underbart. Det skulle vi gilla. Vi kunde alla äta en härlig middag tillsammans. Söndagsstek. Det är vår familjefavorit."

Tomek log. "Låter perfekt. Säg en tid och dag så ser jag till att vi kan."

"Det kan du ge dig på!"

Entusiasmen i Maggies röst var överväldigande. Som om det var första gången hon träffade honom efter att ha hört så mycket om honom. Som om det var första gången hon såg eller träffade någon annan än sin man och sina döttrar på över tio år. Hon drog ivrigt in honom i huset, sa utan omsvep att han kunde behålla skorna på om han ville, att det inte var något besvär för henne eller någon annan, att hon kunde städa efteråt, och tog honom sedan in i köket. Rummet var precis som han mindes det. Stensatt golv, matbord och stolar i trä, köksö i mitten, en Aga i gjutjärn längs sidan. Rustikt, gammaldags, som taget ur ett avsnitt av *Escape to the Country*.

Maggie skyndade till ett skåp och tog fram ett glas.

"Vatten? Vin? Whisky? Vad du vill, vi har det."

"De mindre kända: vem, var, vad, varför, när," skämtade han. "Vatten räcker. Jag vill inte köra hem påverkad. Tänk vilket exempel det skulle ge!" Maggie skrockade. "Ha! Självklart. Så dumt av mig."

När hon räckte honom glaset gnuggade hon honom lätt på armen, utan baktanke. Kanske den första mänskliga kontakten hon haft på ett tag.

"Hur har du haft det?" frågade hon.

"Åh, du vet, upptagen med jobbet. Upptagen med Kasia."

"Håller hon dig på tårna?"

"Det kan du skriva upp. Vem kunde ana att tonåringar är så förvirrande?"

"Försök med två."

"Hur går det för dem?" frågade Tomek. "Går det bra för Daniela i skolan?"

"Åh, hon går som tåget. Bäst i alla ämnen. Hon älskar det. Vi är så stolta över henne."

Sättet hon sa det på fick det att låta som om de inte var stolta över Lucy, hon som just nu satt i något av husets rum och stirrade på tv:n, orsaken till den väldiga sprickan i Nick och Maggies äktenskap.

"Det gläder mig," sa Tomek. "Har du hört något från Robbie på sistone?"

Vid nämnandet av sonens namn försvann rosigheten från Maggies kinder. Efter flera års meningsskiljaktigheter och gnabb hade Robbie gått till flottan när han fyllde sexton. Han deserterade familjen och höll kontakten till ett minimum. Avfärden hade varit tuff för dem som familj, och Tomek hade funnits där för att hjälpa Nick plocka upp bitarna, tröstat honom på kontoret, erbjudit de få visdomsord han kunde uppbåda. Just erfarenheten av att känna sig som en outsider i sin egen familj hade hjälpt Nick att se saker ur Robbies vinkel, ur den vinkel han kanske inte tänkt på, och ta några steg mot att förbättra deras relation.

Maggie sänkte huvudet, lade en hand mot köksbänken som stöd. "Nej," svarade she svagt. "Vi har inte hört av honom på ett tag. Men vi vet att han är i säkerhet och att någon tar väl hand om honom."

"Jag hörde på nyheterna häromdagen att de kanske återinför värnplikten om allt går åt helvete. Som tur är kommer jag, när det väl händer, precis ligga utanför åldersspannet."

Tomek visste inte varför han sagt det. För att fylla tomrummet, maskera tystnaden, kanske.

"Ja, du ska se dig som lyckligt lottad."

En kort paus.

"Och..." började han. "Och hur mår *du*? Tar du hand om dig själv?"

Maggie öppnade munnen, men avbröts av att köksdörren öppnades. Där stod Nick, ställd i dörrkarmen.

"Tomek... Vad gör du här?" Han såg ut som om han just ertappats med byxorna nere.

"Tomek tittade bara förbi för att säga hej."

"Hej?" upprepade Nick. "Ingen tittar förbi för att säga hej längre. Det här är inte åttiotalet. Och Tomek *särskilt* tittar inte över bara för att säga hej. Han vill något. Vad vill du, Bowen?"

Nick släppte taget om handtaget och gick in i rummet.

"Prata inte med vår gäst på det där sättet," sa Maggie och tog Tomeks parti. "Ser du, det är därför vi inte har folk över."

"Nej, vi har inte folk över för att vi inte bjuder hem folk."

"Och vems fel är det?" sa hon. "Du är den som alltid är ute. Du är den som känner fler människor än jag."

Maggie korsade armarna över bröstet och suckade djupt. Det måste ligga i släkten.

Tomeks huvud for mellan dem när de drog igång sitt gräl. Han hade inte tänkt orsaka en dispyt, men nu förstod han vad Nick hade klagat på. Gnabbet, hur småsaker blåstes upp, den sura eftersmak det lämnade hos alla. Det var mycket de inte sa till varandra, och en del av det sipprade ut inför honom.

"Vi tar inte det här," sa Nick och satte snabbt stopp för grälet. "Inte nu." Han vände sig mot Tomek. "Du är här för att träffa mig, antar jag?"

"Tja, jag—"

"Du behöver inte ljuga längre, grabben."

Tomek vände sig långsamt mot Maggie, som bar ett nederlag i ansiktet. "Kan jag få träffa Lucy innan vi går upp?"

"Du vill *träffa* henne?" frågade Nick.

"Ja, om det är okej?"

"Varför säger du det som om det vore något dåligt, Nick?" frågade Maggie, med föraktet tydligt i rösten.

Nick gav henne genast en blick som sa: "börja inte". Sedan sa han: "Jag väntade mig bara inte att du skulle åka hela vägen hit och dessutom vilja träffa henne."

Tomek ryckte på axlarna. "Det är inga problem alls. Jag är säker på att hon skulle må bra av sällskap, och Kasia frågar alltid efter henne."

En halvsanning. Kasia hade nämnt Lucys namn två gånger sedan händelsen, men det behövde de inte veta.

Ett leende Tomek inte sett på länge spred sig över vännen Nicks ansikte. "I så fall, kom med."

Tomek följde efter Nick genom hallen och in i deras andra vardagsrum längst bak i huset, där Lucy satt på andra sidan dörren. Genom väggarna hörde Tomek ljudet från tv:n som stod på högt. Något med burkskratt. När Tomek steg fram till dörren lade Nick en hand mot hans bröst.

"Jag måste varna dig, hon är inte densamma som förr," sa han.

"Jag vet," svarade Tomek. "Du har sagt det. Flera gånger. Men jag är inte rädd. Hon är inte smittsam. Dessutom har jag sett värre. Mycket värre, minns du?"

Nick grymtade och öppnade sedan dörren. Det tog några ögonblick för Lucy att registrera deras ankomst, och när hon gjorde det vred hon långsamt på huvudet. Man kunde se i hennes ansikte hur hon sökte i minnet för att minnas vem Tomek var. Med lite hjälp från Nick kom hon ihåg.

"Hur är läget, vännen?" frågade Tomek och kastade en blick mot tv-skärmen. Hon tittade på *Friends*.

"Förutom ett jättestort hål på sidan av skallen mår jag okej," svarade Lucy på gott humör. "Fast pappa säger väl att jag har pesten eller nåt."

Tomek fnissade. "Han är bara orolig för att han börjar bli gammal. Han tror att nästa gång han får influensan så är det kört."

Den här gången var det Lucys tur att skratta. Hennes skratt dränkte ljudet från tv:n och spred sig genom resten av huset. Tomek undrade hur länge sedan det var som sextonåringen skrattade sådär sist. Sedan hon senast kände ens en smula lycka. Om man skulle gå på Nicks historier, inte alls sedan olyckan.

"Har lärarna skickat dig läxor och repetitionsmaterial?" frågade Tomek.

Men hon svarade inte. Åtminstone inte först. Hjärnan hade slagit ifrån och gått tillbaka till programmet innan den till slut återvände till honom.

"Läxor?"

"Ja. Kasia fick massor av läxor och lektionsanteckningar när hon var borta i en vecka eller två. Lärarna sa att det var för att hålla henne sysselsatt, men det var det sista hon ville göra."

"Åh... Nej... Det tror jag inte." Hon vände sig till Nick. "Har jag... pappa?"

"Nej, älskling, det har du inte. Och även om du hade det skulle jag inte ge det till dig. Skolarbete är det sista du ska oroa dig för."

"Åh... Okej."

"Du ska se dig som lyckligt lottad," sa Tomek till henne. "Jag var inte så snäll mot min dotter."

"Ja..."

Och sedan tappade han henne helt. Blicken blev glansig och uppmärksamheten gled gradvis tillbaka till tv:n, som en vindflöjel en vindstilla dag. Nick tog det som en signal att gå och drog ut Tomek ur rummet. När han stängt dörren bakom sig sa han: "Tack för att du gjorde det där. Du hade inte behövt."

"Jag gjorde det inte för din skull. Jag gjorde det för hennes. Jag skulle vilja ta med Kasia hit en eftermiddag. Det kanske piggar upp henne lite, får hjärnan att jobba på ett annat sätt. Dessutom tror jag att Kasia spricker av allt skvaller från skolan."

"Men de går i olika årskurser."

"Ungar skvallrar ändå, Nick. Du gick i skolan, va? Eller höll de just på att uppfinna den när du var i den åldern?"

"Dra åt helvete."

Med det tog Nick honom uppför trappan till sitt arbetsrum. Rummet var mörkt, men inte på ett deprimerande sätt. Det var lite ljus där, och det ljus som sipprade in genom fönstren slukades av de mörka trämöblerna i bokhyllorna och det stora skrivbordet i mitten. Det var mer som ett arbetsrum hämtat ur en Agatha Christie-roman än en kriminalkommissaries arbetsplats.

Nick brydde sig inte om att sätta sig bakom skrivbordet.

"Vad handlar det här om, Tomek? Bör jag vara orolig för att du dök upp utan förvarning?"

"Det beror på vad du berättar för mig."

"Om vad?"

"Om Brendan."

"Vad har du med det att göra?"

"Jag har precis pratat med honom. Någon på hans kontor har läckt information."

"Om vad?"

"Hamnutredningen. Han talade om för Andrei Pirlogs mördare var Andrei bodde, och nu har hans mördare blivit mördad, tack vare att någon på PFCC-kontoret läckte även den informationen. Det är mycket att uppdatera dig om."

"Så någon har dragit i trådarna och tryckt på rätt knappar för att få rätt personer dödade?" frågade Nick, medan beräkningarna i hans huvud syntes i ansiktet.

"Ser att du inte har dammat igen mellan öronen än," konstaterade Tomek.

"Och du tror att Brendan hade något med det att göra?"

"Det *gjorde* jag. Men nu är jag inte lika säker."

"Så var kommer jag in i det?"

Tomek höll andan. "Han sa något som väckte misstankar. Om din inblandning i Southend Seven."

Nick suckade djupt och drog handen över hjässan. "Och du trodde honom?"

"Jag behöver bara veta om det är sant."

"Vad sa han?"

"Är det sant?"

"Litar du inte på mig?"

"Är det sant, Nick?"

Kommissariens flagranta undvikande oroade honom.

"Jag svarar inte på frågan om jag inte vet vad jag anklagas för."

"Han var vag," svarade Tomek. "Han fick mig att tvivla på din version av händelserna. Han antydde att du *hade* gått med i klubben, och att du hade varit på några evenemang där..."

En suck till, den här gången med mindre förtvivlan.

"Och du trodde honom?"

"Just nu vet jag inte vad jag ska tro. Du lovade att IOPC inte skulle hitta någonting."

"Tro då på det jag ska säga nu." Nick slutade stryka sig över huvudet och rätade på sig. "Ja, han har rätt, jag gick till Southend Seven – *en gång!* – men jag såg aldrig något, och jag gjorde aldrig något. Det fanns inga droger och det förekom definitivt ingen prostitution när jag var där. Det var en lugn kväll, kan man väl säga. Efter det gick jag aldrig tillbaka."

"Vad fick dig att hålla dig därifrån?"

Nick sänkte huvudet. "Det var för... för långt ifrån livet – *mitt* liv – från samhället. Alla de där människorna där hatar sig själva, de hatar sina liv, sina äktenskap, sina ungar. De lever i sina egna små bubblor där de är de enda som räknas. De är där för att runka varandras egon, och jag ville inte vara en del av det. Det är inte vem jag är, det är inte vad jag står för. Så jag tackade artigt nej. Och nu känns det som att Brendan släpar mitt namn i smutsen, den där lilla jävla fittungen."

"Var inte rädd för att säga vad du egentligen tycker om honom, chefen," svarade Tomek med ett svagt leende.

De båda skrattade, men det var färgat av en lätt pinsamhet. Tomek trodde på kommissarien, sin *vän*, det gjorde han så klart, men Brendans tvivelns frö satt fortfarande djupt planterat i hans sinne, och han visste inte vad som skulle krävas för att trycka ner det.

KAPITEL
FYRTIOFYRA

Tomek sköt undan tvivlets frö längst bak i huvudet när han körde förbi Southend flygplats mot stadens centrum. Vinden hade tilltagit, och ett lätt regn knackade mot plåttaket. Han stängde ute ljudet från de mjuka, dova, dunsande vindrutetorkarna som skar genom synfältet. Hans sinne var helt fokuserat på nästa uppgift.

Anton Usyk.

Morganas, påstått, älskande make.

Rachel hade ringt Tomek när han var hos Nick och bett honom möta henne i familjen Usyks hem klockan fyra. Men tack vare Maggies omhändertagande sätt hade hon insisterat på att han skulle stanna för ännu ett glas vatten och lite mer prat. Som en följd av det sköt han upp Rachel till klockan fem. När han väl kom fram satt hon och väntade i sin Ford Fiesta, parkerad i en besvärlig vinkel uppe på trottoarkanten.

Tomek ställde sin bil några bilar bakom henne och närmade sig långsamt. Hennes ansikte lyste i sidospegeln i en mjuk blå ton. Hon var distraherad av telefonen. Omedveten om hans rörelser. Sedan ryckte han plötsligt upp bildörren och tog ett steg tillbaka. Skriket som bröt fram ur hennes mun for upp och ner längs gatan och skakade i hans trumhinnor i några sekunder.

"Men för helvete!" skrek hon, knäppte loss sig och kastade sig ur bilen. "Du hade kunnat ge mig en hjärtattack, för i helvete, din jävla kukskalle i chinos!"

Tomek skrattade till och tittade sedan ner på byxorna. "Hallå, vad är det för fel på mina chinos?"

"Inget, jag hade bara inte valt den färgen åt dig", sa hon lugnt. Sedan mindes hon att hon skulle vara arg på honom och daskade till honom över bröstet. "Varför i helvete gjorde du *det där?*"

"Kul."

"Du kommer inte att skratta när jag ger igen tio gånger värre."

"Det där låter som ett hot. Lärde din mamma dig aldrig att behandla dina äldre med respekt?"

"Inte när de är rövhål."

När Rachel hade lugnat sig, en minut eller två senare, gick de mot Anton och Morganas hus. Omedelbart efter hennes död hade ett team av uniformerade konstaplar och kriminaltekniker skickats dit för att samla prover och DNA-bevis, så Anton var inte obekant med att ha poliser i sitt hem. Men när han öppnade dörren såg han bekymrad ut över att se dem stå där.

"Vad gäller det här?" frågade han. "Låt mig gissa, ni har några fler frågor?"

"De är viktiga", svarade Rachel. "Vi skulle uppskatta om ni släppte in oss", lade hon till artigt, även om hennes tonfall gjorde klart att han inte hade något val.

Insidan av familjen Usyks hus stod i skarp kontrast till Nicks. Det fanns ingen identitet, ingen känsla av att någon hade bott där de senaste tretton åren. Väggarna var tomma, kökskaklet enkelt, möblerna lyfta direkt ur en IKEA-katalog. För ett par som uppenbarligen var framgångsrika, med både Morgana's och Iliana's som gick med vinst (enligt den research Nadia hade gjort på Companies House), var Anton och Morganas hus modest, nedtonat, långt under radarn. Det fanns inget extravagant med det, inget prålight, inget överdrivet. De levde väl inom sina tillgångar, och det syntes. Kanske berodde det på att de knappt var hemma att de inte hade gett det någon karaktär, eller så var det bara en spegling av deras personligheter. Däremot var det tydligt att Anton lade alla deras vinster på designkläder. Tomek var i alla fall nöjd över att huset inte matchade de grälla, strassprydda speglarna och de rosa möblerna i deras respektive restauranger.

Anton visade in dem i köket. Rummet hade ett litet matbord med stolar och var avskilt från resten av huset. Ett litet fönster vetter mot sidan av fastigheten bredvid.

"Jag skulle erbjuda er något varmt att dricka, men jag har sett nog av sånt för idag", sa Anton och antydde redan att han inte tänkte vara särskilt samarbetsvillig.

"Jag misstänker att ni känner likadant för mat när ni kommer hem också?" hånade Tomek medan han drog ut en stol från matbordet och lade ena benet över det andra.

"Jag kan tänka mig att ni inte står ut med människor i slutet av er dag", sa Anton med dyster röst.

"Det här lär bli ett intressant samtal då."

När hon kände av spänningen i luften harklade Rachel sig och klev emellan dem. I sådana här situationer var hon den mer professionella representanten, och i det här fallet lät Tomek mer än gärna henne ta över. "Herr Usyk, häromdagen dödades en man i fängelse. Han greps och åtalades i samband med er frus mord."

"Bra."

"Ursäkta?"

"Det är bra."

Tomeks intuition började pirra. Rachels också, för hennes ansikte stramades åt.

"Vad menar ni med "bra"?"

"Han fick vad han förtjänade."

"Ni säger det som om ni vet något om vad som hände honom?"

Anton, med rak min, hans genomträngande svarta ögon riktade mot Rachel, skakade på huvudet. "Tycker pingvinen att det är dåligt när späckhuggaren äter en säl?"

Tomek fnissade åt det kryptiska Eric Cantona-liknande citatet och frågade sedan: "Vilken är ni? Pingvinen, späckhuggaren eller sälen?"

Det var uppenbart för alla i rummet att Mariusz hade varit sälen, vilket bara lämnade två alternativ för Anton: späckhuggaren eller pingvinen. Och just nu sa Tomeks intuition honom att Anton Usyk var den svartvita orkan, fyratonsrovdjuret. Men det lämnade den uppenbara frågan: vem var den tredje? Vem var pingvinen?

"Jag är pingvinen", svarade Anton. "Mannen som blev dödad är sälen, och mannen som dödade honom är späckhuggaren."

Rachel och Tomek växlade en bekymrad blick.

"Mannen som dödade offret – mannen ni kallar späckhuggaren i den här bisarra, förvirrande analogin – var någon vi tror att ni känner. Någon vi tror att ni känner mycket väl."

"Vem?" Antons röst förblev platt, statisk.

"En man som heter Denis Danyluk."

"Vi säger inte hans namn i det här huset."

"Ni känner honom?"

"Ja."

"Vem är han?"

"Morganas bror."

"Varför får man inte nämna honom?" frågade Tomek och lutade sig fram i stolen.

"För att Morgana förbjöd det. Han förrådde henne och släktens namn när han dödade den där mannen."

"Men hur är det nu då? Har han inte gottgjort sig nu när ni vet att han dödade mannen som greps i samband med er frus mord?"

Anton svarade inte.

"Han måste väl ha fått upprättelse i era ögon? Han ordnade rättvisa för den man som dödade Morgana."

Antons ansikte rörde sig inte. Precis som förra gången de sågs avslöjade hans min ingenting.

"Det han gjorde mot den mannen var oacceptabelt—"

"Vilken av dem? Han som han dödade för åratal sedan eller den han dödade häromdagen."

"Båda."

"Så, att döda överlag är fel i era ögon?"

Anton skiftade vikten från ena foten till den andra. Rachel tog ett steg tillbaka för att frigöra ytan mellan dem. "Håller ni inte med? Att döda av något slag är förbjudet."

"Varför då?"

"För att det strider mot Gud", svarade Anton.

Tomek log snett. "Jag förstår. Så var passar Gud in i er lilla näringskedja?"

Anton spände musklerna. Det var bara en liten, minimal rörelse, men Tomek såg hur mannen blev spänd. "Det gör han inte", svarade Anton.

"Intressant." Tomek lutade sig tillbaka i stolen.

"När pratade ni senast med Denis?" avbröt Rachel, angelägen om att föra samtalet bort från vad det nu var som pågick mellan Tomek och Anton.

"Inte sedan innan han dömdes."

"Och när var det exakt?"

"Jag… jag minns inte det exakta datumet."

"Månaden då?"

"Jag… jag minns inte. Det var så länge sedan."

"Kan ni åtminstone ge oss året?"

Antons ansikte förvreds, djupt försjunken i tankar. "Åtta år sedan, tror jag. Som jag sa, vi pratar inte om honom. Vi har inte diskuterat honom sedan han hamnade i fängelse. Det gjorde Morgana alldeles för upprörd. Hon grät alltid så fort han kom på tal."

"Jag förstår. Det kan jag förstå. Det måste ha varit väldigt tufft för henne och hennes familj."

"Det var det. Hon grät i månader efteråt."

Rachel gick bort mot andra sidan av köket och lutade sig mot bänken. Hon slätade till framsidan av kavajen och korsade armarna. "Varför nämnde ni inte för oss tidigare att hon hade en bror?"

"Vad menar ni?" frågade Anton, uppenbart för att vinna tid.

"Om ni visste att hon hade en bror i fängelse, varför sa ni då inget när vi först pratade med er om hennes mord?"

"Vad skulle det ha spelat för roll? Han hade ingenting med hennes död att göra. Det fanns ingen anledning att nämna honom. För oss finns han inte. Det är därför jag inte sa något till er."

Rachel nickade och harklade sig. Hon hade inget svar. Det hade inte Tomek heller. Det fanns inget mer att diskutera. Tomek tackade mannen för hans tid, bad om ursäkt för att de stört honom och gick sedan. När han lämnade köket frågade han om han kunde använda badrummet.

"Nej", svarade Anton. "Toaletten spolar inte just nu. Jag har försökt laga den i eftermiddag."

"Vad har ni använt så länge?"

"Restaurangen."

"Det är en jäkla resa bara för att pissa. Gissar att ni önskar att ni verkligen var en pingvin, eller hur? Då kan man ju bara kissa när som helst."

Munnens sidor drogs upp i ett påklistrat leende när Anton höll upp dörren åt honom.

"Bra att se er, detektiver", sa han. "Ta hand om er."

När de klev ut ur huset vände sig Tomek mot Rachel och viskade: "Något säger mig att han inte menar det där det minsta."

KAPITEL
FYRTIOFEM

N ågot saknades. Något som Tomek inte riktigt kunde sätta fingret på. Stämningen. Lukten. Intrycket. Läget. Iliana's var helt annorlunda än Morgana's på alla sätt, utom att när man kokade ner det till det grundläggande var de precis likadana. Båda serverade samma mat. Båda var inredda på ett liknande sätt. Och båda låg på bra lägen i sina respektive områden – om inte annat hade Iliana's större flöde av folk längs strandpromenaden. Det gick inte ihop för Tomek varför Morgana's då var den ekonomiskt mer framgångsrika restaurangen. Han trodde inte att det bara handlade om att hon stod i dörren och mötte gästerna med ett varmt leende. Något måste saknas.

Även om han hade en teori, en förklaring till de stora skillnaderna i omsättning.

Möjligheten att Morgana och hennes man sålde droger via sina restauranger hade kortvarigt dykt upp i hans huvud efter att kopplingen mellan Gavin Barker och Brendan Door slagits fast. Det var ingen hemlighet att droger, särskilt kokain, hade varit vanligt förekommande på festerna inne på Southend Seven Gentlemen's Club. Det hade varit väl dokumenterat i tidningarna efter utredningen, och Tomek hade sett det själv på ett fotografi som hängde på en av väggarna i byggnaden. Men drogerna hade ju tagit sig in där på något sätt, vilket betydde att de måste ha haft en leverantör. Teorin hade varit att Richard Stafford, efterlyst och utredd av narkotikaroteln i åratal, hade försett dem, men det hade inte lett till något.

Tomek hade börjat tänka att det kanske ändå fanns en koppling där. En svag sådan, men en koppling likafullt.

Kanske hade Morgana och hennes man blivit kontaktade av Richard Stafford. Kanske hade de gått med på att sälja drogerna via restaurangen, tvätta pengarna och sedan ge en del av varan till herrklubben. I gengäld skulle de få skydd av polisen via Brendan Door. Kanske hade det blivit en konflikt efter att Brendan gripits. Kanske hade Usyks varit rädda för att deras namn skulle komma upp till ytan. Kanske hade Brendan och Richard Stafford beordrat att Morgana skulle dödas, att Mariusz varit en lejd hantlangare och att han hade pressat Gavin att sopa igen spåren efteråt. Kanske hade mordet på Morgana varit ett budskap till Anton: fortsätt sälja drogerna, fortsätt följa våra order och skicka pengarna till oss, annars dödar vi dig.

Tomek tyckte att det var lite långsökt, men han hade varit med om betydligt märkligare situationer. Och åtminstone skulle det i någon mån förklara varför Anton var en riktigt sur jävel, bortsett från det uppenbara att hans fru var död.

Tomek vårdade de tankarna, vred och vände på dem, när servitrisen närmade sig hans bord. Det var samma tjej som förut. Gina. Hon bar samma outfit som sist Tomek såg henne, förutom att den nu satt lite tajtare, var avklippt i midjan, och att hon hade betydligt mer smink – i ett försök, antog han, att locka in fler kunder.

"Du är tillbaka", sa hon.

"Jag hade det så trevligt sist att jag inte kunde vänta med att komma igen."

Hon såg igenom lögnen, men bjöd ändå på ett dämpat, stelt fniss. När hon räckte honom menyn kastade hon en snabb blick tillbaka mot köket.

"Jobbar chefen i dag?" frågade Tomek.

"Ja. Han är där bak."

"Lyckades han få toaletten fixad?"

Förvirring drog över henne. "Toaletten? Det finns en där nere till vänster."

"Nej, jag menade att Antons toalett har—" Tomek såg upp på henne och log. "Vet du vad? Strunt samma." Han la ner menyn. Han visste redan vad han skulle beställa. "Hur länge har du jobbat för Anton?"

Gina sneglade tillbaka igen. Tomek var benägen att göra detsamma, men höll blicken fäst på henne.

"Några veckor nu", svarade hon, med en röst låg som en viskning.

"Trivs du?"

"Det är okej, antar jag."

"Vad gjorde du innan du började här?"

"Jag jobbade på ett annat kafé."

"Morgana's?"

När hennes namn nämndes vidgades Ginas ögon en aning, och pupillerna blev större.

"Det är okej", sa han. "Du kan säga hennes namn."

"Ja. Självklart. Jag vet. Det är bara..."

Tomek dröjde innan han svarade. Hon gungade från fot till fot och kliade sig på låret med naglar som var nedbitna tills det knappt fanns något kvar.

"Vill du hellre prata på polska?" frågade han på polska.

Tvekan. "Gärna", svarade hon likadant.

"Kände du henne? Morgana?"

"Jag träffade henne bara en gång, kanske två. Hon..." En ny blick mot baksidan. "Hon kom in en dag, arg, men—"

Och sedan stannade hon, slöt sig och fortsatte att klottra på papperslappen mellan fingrarna.

Ett ögonblick senare kom Anton och lade handen på hennes axel. Hon började skaka, pappret och pennan hoppade från sida till sida när nerverna plötsligt tog henne.

"Så det blir en kopp kaffe och ägg på rostat bröd?" sa hon.

Tomek var förbryllad ett ögonblick, sedan förstod han vad hon höll på med.

"Ja tack, det blir toppen."

Hon gick. Anton följde henne med blicken och satte sig mitt emot honom först när hon var utom synhåll.

"God morgon, Anton", sa Tomek medan han hällde upp ett glas kranvatten ur kannan som ställts fram. "Allt bra, kompis? Hur är det med rören? Fick du ordning på allt?"

"Inte riktigt", svarade Anton torrt. "Jag väntar någon som ska komma i eftermiddag."

"Toppen. Nåväl, som jag sa i går kväll: tur att du har det här stället, annars hade du fått skita utomhus som en vild räv, eller i ditt fall en vild pingvin. Eller var det en späckhuggare?"

Anton sa inget utan fortsatte stirra på honom. Han satt med fingrarna flätade, händerna vilade lugnt på bordsskivan. I dag hade han valt en tröja från Prada och ett par matchande byxor.

"Varför är du här, detektiv?"

Tomek sköt kroppen åt sidan så att benen stack ut ur båset, och lade det ena benet över det andra.

"Jag är här för att smaka mer av din fina mat, förstås. Efter att ha sett de senaste boksluten hos Companies House tänkte jag att det här stället kunde behöva lite affärer."

"Tack", sa han, "men vi vill inte ha dig som kund här."

"Nu förstår jag varför det går dåligt här. Jag kan inget om restaurang-branschen, men jag skulle inte rekommendera att förolämpa alla kunderna. Tänk på recensionerna på Tripadvisor!"

Det anspråkslösa, orubbliga ansiktet sa ingenting.

Innan Tomek hann reta upp honom mer kom Gina tillbaka med två koppar och fat i händerna. Hon satte varsamt ner koppen framför Tomek, log ner mot honom medan hon gjorde det, och sedan den andra framför Anton.

"Tack."

"*Ingen orsak.*"

"Ja, tack. Du kan gå nu", sa Anton och avfärdade henne med en nonchalant handviftning.

Utan att säga något gick kvinnan därifrån i hast, tillbaka till köket. Så snart hon var utom hörhåll tog Tomek en sockerpåse ur den lilla behåll-laren på bordet, viftade med den mellan fingrarna och hällde den i sin dryck. När han rörde om kände han Antons obönhörliga blick bränna mot sig. Mannen hade inte rört sig på de senaste fem minuterna, och det enda som tydde på att han inte var död var bröstkorgen som stadigt höjdes och sänktes.

"Jag ser alltid fram emot våra pratstunder, Anton", sa Tomek. "På tal om det är jag glad att du kikade förbi, faktiskt. Du... du skulle inte råka känna till namnet Brendan Door, va?"

Antons ansikte avslöjade inget.

"Nej? Du råkar inte veta något om ryktena som går, va?"

Tomek såg på mannens ansikte att han ville nappa på kommentaren. Allt Tomek behövde göra var att ge honom nog med tid att övertyga sig själv om att det var rätt sak att göra.

"Vilka... vilka rykten?"

Krok. Lina. Sänke.

"Vissa säger att ni trycker ut droger via restaurangerna – båda två. Det sysslar du väl inte med, Anton?"

"Självklart inte. Du kan kontrollera om du vill. Vi har inget att dölja."

Tomek tänkte att han kanske skulle göra just det, när Anton tackade honom för besöket, sa att han inte var välkommen tillbaka och reste sig för att gå.

"Redan?" frågade Tomek. "Jag hoppades få veta mer om dig."

Men då kom maten, och lusten att reta och förhöra Anton försvann snabbt. I de följande tio minuterna tog han det lugnt med maten, skar varsamt sin toast i små fyrkanter, tuggade långsamt, pausade efter varje tugga och tittade ut över strandpromenaden nedanför. Tog in vyerna. Det var första gången han lade märke till vattnet vid horisonten, som glittrade i det svaga solljuset medan krusningarna fortsatte sin slumpmässiga, tanklösa väg mot London. Långt borta tyckte Tomek att han såg den lilla fläcken av Mulberry Harbour. Sedan gled tankarna till morgonen då Morgana dog. Hade hon kört förbi Iliana's på väg till båtrampen? Hade hon stirrat ut över hamnen när hon körde längs strandpromenaden? Hade hon vetat att hon var på väg mot sin död?

Tomeks tankar stördes av att en kund kom in på kaféet. Han vände snabbt tillbaka uppmärksamheten till maten. När han ätit de sista tuggarna sköt han tallriken åt sidan och drack upp det sista i koppen. Alldeles för söt för hans smak, men uthärdlig. När han sköt den framför sig lade han märke till en liten, vit papperslapp med en anstrykning av brunt, instoppad under. Han såg sig omkring, försäkrade sig om att Anton var ur sikte, nöp ihop fingrarna och drog försiktigt fram den.

Det var en lapp. Handskriven.

Från Gina.

På polska.

Utanför. I kväll. 22.00. Det är något du måste få veta.

KAPITEL
FYRTIOSEX

Så snart Tomek steg in genom porten stoppades han av en mjuk, mild röst som ropade på honom.

"God kväll, Tomek."

Hans granne. Edith. Den pensionerade kvinnan som bodde under dem.

"Hejsan", sa han. "Är allt okej? Är det redan dags för mig att läsa av vattenmätaren igen?"

"Nej. Inget sånt." Hon stängde dörren bakom sig. Hon hade på sig en tjock kappa och en mörkgrön stickad mössa. De bodde i ett ombyggt hus, och den enda ytan de delade var den lilla hallen som skilde deras två lägenheter åt. Det var trångt, och en kylig vind smög sig in genom en springa i en tegelvägg. "Jag ska faktiskt ut och äta middag med en gammal vän", fortsatte hon.

"Vad trevligt."

Nedräkningen i hans huvud till klockan tio tickade.

Tick-tack.

Tick-tack.

Han tvingade sig att inte titta på klockan.

"Ja, det borde bli trevligt. Hon är en gammal arbetskamrat. Det var några år sen vi sågs sist. Alldeles för länge, faktiskt. Mycket för länge. Det här är något vi borde ha gjort för månader sen, om inte år. Men... du vet hur det är. Livet kommer emellan. Vi blir alla så upptagna med våra egna liv att vi ibland glömmer att släppa in andra människor i dem."

"Ja", sa Tomek, och tankarna gled sakta mot Sean och Warren.

"Och sen, i slutänden, tillbringar man sina sista år ensam och försöker ta igen marken man förlorade."

Tomek lade en hand på hennes axel. "Du är inte ensam", sa han till henne. "Du har alltid Kasia och mig. När du känner dig ensam kan du alltid knacka på och se vad hon har för sig."

"Åh, du är för snäll, bless you, men jag kan tänka mig att hon har så många vänner i hennes ålder att de håller henne sysselsatt från en dag till nästa."

Tomek var inte säker på "så många". En eller två, visst, men vad skulle en till göra för skada? Kanske skulle det göra Kasia gott att prata med någon utanför sin åldersgrupp. Kanske kunde hon förtro sig åt Edith. Kanske kunde pensionären vara det där tysta, lugna, erfarna örat hon behövde. Moderfiguren som Kasia inte hade.

"Trams", sa han. "Jag skickar ner henne i helgen. Jag ger er ett av våra sällskapsspel som ni kan spela, och om jag är ledig kommer jag och joinar er också, om det är okej?"

Ediths ansikte mjuknade. "Det skulle jag gilla. Tack."

Så snart hon hade gått tryckte Tomek in nyckeln i låset och sprang uppför trappan två steg i taget. Han for in genom dörren högst upp och fann Kasia sittande i soffan igen, scrollande, stirrande in i sin mobil.

"Där är du", sa han. "Precis den jag letade efter."

"Hej."

"Har jag fått någon post?"

Utan att svara, med hela sin uppmärksamhet fäst vid skärmen, pekade hon mot bordet. En stor brun kartong hade dumpats på ytan i en sned vinkel.

"Ska du inte öppna den?"

"Varför skulle jag?" frågade hon. "Den är adresserad till dig."

"Ja. Men den är till dig."

Intrigerad svingade Kasia benen från soffkanten och, som ett vaksamt djur som närmar sig ett annat rovdjurs byte, sträckte hon sig försiktigt efter den och började öppna. Hon karvade i tejpen och hörnen med fingernaglarna innan hon till slut gav upp och bad om en sax. Tomek räckte henne en, och hon klippte sig igenom utan problem.

När hon äntligen öppnade den lyste hennes ansikte upp. Inuti, under kartongen och pappersförpackningen, låg den laxrosa muggen hon hade bett om häromdagen. En Winston-mugg. Nästan en fot hög och ett par tum bred – stor nog att slå någon medvetslös.

"Herrejävlar", sa han. "Kolla storleken. Man får åtminstone valuta för pengarna."

"Och när det börjar brinna står den här fortfarande kvar – nu det där är valuta för pengarna."

Tomek tog den av henne för att inspektera själv. "Tja, vi får hoppas att det inte blir några sådana på ett bra tag. Åtminstone inte här i närheten." Muggen var tung, som en betongblock, och hade en matt yta. Han skruvade av locket (efter ett par misslyckade försök) och kikade ner. Invändigt var allt av stål och längst ned såg han sin spegelbild, förstorad på alla fel ställen tack vare den konkava formen. Tomek grep hårt om handtaget och började svinga den, slog nedåt i luften. "När jag tänker efter kan du alltid använda den här till självförsvar."

När Tomek höjde den över huvudet för att utdela sista slaget mot sin inbillade motståndare ingrep Kasia och tog den ifrån honom. "Tja, vi får hoppas att inget sånt där händer heller."

"Ja", sa han. "Du har rätt."

Några ögonblick gick, och han såg på när Kasia pysslade med muggen. Nu hade upphetsningen lagt sig och den hade bara blivit ännu ett livlöst föremål. Även om han inte tyckte att det fanns så mycket att bli upphetsad över när det gällde en mugg – det var knappast en iPhone – hade han trott att hon skulle vara lite gladare.

"Vad är det?" frågade han. "Är det inte rätt?"

"Nej. Jo! Jo, det är det. Jag älskar den. Tack."

Hon sköt sig närmare och gav honom en kram.

"Varför ser du då inte glad ut?"

"Jag är det. Ärligt. Tack, men du hade inte behövt. Nu får jag dåligt samvete, det känns dumt att jag ens bad om en. Du hade rätt, det är fånigt."

"Inte om den gör dig glad. Kom ihåg det."

Den livsläxan gick Kasia förbi; hon gav honom ett ansträngt leende, sa tack igen och återvände sen till sin plats i soffan.

Tomek tittade på klockan. 20.30. Han hade fortfarande lite mindre än två timmar till träffen, men han var nervös, angelägen om att komma dit i tid, för att se till att han inte missade den. Han visste inte vad Gina hade att berätta, men om det var något hon inte kände sig trygg eller bekväm med att säga till honom personligen – under Antons öron som hör allt – då måste det vara viktigt.

Tomek tillbringade nästa timme på helspänn, tittade ständigt på klockan och kollade tiden i mobilen. Han fastnade i det där frustrerande vänteläget. Som på flygplatsen, när man väntar på planet. Eller inför en läkartid. När man inte kan göra något annat än att vänta, och inget man försöker som distraktion fungerar. Till slut höll han sig sysselsatt med att ta hand om Kasia. Gav henne mat, tittade på tv med henne, låtsades intressera sig för hennes hjärndöda program.

Han försökte stänga av, men förgäves.

När det till slut var dags att gå slog det honom att han inte hade berättat för henne om sin dag; han hade varit så fokuserad på träffen att det helt hade undgått honom.

"Jag var och hälsade på Lucy i dag."

"Lucy vem?"

Tomek såg tomt på henne. Han hoppades att besvikelsen i hans ansikte var tydlig. "Din vän, Lucy. Lucy Cleaves."

"Åh, just det. Förlåt, jag trodde du menade någon annan."

"Hmmm. Hur som helst har jag sagt att vi ska gå över dit någon gång som familj och hälsa på henne."

"Varför?"

Tomek kunde inte tro vad han hörde. "För att hon är din vän och hon behöver ditt stöd. Hon har varit ensam sedan det som hände."

"Men jag skulle träffa någon annan i helgen."

"Vem?"

"Yasmin."

"Yasmin, som var där samma kväll på stranden?"

"Ja."

"Inte längre. Du följer med, punkt. Inget mer snack om saken. Om du var i hennes situation skulle du uppskatta sällskap. Var inte så självisk."

Kasia sänkte telefonen mot bröstet. "Kommer Abigail att följa med?"

Tomek tvekade innan han svarade. "Jag har inte bjudit in henne. Och jag hade inte tänkt göra det heller, om du måste veta."

Han lade handen på dörren. En sista titt på klockan.

"Innan jag går", sa han, "minns du Sean, min kollega?"

"Den stora killen?"

"Ja."

"Ja, jag minns honom."

"Tja, han blir utslängd från sitt hus och behöver någonstans att bo. Han har frågat om han kan sova på soffan ett par nätter tills han ordnar något mer permanent, men jag sa att jag skulle fråga dig först."

"Och vad känner du inför det?"

"Jag gillar inte idén, men jag går bara med på det om du känner dig bekväm med att ha honom här."

"Så nu rådfrågar du mig. När det gäller dina vänner. Men när det gäller att träffa mina vänner och mina planer har du redan bestämt åt mig."

"Det gör jag inte." Tomek drog ett djupt andetag. "Det är inte samma sak, och det vet du."

Det var väl inte samma sak, eller?

KAPITEL
FYRTIOSJU

E tt lätt regn hade börjat nästan i samma ögonblick som han klev ur bilen. Efter fem minuters väntan hade det blivit kraftigare, och kraftigare, tills han till slut tvingades retirera till tryggheten och skyddet i förarsätet, där han fick sitta och spana och vänta på Gina, från bekvämligheten i sin läderklädsel.

Men hon var inte där.

Efter tio minuter syntes hon fortfarande inte till.

Sedan blev tio minuter tjugo.

Tjugo blev trettio.

Vid den trettioförsta minuten hade regnet blivit näst intill horisontellt och piskade bilen från alla håll. Vindrutetorkarna, trots att de gjorde sitt bästa, förde en hopplös kamp. Och Tomek kände snart likadant.

Det som gjorde honom mest rasande var att han inte hade något nummer till henne, inget sätt att diskret få tag i henne och prata med henne.

All den där väntan. För ingenting.

Han försökte att inte tänka att något hemskt hade hänt henne. I stället hoppades han att hon hade fått kalla fötter, eller ångrat sig. Eller kanske bara blivit distraherad av något hemma. Något akut i familjen, en familjegrej som hon hade dubbelbokat i kalendern. Men med tanke på hur Anton hade varit runt henne, hur han hade pratat med henne, rört vid henne, det där smygande hotfulla sättet... och de där snabba, nervösa blickarna tillbaka mot köket – det hade Tomek inte gillat.

Känslan av att Anton kunde dyka upp när som helst smög sig in i bilen, och fantasin tog överhanden; när han sneglade i backspegeln tyckte han sig se mannen sitta i baksätet, med sin ogenomträngliga blick som förföljde honom.

"Jesus på en jävla cykel!" ropade han, och pulsen sköt i höjden. Det var bara en ljusreflex som studsade konstigt mot ett säkerhetsbälte. Men när han vände sig om för att hämta andan, fastnade blicken på något annat. En gestalt. Spenslig, liten, med samma kroppsbyggnad som Gina, i en tunn kappa med huvan uppdragen över huvudet. Den verkade illa rustad för regnet.

Osäker på om det var hon, öppnade Tomek försiktigt dörren och gick mot gestalten.

"Hallå..." sa han försiktigt.

Vid ljudet av hans röst snodde kvinnan runt. Det svaga skenet från gatlyktan inte långt från caféets entré avslöjade att det var någon annan, en främling.

Hon gav ifrån sig ett litet pip. "Va?" fräste hon, med kraftig Essexaccent. "Vem är du?"

"Ingen. Strunt samma." Tomek vände sig för att gå. "Förlåt att jag störde. Ha en trevlig—"

"Hjälp! Någon, hjälp mig!"

Hennes röst bar med vinden. Så snart Tomek hörde den fick han panik, glömde att han var polis och skyndade sig till sin bil. När han kom fram var hon redan borta; hon hade sprungit ut i mörkret vid strandpromenaden några hundra meter bort. Tomek bestämde att han inte ville stanna längre, att det inte var värt besväret, och körde hem.

I morgon, sa han till sig själv medan han for genom Southends gator, på helspänn. I morgon. Han skulle komma tillbaka i morgon och prata med henne då.

KAPITEL
FYRTIOÅTTA

Tomek satt på samma parkeringsplats. Det var strax före åtta, och utanför Ilianas syntes inga livstecken. Trottoarerna var däremot fulla av pendlare som skyndade mot tågstationen, genade genom gränder och smitvägar, men fortfarande ingen skymt av Gina.

Ingen han kände igen över huvud taget, faktiskt.

Strax efter åtta kom en kvinna som Tomek inte kände fram till restaurangen. Hon gick med självförtroendet hos någon som visste vad hon gjorde, inte som en kund som försiktigt tassar fram för att se om det är öppet för dagen.

När Tomek såg hennes nycklar hoppade han ur bilen och skyndade fram.

"Tyvärr, vi har inte öppnat än", sa hon utan att titta på honom. "Vänta, tack."

Tomek öppnade munnen, men inget kom ut. Något sköljde över honom, stängde av hjärnan, och han visste inte vad han skulle säga. Till slut nöjde han sig med: "Självklart. Jag väntar gärna."

Sedan stod han de nästa tio minuterna utanför som en arg kund som ville lämna tillbaka gårdagens köp, utom att när han kom in stormade han inte fram till kassan och slängde ner varan som om det var expediten som var skyldig att den inte passade. I stället gick Tomek raka vägen till sin båsplats längs långsidan. Den här gången vände han åt andra hållet och satt nu och tittade mot köket. Han lät blicken svepa över ansiktena. Han kände inte igen en enda. Det var en helt ny skara arbetare: bara män, alla med samma vita förkläde. Tomek var säker på att han inte hade sett någon av dem förut.

Den tanken påminde honom.

Medan han satt där och väntade på att någon i personalen skulle komma fram tog han upp telefonen och öppnade Ilianas webbplats. Längst upp på sidan fanns en vit banner med Tripadvisors logga. Tomek klickade på bannern och fördes till Ilianas sida på recensionssajten. Precis under kaféets logga låg deras stjärnbetyg: 2,4/5. Inte särskilt lockande för blivande kunder eller turister som letade efter ett trevligt ställe att besöka. Morgana däremot låg stolt på 4,3/5. Inte perfekt på något sätt, men långt bättre än Ilianas. Anton körde kaféet i botten, och när han läste några av kundernas omdömen, givetvis började han med de lägsta, förstod han varför. En lång rad meddelanden som sa att servicen var skit, att personalen var otrevlig och att man aldrig såg samma anställd två gånger. Några av hans favoriter var: "Får förmodligen bättre service i ett ryskt fängelse", "Tror jag skulle hellre skita i en kopp och äta det än komma tillbaka hit – det smakar förmodligen godare", "Det är någon ny där var femte minut, de måste ha högre ruljangs än i en prostituerads sovrum". Och hans personliga favorit: "Skulle inte ta med min värsta fiende hit. Det här stället är värre än helvetet." Tomek tyckte att det kanske var i grövsta laget, men folk har rätt till sina åsikter, och han tänkte inte börja bråka med dem på nätet. Det var då galenskaperna började.

Som tur var drogs han bort från de sylvassa recensionerna av kvinnan han hade träffat där ute. Hennes ansikte var uttryckslöst, och attityden matchade. De hade bara haft öppet i fem minuter och hon såg redan ut att ha fått nog.

"Vad vill du?" frågade hon. Östeuropeisk, men hon talade med amerikansk accent.

"Var är kvinnan som var här i går?" frågade han.

"Vilken kvinna?"

"Gina."

"Jag... jag vet inte. Det här är min första dag."

"Okej", sa han, förvirrad. "Jag vill inte ha något att dricka eller så. Det är lugnt. Jag väntar."

"Du vill vänta?"

"Ja."

"Du ska bara sitta där?"

"Ja."

"Du vill inte ha något att dricka eller så?"

"Inte nu, tack."

"Okej..."

Med det vände hon honom ryggen och gick mot köket. Länge var han den enda personen där inne, och eftersom han inte hade beställt något fanns det inte så mycket för kökspersonalen att göra, så de stod tätt ihop och pratade sinsemellan och sneglade ständigt på honom. Tomek försökte låta bli att bli paranoid och ta det personligt – att de drev med hans hår eller hånade att skägget inte riktigt växte ihop på kinden – och försökte i stället lyssna, observera. Med åren hade han utvecklat konsten att lyssna utan att lyssna, och han gillade att tro att han kunde snappa upp saker på håll (även om Abigail skulle säga något annat). Så gott han kunde uppfatta talade de rumänska. Men även om språken hade likheter kunde han inte utläsa någon mening.

Först när en andra kund kom in vinkade han till sig servitrisen igen.

"Var är Anton?" frågade han henne.

"Anton?"

"Killen som anställde dig."

"Ja..." Hon blev plötsligt spänd, rädd. "Jag känner Anton. Jag... jag vet inte var Anton är. Ingen har sett honom sedan i går."

"Vem?"

"Ursäkta?"

Tomek insåg att han måste prata i fullständiga meningar om han skulle få något svar ur henne.

"Vem i kökspersonalen som jobbar i dag har inte sett honom sedan i går?"

Kugghjulen snurrade långsamt i hennes huvud när hon kämpade med att förstå frågan. *Skit i det här*, tänkte han. Han hade inte tid att vänta. Inte när det fortfarande inte fanns någon skymt av Gina. Han hasade sig ut ur båset, drog loss arslet och benen från konstlädret och stormade mot köket. Han slog näven i för att få kockarnas uppmärksamhet och sa, när han väl fick den: "Vet någon var Anton är?"

Fem förbryllade och förundrade ansikten stirrade tillbaka på honom, som om han talade ett främmande språk. Han förstod att många av dem nog inte förstod honom.

"Anton. Er chef", förtydligade han. "Vet någon var han är?"

Fortfarande inget. Då klev en av dem fram. Han såg trött och sliten ut, med ett par trasiga glasögon som hängde löst på spetsen av hans krokiga näsa.

"Anton jobbar inte i dag", sa mannen på nästan perfekt engelska.

"Vet du var han är?" frågade Tomek.

"Nej. Han sa inte."

"Och *du* pratade med honom, eller?"

"Ja."

"När?"

"I morse. På mobilen. Han ringde och sa det."

"Okej." Tomek vände sig bort för att bearbeta informationen. Varken Anton eller Gina hade dykt upp. Klockan var lite efter nio och det syntes fortfarande ingen skymt av henne, och Tomek började tro att hon inte skulle komma. Hade Anton fått reda på deras hemliga möte? Hade han gjort något hemskt mot henne?

Tomek började tänka det värsta. Innan han hann agera vibrerade telefonen i fickan. Han tryckte ner handen där och fiskade upp apparaten. I hastigheten svarade han utan att titta på nummerpresentationen.

"DS Bowen", sa han.

"Tomek? Det är Rachel."

Tomek gick bort från köket och återvände till sin plats. Vid det laget hade servitrisen gått vidare till en annan kund.

"Ah, Miss Hamilton. Om du frågar på uppdrag av en viss kommissarie varför jag inte har kommit in till kontoret än, så kan du säga att jag håller på med något viktigt."

"Va? Lägg av. Det har inget med det att göra. Det gäller Mariusz telefon."

Tomek började trycka kniven i servetten och rev igenom tyget. "Jag lyssnar", sa han.

"It-forensikerna har precis gått igenom den. Jag har deras rapport framför mig."

"Och?"

"Och de hittade ett foto i Mariusz telefon som han hade skickat till ett skyddat nummer på morgonen då Andrei dog."

Tomek visste redan vad som skulle komma.

"Bilden föreställde Andrei Pirlog, död i sitt badrum. Ingen text, ingen kontext. Det var nästan som om det var—"

"Bevis", fyllde Tomek i. "Belägg för att Andrei var död." Han svingade benen ut ur båset och började hasa sig ut igen. "Jag är på väg nu. Jag är där om fem."

Han skyndade ut ur restaurangen och sprang mot bilen. När han slog igen dörren började telefonen vibrera igen. Igen, i hastigheten, svarade han utan att kolla.

"Säg inte att ni har hittat en bild till", sa han.

"Öh..." kom det förvirrade svaret. Tomek sneglade ner på telefonen, såg nummerpresentationen och svor tyst för sig själv. "Är det detektiv Bowen? Det är Kirsty Redgrave. Var är du? Kan vi ses? Vi har något du nog vill höra..."

KAPITEL
FYRTIONIO

Tomek hade valt Morgana's.

När han kom fram tjugo minuter senare, väntade Redgrave-familjen redan på honom. Kirsty hoppade upp ur stolen och skakade hans hand så fort hon fick syn på honom.

"Tack så mycket för att du kom", sa hon, tacksamheten färgade varenda stavelse.

"Det är inga problem alls", svarade Tomek. "Förlåt att jag är sen. Den förbannade trafiken var ett rent helvete."

"Åh, ja. Det vet vi. Massor av trafikljus här. Men det är något vi amerikaner är väldigt bra på. Du skulle ha sett oss när vi kom till vår första rondell."

Tomek log artigt, även om han ville få det här överstökat så fort som möjligt. Nyheten om fotografiet hade gnagt i honom under bilfärden dit.

Kirsty presenterade honom för sin familj.

"Det här är Jimmy, min man. Patricia, min dotter. Annabel, min svärmor, och Nelson, min son."

Tomek tänkte genast på mobbaren i *The Simpsons* – ha-ha! – och han fick medge att likheten var näst intill kuslig. Håret var bakåtslickat i en hög lugg, med benor på båda sidor om pannan, axlarna var en blandning av fett och tidiga tecken på muskler, och den knubbiga näsan var också mitt i prick.

Tomek slog sig ner mitt emot den unge mannen och kilade in sig mellan Kirsty och hennes man. Annabel, svärmodern, lade armen om Nelson.

"Vill du ha något att dricka?" frågade Kirsty Tomek.

Han var på väg att säga nej när han insåg att de ändå skulle ta det på utläggen innan de flög tillbaka till Amerika, och om han kunde ta en på Victorias bekostnad, vore han dum om han sa nej.

"Det skulle sitta fint, tack."

När han hade beställt, frågade han: "Hur har ni trivts med er extra långa vistelse? Jag utgår från att boende och hyrbil är ordnat?"

"Ja", sa hon och lade handen på hans axel. "Allt har varit fantastiskt. Alla har varit så hjälpsamma. Och Anna – herregud, vi *älskar* Anna."

"Ja, hon är en klippa."

"Inte bara det, hon är så snäll och omtänksam. Vi skulle behöva någon som hon på universitetet."

"Tja, hon är vår", sa Tomek, "och henne får ni inte."

Redgrave-familjen småskrattade och viskade till varandra, som om han stod utanför ett internskämt som bara Anna skulle fatta. En del av honom undrade om de var med i en sekt, och att det här var en del av deras invigningsrit för att få honom att gå med. Först hade de fått Anna, nu var de på honom.

Han sköt undan tanken.

"Hur var det med gestalten ni såg?" frågade han och förde samtalet vidare. "Har ni sett något mer sedan dess?"

Kirsty lade handen på hans. "Som tur är, inget. Vi har varken sett eller hört ett knyst från några andra grannar, eller ljud från trädgården, eller ens något som stått på andra sidan vägen. Något verkar ha skrämt bort dem."

Ja, en kille som heter Denis Danyluk kan ha haft med det att göra, tänkte Tomek.

"Det gläder mig. Men om det inte var därför ni kallade hit mig, vad var det då?"

Kirsty svarade inte. I stället pekade hon på sin son.

Till en början kunde den unge killen inte möta Tomeks blick. Han tittade ner på sina fingrar och pillade med dem. Sedan, efter att Nelson sökt stöd hos sin mamma och hon gav honom det med en mild nick, tog han mod till sig och började prata.

"Alltså, häromdagen – jag menar i går kväll..."

Ha-ha! Tomek hörde det ikoniska ljudet i huvudet så fort tonåringen öppnade munnen.

Nelson tvekade. Han hade kört fast och visste inte hur han skulle fortsätta.

"Det är okej, Nels. Du kan berätta för honom. Du är inte i trubbel", sa Kirsty, till hans undsättning.

Det verkade lugna pojken. "Det var i går kväll. Vi promenerade längs strandpromenaden. Vi hade just ätit på huvudgatan och jag ville kolla spelhallarna. Först tog vi den vid Kursaal, sedan fortsatte vi neråt. När vi kom ut från ett av ställena längs strippen fastnade min blick på något."

Strippen, som om Southend-on-Sea vore en skitigare, fattigare variant av Vegas.

"Det var en man, klädd i svart", fortsatte Nelson.

"Okej."

"Samma kläder som mannen som flydde från brottsplatsen på stranden."

"Okej."

"Det fick mig att tänka på honom."

"Vem?"

"Den som sprang i väg!"

"Okej... Tror du att det var han?"

"Jag vet inte."

"Okej."

Tomek visste inte vart det här var på väg. De hade bara sett en man som liknade gestalten som flytt från platsen – Mariusz, som var död.

"Berätta resten", insisterade Kirsty och sträckte sig över bordet för att ta sin son i armen. "Det är något han inte säger", sa hon till Tomek.

Nelson blev blyg igen och sänkte blicken. "J... jag tyckte inte att det var viktigt då, förstår du, och eftersom ingen annan lade märke till dem tänkte jag att jag kanske hade inbillat mig dem på stranden."

"Lade märke till vad, Nelson?"

"I går kväll hade mannen från strandpromenaden samma skor. Det var det som fick mig att minnas..."

"Vilka skor?"

"Han hade på sig ett par röda Christian Louboutins."

Tomek stirrade oförstående på ungen.

"Designerskor", sa Patricia, Kirstys dotter, och körde upp telefonen i ansiktet på honom. På skärmen fanns en bild på ett par röda höga sneakers med nitar på tåpartiet som såg ut att komma från en BDSM-leksak.

Tomek kände igen dem direkt.

KAPITEL
FEMTIO

D et här hade hon aldrig väntat sig. Så här var inte hennes liv menat att vara. Det var inte det hon hade planerat. Hon hade hoppats på en mer meningsfull, mer fruktbar tillvaro, både för sig själv och för sin familj hemma i Rumänien. Men saker hade förändrats så fort, så svindlande fort, att hon knappt hade haft tid att förstå och bearbeta det.

Hon befann sig i ett litet rum. Så mycket visste hon. Det var kolsvart, det gick också att förstå. Men hon hade ingen aning om hur länge hon hade varit där. Tiden hade blivit avlägsen, utom räckhåll, men hon visste att hon hade varit där så länge att hon lärt känna kammaren. Dess skrymslen och vrår. Dess släta, massiva ytor. Så till den grad att den nästan hade blivit en vän.

Till en början hade det varit skrik, gråt. Knutna nävar och sparkar mot betongväggarna. Tills smärtan blev så outhärdlig att hon inte orkade fortsätta.

Hon visste inte vad hon hade gjort för att förtjäna det här, vilken kedja av oturliga händelser som hade lett henne hit. Inte heller visste hon hur hon skulle ta sig ur det.

Det kändes som en självklarhet att hon skulle dö. Inget vatten, ingen mat. Snart skulle det inte finnas någon luft.

Hon skulle antingen svälta ihjäl, torka ut eller kvävas. Vilket som än kom först.

Fast hon ville inte tänka på det. I stället lät hon tankarna gå till hemmet, sin man, sin mamma och sin pappa. Hur de hade tagit hand om henne när hon växte upp, hur tacksam hon var för allt de gjort, alla uppoffringar de hade gjort. De undrade säkert alla var hon var, precis som förra gången något liknande hände. När hon var yngre. Ett småbarn. Hon hade lekt på stranden med sin syster på semestern. De två hade gett sig av för att leta efter en toalett. Efter att ha ignorerat att deras pappa flera gånger sagt åt dem att använda havet som toalett – "Pappa! Det är äckligt!" – gav de sig till slut iväg, hand i hand, medan sanden rörde sig under tårna. En stund senare hade de hittat ett lämpligt toalettbås några hundra meter inåt land, men det var smutsigt, kvavt, nedstänkt av piss och med använda toapapper på golvet. Handtaget var rostigt och krävde ordentligt med kraft för att få upp, och graffiti täckte väggarna som på insidan av ett dårhus. Allt på ett främmande språk. Inget av det var begripligt. Men kanske var det lika bra; hon hade sett en del av det som vandaler och ungar klottrade på väggarna nuförtiden och det äcklade henne.

Toalettbåset var knappt stort nog för en, än mindre för två, och som yngst hade hennes självviska storasyster skickat in henne först. Hon var så kissnödig att hon kunde bortse från smutsen och till och med glömde att lägga toapapper på ringen så att färre bakterier skulle komma i kontakt med hennes hud. När hon var klar gick det upp för henne hur snuskigt det var och hon försökte ta sig ut så fort som möjligt. I sin brådska råkade hon dock bryta av handtaget på dörren och låste in sig. Hon hade bankat på dörren om och om igen, skrikit tills lungorna brann och luften tog slut. Hennes syster hade skrikit också, deras rop skilda åt av bara en tunn bit metall.

Sedan hade hennes syster sagt att hon skulle hämta hjälp, att hon lovade att komma tillbaka. Några sekunder senare var hon borta och lämnade henne ensam i det stinkande båset.

De första tio minuterna hade varit fyllda av optimism och av hopp om att hennes syster skulle hitta hjälp och snart vara tillbaka. Men allt eftersom tiden gick avtog känslan, och paniken började ta över. Tänk om de inte kom tillbaka? Tänk om systern hade glömt henne, eller spelade henne ett utstuderat spratt? Tänk om något hade hänt hennes syster?

Skrik. Slag mot dörren.

Precis som nu.

Fast nu var hoppet så gott som borta.

Efter vad som känts som två timmar i båset men bara var trettio minuter kom hennes syster tillbaka med hjälp. Och några minuter senare var hon räddad. Hon hade aldrig kramat sin familj så hårt.

Men nu fanns det ingen att krama. Ingen som kunde rädda henne. Ingen som kunde dra henne ur mörkret.

Hon kände sig fram till rummets hörn, lät fingrarna löpa över den släta ytan. När hon hittade det sjönk hon ner på golvet, kröp ihop till en boll och drog upp knäna mot bröstet. Sedan började hon hulka, tjocka tårar strömmade nerför kinderna. De varade inte länge. Kroppen var så uttorkad att hon inte hade något kvar, inget mer att ge. I stället lade hon pannan mot knäna och pressade ihop ögonlocken. Hennes feberyriga och uttorkade fantasi började skapa vilda scenarier och bilder i huvudet – cowboys, berg, fiskar som hon bara hade sett på en tv-skärm, hennes favoritbutik som hon brukade få besöka.

Och så hörde hon ett ljud.

Först trodde hon att det var kassalådan i hennes huvud som öppnades. Men så hörde hon det igen och insåg att det inte var det alls. Det var *något*. Något i den verkliga världen.

Något nära, utanför den lilla kammarens gränser.

Ett ögonblick senare hörde hon ljudet av metall mot metall. Sedan vällde ljuset in. Det bländade henne.

Det dröjde länge innan hon kunde öppna dem igen. När hon gjorde det såg hon en gestalt stå framför henne, en kompakt svart demon mot en fond av rent vitt.

"Res dig", sa gestalten. "Följ med mig."

KAPITEL
FEMTIOETT

Tomek hade hittat mannen han letade efter på Morganas kafé, där han satt i bakrummet och låtsades vara upptagen. Med hjälp av två uniformerade konstaplar hade Tomek gripit honom, misstänkt för mordet på Morgana Usyk.

Mannen satt nu mittemot honom i förhörsrum ett. Bredvid honom satt hans advokat, och intill Tomek satt Rachel. De hade påmint honom om hans rättigheter och var nu redo att gå vidare.

Tomek harklade sig innan han började.

"Vlad, det är bara några saker till vi vill veta om var du befann dig på morgonen när Morgana dog."

Mannen sa ingenting.

"I en första utsaga till oss sa du att du hade försovit dig och fortfarande låg i sängen. Minns du att du sa det?"

"Inga kommentarer."

"Senare sa du att du vaknade strax efter elva. Stämmer det?"

"Inga kommentarer."

"Står du fast vid det?"

"Inga kommentarer."

"Minns du vilken tid du kom till kaféet den morgonen?"

Vlads uttryck förblev tomt. "Inga kommentarer."

"Låt mig hjälpa dig då." Tomek drog upp en liten mapp och lade ett ark ovanpå. "Vårt team kom dit 12:45 och du syntes fortfarande inte till. Enligt våra rapporter dök du inte upp förrän strax efter ett. Förstår du vart jag vill komma med det här?"

"Inga kommentarer."

Tomek drog en liten suck.

"Finns det någon som kan styrka var du befann dig den morgonen?" frågade Rachel. "För just nu har vi bara ditt ord. Och som läget ser ut gör det dig till huvudmisstänkt för mord."

Vlads ögon smalnade när han vred huvudet långsamt mot Rachel.

"Inga. Kommentarer."

"Nåväl", svarade hon.

Tomek öppnade mappen igen och plockade fram två nya ark. På dem fanns fyra stillbilder tagna från olika CCTV-vinklar längs strandpromenaden i Southend. Efter Redgraves upptäckt om skorna hade Chey tittat en gång till på CCTV-materialet från hela strandpromenaden, den här gången letat efter ett par röda Christian Louboutins, och hade hittat den de trodde var deras huvudmisstänkte, som kom upp ur vattnet vid piren. Figurens ansikte var dock fortfarande förvrängt och dolt av huva och halsduk. Men det var tydligt vem de ansåg att det var.

På fotona framför Vlad hade Tomek beslutat att beskära bort skorna. För tillfället.

"Känner du igen mannen på de här bilderna?" frågade Rachel när hon sköt dem över till honom.

Vlad ignorerade dem fullständigt.

"Inga kommentarer."

"Det här är personen vi misstänker för att ha dödat din chef, din närmaste vän. Känner du igen den här personen?"

Rachel petade upprepade gånger på den med fingrarna, vilket lockade fram en snabb blick från mannen. En snabb ögonrörelse.

"Inga kommentarer", sa han, gjorde sedan en dubbelblick medan han sjönk tillbaka i stolen. Ett litet stråk av igenkänning blixtrade till i hans ögon.

Ett ark till. Ett foto till. Den här gången var det bilden som Mariusz hade tagit på Andrei i badkaret.

"Vad sägs om den här bilden? Känner du igen personen på den här?"

Nu kunde Vlad inte slita blicken från den. Han tog upp arket och studerade fotot av den döde mannen.

"Inga kommentarer."

Tomek suckade igen. De hade en lång eftermiddag framför sig.

"Har du sett det här fotot förut?" upprepade Tomek.

"Inga kommentarer."

"Känner du någon som har det?"

Vlads blick fladdrade mot väggen.

"Inga kommentarer."

"Var var du i torsdags?" frågade han, dagen då Andrei dog. "Gå igenom vad du gjorde."

"Inga kommentarer."

Kört. Han avslöjade ingenting. De skulle behöva ta i mer än så. Tomek stack ner handen i mappen igen och spelade ut sitt ess: samma bilder av mannen på strandpromenaden, fast med en diskret skillnad. De röda skorna, förstärkta och mättade för att bli ännu tydligare på sidan.

"Vad sägs om mannen i *de här* fotografierna?" frågade Tomek. "Känner du igen något hos honom nu?"

Tomek sköt pappret med strandpromenadbilderna över till Vlad. Till slut gav mannen med sig och sneglade på bilderna. Han tog upp dem och höll dem rakt framför ansiktet så att varken Tomek eller Rachel kunde se hans reaktion. Sedan, några ögonblick senare, lade han ner pappret och viskade i sin advokats öra.

"Min klient skulle vilja be om en paus, om det är möjligt? Han behöver gå på toaletten, och vi har några saker vi behöver diskutera innan vi går vidare."

———

Tomek gav dem femton minuter. Medan de väntade gick han och Rachel tillbaka till insatsrummet. Rummet var dämpat, tyst när de kom tillbaka, allas uppmärksamhet riktad mot dem för en uppdatering.

"Vi tar en liten siesta", meddelade Tomek. "Rasten är slut om femton."

När Tomek återvände till sitt skrivbord ropade en röst på honom.

"Sers!"

Det kom från Cheys skrivbord. Den unge konstapeln reste sig ur stolen och haltade över.

"Vad har hänt med dig?" frågade han.

"Snubblade utanför. Ren olyckshändelse."

"Nej... för att göra det med flit vore ju märkligt. Om du inte tänker stämma oss – i så fall, lycka till."

"Tack för idén", sa Chey. "Har du en minut?"

"För min vän? Självklart."

Chey log snett, och drog sedan med Tomek till sitt skrivbord.

"Ni tar paus i rätt tid", sa han. "Jag ville inte avbryta, men sammansättningsanalysen har kommit på skorna som hämtades hos Vlad."

"Och?"

"Det finns en träff mellan Vlads skor och lera- och sandproverna som hittades på Morganas kläder."

"Det betyder?"

"Att de där skorna fanns på brottsplatsen ute på lerbankarna."

"Vilket betyder att det var Vlad som Andrei hade sett hålla Morganas huvud i famnen."

"Vilket betyder att Vlad kan veta vad som hände henne", la Chey till.

"Eller ha gjort det själv."

Tomek svällde plötsligt av eufori. Skorna. De där förbannade, skrikiga, förfärliga skorna. Han hade haft rätt i att misstänka dem. Han kunde inte låta bli att känna en liten stolthet skölja över sig.

När de femton minuterna var slut gick Tomek och Rachel ut ur insatsrummet. Innan Tomek hann fram till hissen hejdade Sean honom.

"Kan det vänta, kompis?" frågade han. "Vi är på väg ner igen."

"Ja. Det är bara en snabb grej – rummet."

"Vad är det med det?"

"Behöver det inte längre ändå", sa han. "Jag ska flytta in hos Victoria."

"Bra. Då slipper vi en pinsam konversation."

"Jaså?"

"Ja. Kasia var inte så pigg på att ha en främmande man boende hos oss", ljög han. Kasia hade inget problem med det. Efter att han pressat henne på ett ja eller nej hade hon sagt att det var okej så länge hon kunde duscha först på morgnarna. Men det behövde Sean inte veta.

Tomek var sist in i förhörsrummet.

"Ursäkta", sa han när han skyndade tillbaka till sin stol. "Hoppas att jag inte missade något."

"Inte än", svarade Rachel. "Vi väntade på dig. Jag förstår att Vlad har något han vill berätta?"

"Ja", svarade advokaten och vände sig mot Vlad.

Tomek gjorde sig beredd. Skulle han erkänna? Eller skulle han försöka slingra sig ur situationen på något sätt?

Tomek satt nästan på helspänn.

Vlad lutade sig fram, satte armbågarna på bordet och sa: "Jag vet vad ni kommer att säga. Skorna. De ni skickade på analys häromdagen. Jag vet att de kommer att ge en träff. Jag vet att ni kommer att hitta samma lera och sand som fanns på Morganas kropp."

Tomek tog ett ögonblick för att samla sig. "Hur vet du det, Vlad?"

"Tja, det finns bara ett möjligt sätt, eller hur? För det ser ut som om jag dödade henne."

"Låter rimligt", svarade Tomek och gjorde sitt bästa för att hålla korten tätt intill bröstet.

"Men jag vill göra en sak glasklar. För protokollet."

Tomek sa ingenting. Han väntade på att mannen skulle fortsätta.

"Fortsätt...", svarade Rachel.

"Jag hade inget med hennes mord att göra. Morgonen hon dog försov jag mig, som jag har sagt. Men jag dödade henne inte."

"Utveckla, tack."

"Jag vet ingenting om vad som hände på stranden den morgonen. Det är ett faktum. Men jag vet vad som hände med de där skorna."

Tomek hade svårt att hänga med. "Du får förklara det här i klartext för mig."

Vlad suckade. "Skorna. De är inte mina. Jag fick dem, blev tillsagd att ta hand om dem."

"Av vem?"

Vlad tystnade och stirrade Tomek och Rachel i några sekunder innan han svarade.

"De tillhör Anton Usyk. Och jag kan bevisa det."

KAPITEL
FEMTIOTVÅ

E nligt Vlads "bevis" hade Anton lämnat av skorna en morgon och han hade dokumenterat allt med sin dörrklocka med kamera. Efter förhöret fick Tomek och Chey fjärråtkomst till videomaterialet via Vlads telefon, i jakt på beviset. De hittade det en timme senare: Anton som stod vid ytterdörren, iklädd en tjock svart kappa med en halsduk hårt lindad runt halsen, med de röda skorna i händerna, som han räckte över till Vlad. Sedan gick han in i huset, tog med sig skorna, och lämnade tjugo minuter senare, skyndande mot sin bil.

Videon bekräftade i stort sett att Anton hade varit på brottsplatsen, att det var honom Andrei hade sett, att han hade flytt från hamnen. Därmed gjorde den honom till huvudmisstänkt för mordet på sin fru. Det enda problemet nu var att försöka hitta honom. Enligt uppgifter hade han fortfarande inte dykt upp på jobbet den morgonen, och ingen hade sett honom sedan i går kväll.

"Så det är alltså klart då", sa Anna, efter att Tomek hade kallat till möte och fått Chey att förklara videomaterialet för teamet. "Anton dödade Morgana. Det var han som gjorde det?"

"Möjligen, ja", sa Tomek. Han höjde händerna i en kapitulation för att stilla de ursinniga blickarna. "Men vi är inte klara än. Det finns fortfarande mycket som inte går ihop."

"Som vad?" fräste Victoria, som om det var hans fel att utredningen var så komplicerad.

"Som det faktum att Morgana körde till hamnen – *ensam*. Hon hade åkt dit för att träffa någon, eller möjligen bara för en promenad – vi vet inte. Men när hon kom dit stötte hon på sin man, och sedan gick han vidare och dödade henne. Han blir då tagen på bar gärning, flyr från platsen, ger sina sandiga skor till biträdande chefen för en av sina restauranger för "förvaring", och skickar sedan in Mariusz som syndabock för att ta skulden. Det jag vill veta är: vad är kopplingen mellan de två? Vad är kopplingen till Gavin också? Var det Anton som sa åt honom att läcka uppgifterna, eller var Vlad inblandad på något sätt?"

"Du tror att Anton har regisserat det här hela tiden?" frågade Victoria. Hon hade inte kunnat låta mer ointelligent om hon försökt, som att be en Gen Z räkna upp de första primtalen och de tror att det har med streamingtjänstens kundtjänstuppgifter att göra.

"Det är min hypotes", svarade Tomek. "Anton dödade sin fru, flydde platsen och lämnade över bevisen till Vlad. Sedan insåg han att nätet snart skulle dras åt kring honom, eftersom han är maken och det självklara valet, och därför fick han Mariusz att döda Andrei i hans lägenhet, och sedan gå in och erkänna att han hade varit nere vid hamnen. Han räknade nog inte med att vi skulle avslöja sanningen om det fejkade självmordet så snabbt."

"Så bilderna i Mariusz telefon skickades till Anton?"

"Det skulle jag tro", svarade Tomek med en liten nick.

"Och meddelandena till Gavin, vår visselblåsare?" Victoria började röra sig runt whiteboardtavlorna, pekade på allas namn och ansikten med sin penna medan hon talade. "Du tror att Anton satte press på Gavin för att få honom att läcka uppgifterna till Denis Danyluk i fängelset?"

"Som jag ser det."

"Men om Denis är Morganas bror, varför vände han sig då inte direkt till Denis för att få Mariusz mördad i fängelset?"

Tomek funderade på det ett ögonblick. "Kanske visste han att det vore den uppenbara vägen vi skulle gå. Han drog in Gavin för att täcka sina spår och leda oss på villovägar. Han är smart. Han har inte gjort något av det här själv. I alla fall, utom mordet på sin fru, har han fått någon annan att göra det åt sig: Mariusz att döda Andrei; Denis att döda Mariusz; och jag kan tänka mig att om vi skickar Vlad och Gavin i fängelse, kommer han på något sätt att se till att de också blir dödade."

Den dystra tanken fick teamet att tystna en stund.

"Jag ska se till att Gavin placeras i särskilt skydd, likadant med Vlad om vi hittar tillräckligt med bevis för att åtala."

"Tillräckligt med bevis?" upprepade Tomek. "Vi har bevis på att han hjälpt till att dölja ett mord. Han har ljugit för polisen om vad som hände den dagen. Han visste mycket mer än han sa, och jag tror att han vet mycket mer som han ännu inte har berättat. Det finns inget 'om' här. Vi har tjugofyra timmar på oss att hitta mer konkreta bevis mot honom, och jag säger att vi använder varenda sista sekund."

Tomek sköt ut sig ur stolen, trängde sig förbi kollegorna runt det över-dimensionerade bordet och tog whiteboardpennan från Victoria. Han grep suddet, gnuggade bort några onödiga krumelurer och ritade en jättestor cirkel i mitten. I den skrev han Antons namn, och lade sedan till fem sepa-rata trådar i spindelnätet med ett namn i varje.

Mariusz Stanciu.

Gavin Barker.

Vlad Boyko.

Brendan Door.

Denis Danyluk.

När han knäppte på korken igen pekade han på namnen medsols.

"Vi behöver hitta kopplingar mellan Anton och alla de här männen. Hur hänger de ihop, vad fick Anton att välja just dem? Bortsett från de uppenbara – Vlad, biträdande chefen, och Denis, hans påstådde svåger – måste vi fråga oss vad som förenar dem."

Tomek pausade och överblickade rummet. Han blickade ned över ett gäng målmedvetna, ivriga och redo ansikten. Han kunde inte minnas när han senast hade sett något sådant. I det korta ögonblicket, i den lilla pausen, kändes det som att utredningen var hans, och att han skulle leda teamet från och med nu.

Tyvärr skulle verkligheten bli något annorlunda.

Precis när Tomek var på väg tillbaka till sin plats, räckte Chey försiktigt upp handen. "Jag kan ta det ett steg längre och besvara några av dem."

Tomek tog ett steg bakåt för att upprätthålla sin upplevda auktoritet.

"För all del, herr Pepper, ordet är ditt."

Chey harklade sig. "För det första ljög Denis Danyluk när han sa att han var släkt med Morgana."

"Förlåt?"

"Jag har gått igenom hennes konton på sociala medier och begärt hand-lingar hemifrån Ukraina, och där finns inget omnämnande av Denis Danyluk. De har inte ens samma namn. Inget på sociala medier. Inget bland närmaste anhöriga. Inget i födelseattester eller släktträd eller medi-cinska dokument. Ingenting som tyder på att de är det minsta släkt."

Tomek vände sig mot tavlan och underströk Denis namn. "Då är det fyra kopplingar vi behöver hitta", sa han, och vände sig sedan tillbaka till den unge konstapeln. "Bra jobbat, kompis. Något mer?" Mannen rätade på sig, stärkt av den positiva återkopplingen. "Jo, när vi ändå är inne på sociala medier har jag kollat möjliga kopplingar mellan familjen Usyk och Gavin och Mariusz, med restaurangens konton som utgångspunkt. Det verkar som att de sattes upp av Morgana, eftersom hon syntes mycket mer på Instagram och TikTok än sin man. I ett par inlägg har jag sett att Gavin går in på Iliana's flera gånger. Han har förekommit ganska mycket på deras sidor och har till och med lämnat en av de mer positiva recensionerna på Tripadvisor där."

Tomek pekade på Oscar och bad honom att göra en notering om att förhöra Gavin om det vid tillfälle.

"Något mer?"

"Jag har också snabbt kollat igenom Vlads telefon innan vi skickade den till it-forensik, och jag tror inte att han har varit den som skickat meddelandena till Gavin, och jag tror inte heller att han tog emot bilderna av Andrei i badkaret."

"Så Vlad är ute ur bilden?" nämnde Anna.

"Inte riktigt", rättade Tomek. "Som jag sa tidigare är han inte helt fläckfri i allt det här, och jag garanterar att det fortfarande finns saker han håller för sig själv. Så varför samlar vi inte ihop allt vi behöver, får allt på plats och så vidare, och lägger fram det för honom i sista stund." Han vände sig till Victoria. "Kan vi titta på att få en förlängning av anhållningstiden?"

Victoria funderade ett ögonblick. "Jag kan kolla på det."

"Toppen, tack."

Tomek kände hur vindarna i utredningen snabbt vände till hans fördel. Om Victoria inte såg upp kunde hon bli strandsatt vid hamnen och drunkna.

Sedan slog det honom en tanke. "Hur är det med en koppling mellan Anton Usyk och Mariusz Stanciu?" frågade han Chey, men frågan var öppen för resten av rummet.

Martin grep chansen med båda händerna. "Kan ha något där, sergeanten", sa han. "Det visar sig att åkeriet Mariusz jobbar för, DWG Logistics, levererar maten och förnödenheterna till caféerna."

"Stämmer det?"

"Ja, sergeanten."

Kugghjulen började snurra i Tomeks huvud.

"Det där blir vårt fokus." Han ritade en stor cirkel mellan Anton och Mariusz namn på tavlan. "Vi behöver ta reda på hur väl de här två känner varandra. Med tanke på att Mariusz bara har varit i landet i tre månader... Och en annan sak vi bör kolla upp: vet någon var fan Anton är?"

KAPITEL
FEMTIOTRE

M ed Mariusz död i fängelset, och med Anton som hade försvunnit från jordens yta, återstod bara en person som Tomek kunde prata med och som kände dem båda.

Red Birch Farm hade fortfarande öppet och, till hans förvåning, var det fortfarande fullt med folk. Det började närma sig stängningstid, och på parkeringen stod minst tio bilar. Efter att med nöd och näppe ha undvikit flera av potthålen parkerade Tomek, klev ur bilen och tog sig mot Stanleys kontor.

Tomek knackade på fönstret men fick inget svar. Han kupade händerna runt ansiktet och tryckte näsan mot rutan. Tomt. Sedan ägnade han några ögonblick åt att leta efter någon, efter hjälp. När ingen dök upp, gav han sig av för att leta.

"Ursäkta, kompis", ropade Tomek till en man som bar på en kvast och just hade kommit ut från hästarnas hage. Han hade en overall nedstoppad i ett par gummistövlar. Håret var eldrött och han hade ett kraftigt rött skägg som matchade.

"Hallå ..." sa han försiktigt.

"Vet du var jag kan hitta Stanley?"

Mannen pekade utan att titta. "Vid grisarna", sa han och fortsatte med sitt ärende.

"Hem med fläsket, va?" sa Tomek till mannen, men det föll för döva öron.

På väg till grishagen passerade han en ung familj på fyra som drog bort de två barnen från fåren. Barnen skrek och bönade om att få stanna, men föräldrarna måste hem till middagen, sa de.

Till slut kom han fram till grishagen och hittade mannen han letade efter.

"Kommissarie ..." sa Stanley strängt, med en antydan till försiktighet i rösten. "Du har väl inte kommit för att säga att någon annan har dött?"

I dag hade han en kroppsvärmare i en annan färg. Byxorna och stövlarna var khakifärgade men hade blivit nedsmutsade av lera. I händerna höll han en grön hink med ett par handskar.

"Miljoner människor har dött sedan vi sågs senast", sa Tomek.

"Tja, det är ... jag antar ... jag antar att du har rätt."

Tomek pekade på hinken.

"Vad gör du?"

"Matdags."

Tomek vände sig mot grisarna. Sju stycken totalt. En färre än förra gången, även om det inte krävdes något snille för att räkna ut varför. De var fula, vidriga varelser. Håriga, smutsiga, täckta av sin egen skit. Tomek hade aldrig gillat dem. Men äta dem, det gillade han. Han tyckte om att tänka att de var sinnebilden av att skönheten alltid sitter på insidan.

"Vill du prova?" frågade Stanley och räckte fram hinken mot Tomek.

"De är rätt mätta men jag tror de klarar ett par munnar till."

Tomek höjde händerna och backade några steg, skakade på huvudet.

"Det kan jag inte. Nej tack. Inte för mig."

"Är du säker?"

"Ja. Den här kostymen ... den är riktigt fin. Designer. Måste kemtvättas varannan vecka. Jag vill inte smutsa ner den. Dessutom vill jag inte överutfodra dem."

Stanley fnös. "Det är grisar. De äter vad du än ger dem så länge de är hungriga nog. De smakar bättre så."

Tomek vände sig mot dem igen. Ett av odjuren hade just kommit fram till honom och stånkade och snörvlade som en zombie i en katastroffilm.

"Han gillar något på dina byxor", sa Stanley.

"Ja. Det kallas pengar", svarade Tomek och drog undan benet. När han gjorde det, fångade något hans blick, något som blänkte i smutsen. Ett grönt juvelprytt örhänge som glittrade i ljuset. Tomek var för rädd för att plocka upp det och pekade på det i stället. "Tror någon har tappat något."

Förbryllad hukade Stanley sig för att inspektera det. Han stack in handen i hagen utan problem och slog bort grisarnas nyfikenhet med en rejäl knuff.

"Där är det!" utbrast han. "Där är den lille rackaren. En av våra kunder tappade det här tidigare. Vi letade överallt efter det. Du skulle ha sett oss. Jag fick lera på ställen jag inte ens trodde var möjliga." Tomek kom på ett skämt men bestämde sig för att behålla det för sig själv. Varken tid, plats eller sällskap var rätt.

Stanley stoppade örhänget i fickan och reste sig. "Jag ringer henne senare. Under tiden, hur kan jag hjälpa till?"

"Skulle vi kunna prata på ditt kontor?"

"Någonstans mer privat? Absolut."

På väg till kontoret såg Tomek den rödhårige mannen med kvasten igen. Han nickade mot honom, men fick ingen tillbaka.

"Bry dig inte om honom, han är bara grinig för att jag sa att han ska jobba utanför gården resten av veckan", sa Stanley medan han höll upp dörren för Tomek. "Något att dricka? Te? Kaffe?"

"Irländskt?"

"Stanley såg chockad ut. "Bara om du vill ha det!"

Tomek skakade på huvudet och beställde en kopp te. Den skållheta drycken värmde kroppen och lindrade ömheten som hade börjat i halsen på morgonen.

"Så ..." började Stanley när han sjönk ner i läderfåtöljen mitt emot. "Har du någon uppdatering om vad som hände med Morgana?"

"Ja. Det är delvis därför jag är här."

"Okej."

"Två skäl, faktiskt. Det första är om du har hört något från Anton på sistone. Har han försökt kontakta dig över huvud taget?"

Mannens ögon vidgades. "Anton? Var det Anton som gjorde det här?"

"Vi undersöker det", svarade Tomek och vek undan frågan. "Men just nu verkar vi inte kunna hitta honom. Vet du var han kan vara?"

Stanley skakade långsamt på huvudet och stirrade ner i lantbrukstidningen på soffbordet, djupt försjunken i tankar. "Nej, jag har inte hört något från honom sedan morgonen då hon dog."

"Och skulle du vara beredd att styrka det?"

"Självklart. Här."

Stanley stack handen i bröstfickan, tog upp sin telefon och räckte över den till Tomek – upplåst och klart. Tomek tog emot den och började gå igenom mannens senaste sms, mejl, WhatsApp, till och med hans konton i sociala medier. Det kändes som ett intrång i privatlivet, vilket det i praktiken var, men mannen hade gett sitt samtycke. Och där fanns ingenting. Inget som omedelbart stack ut för Tomek. Inga meddelanden från okänt nummer, väldigt få nyliga chattar som passade tidsramen sedan Morganas död, och det fanns inga foton i det raderade albumet eller i mappen Nyligen raderade. Tomek hade tittat på bilderna försiktigt, för att inte råka hitta mer än han väntat sig. I stället hittade han närbilder på några av djuren på gården. Vissa gulliga, andra mindre. När han räckte tillbaka telefonen tackade han mannen.

"Inga problem. Får jag fråga, varför letar du efter Anton? Bara av nyfikenhet. Du måste inte säga om du inte kan."

Tomek tystnade. "Låt oss säga att vi tror att det finns saker han inte berättar för oss."

"Förhoppningsvis har han inte hunnit så långt."

"Du har inte råkat se honom ligga och trycka i någon av djurhagarna, va? Jag skulle säga att han nog passar rätt bra bland åsnorna."

Stanley brast ut i ett skrockande skratt. "Vi har en viss lama som aldrig tog honom till sig när han kom på besök. Den brukade alltid spotta på honom."

"Han är nog inte den enda. Vissa av recensionerna på Tripadvisor gav intryck av att de skulle spotta på honom om de kunde." Tomek tog en klunk av sin dryck och ställde ner den.

"Om jag ser något, kontaktar jag dig direkt. Detsamma gäller mitt team. Vi vill hjälpa er utredning på alla sätt vi kan."

"Det är toppen. Vi uppskattar det verkligen. Har du tid för några fler frågor?"

"Självklart. Vad som helst."

Tomek tog fram sitt block och satte pennan mot pappret. "Säger namnet Mariusz Stanciu dig något?"

"Lille Mario?" Stanleys röst fylldes av förtjusning. "Han är vårt bud. Han hämtar våra produkter och kör ut dem till alla våra återförsäljare. Han levererar även annat åt oss."

"Som vad då?"

"Tråkiga grejer. Hö. Frön. Gödsel. Allt vi behöver för att driva gården."

Tomek kunde ingenting om jordbruk och kunde därför inte greppa omfattningen, men han föreställde sig att det var mycket.

"Jag tror att vi började använda DWG Logistics för ungefär fem år sedan", fortsatte Stanley.

"Och hur länge har Mariusz kört leveranser?"

Stanley blåste luft mellan tänderna. "Några månader? Kanske tre? Men han har redan blivit en favorit här. Han har rätt bra humor."

Synd, tänkte Tomek, att han aldrig fick uppleva den sidan av Mariusz. I stället hade han haft att göra med en rädd och panikslagen liten man. En rädd och panikslagen liten man som hade fått order om att döda Andrei Pirlog och sedan dokumentera det.

"Råkar du veta något om hans relation till Anton?"

"Yrkesmässig eller personlig?"

"Vilken som helst", sa Tomek och ryckte på axlarna.

"Jag vet att Mario gjorde många leveranser från mig till Anton. Jag vet att han verkade prata i telefon med honom hela tiden, troligen om jobbgrejer och ibland om fotbollen, men mer än så kan jag faktiskt inte säga. Förlåt."

"Ingen fara", sa han och slog sig på knät medan han gjorde sig redo att gå. "Jag förväntade mig inte så mycket."

KAPITEL
FEMTIOFYRA

Två dagar hade gått och Anton Usyk syntes fortfarande inte till. En arresteringsorder hade utfärdats, och Abigail och teamet på *Southend Echo* hade publicerat ett fotografi av honom på nätet. Bevakningen hade till och med nått nationella rubriker, och horder av journalister och reportrar hade därför flockats till högkvarteret som en rockgrupps fanklubb. Varje gång Tomek försökte ta sig igenom folkmassan var det som att brottas med grisarna på gården. Och hittills hade allt varit förgäves.

De hade uttömt alla tillgängliga möjligheter. Kontakter i hans adressböcker, vänner i sociala medier, till och med andra leverantörer och kunder som de hade hittat i pappren. Två stackare i teamet, Chey och Anna, hade till och med den föga avundsvärda uppgiften att ringa runt till alla deras tidigare anställda och träffa dem som fortfarande bodde i landet. Många hade antingen flyttat tillbaka till sina hemländer eller gick inte att få tag på.

Under tiden satt Vlad fortfarande i arresten. I Nicks frånvaro hade Victoria begärt tillstånd att förlänga tidsfristen till trettiosex timmar. Enligt Tomeks beräkningar hade de lite under två timmar kvar. Teamet samlade fortfarande in så mycket information som möjligt, och känslan var att de hade tillräckligt för att åtala honom för försvårande av rättvisans gång. Man hade gjort flera försök att bryta ner honom och få en spricka i hans fasad, men han hade inte ruckats. Han vidhöll fortfarande att han inte hade en aning om var Anton fanns.

Mannens telefon var avstängd. Han hade inte loggat in på sina konton i sociala medier, inte ens sin e-post, på tre dagar, sedan kvällen före den då Tomek skulle träffa servitrisen, Gina, och ingen verkade veta var han fanns. En varning hade gått ut till alla gränsposter med hans namn och bild, så om han försökte lämna landet skulle det inte gå. Vissa, inte Tomek, hade spekulerat i att han kanske hade tagit sig ur landet tillbaka till Ukraina på flaket av en lastbil. Men om så var fallet fanns det föga eller inget som Tomek och teamet kunde göra, annat än att tala med de ukrainska myndigheterna och be dem vara beredda på hans återkomst.

Han måste vara *någonstans*. Han måste gömma sig, ligga lågt och hoppas att allt skulle blåsa över. Tomek var övertygad.

Vad gäller Gina verkade också hon ha försvunnit från jordens yta. Tomek hade pratat med så många av Iliana's anställda som möjligt, men ingen hade sett henne, hört av henne eller ens kom ihåg henne. Det var som om hon aldrig hade funnits.

Tomek svängde in på parkeringen och klev ur bilen. Framför honom låg Iliana's. Genom fönstren från golv till tak, med kondens som långsamt kröp uppför dem, såg han att det var tomt. Det fanns ingen chef, ingen biträdande chef. Tomek undrade hur stället ens fungerade. Det måste finnas en ledare där inne någonstans, en andreman som visste vad som krävdes men kanske hade hållit sig under radarn, hållit sig undan hela tiden. Tomek satte gärna pengar på att den personen visste var Anton höll sig gömd.

Han slog igen bildörren och gick mot restaurangen. Stämningen där inne var som alltid. Ljudet av fett som fräste i köket längst bak, musiken som spelade i bakgrunden, kaffemaskinen som surrade när den malde bönor, östeuropeiskt pladder, alla som pratade i munnen på varandra. Den enda skillnaden var personalen. Tomek kände inte igen en enda av dem från häromdagen. Till och med servitrisen som kom fram till honom var en annan än kvinnan som hade ersatt Gina.

Var i helvete kommer de ifrån hela tiden? undrade han. Det var som om de odlade dem i ett laboratorium där bak.

"God morgon, herrn", sa hon, muntrare och mer entusiastisk än sina föregångare. "Bord för en?"

"Gärna", sa Tomek, med blicken helt fäst vid köksdelen.

Något hade blixtrat förbi i synfältet och fått honom att tappa fokus. En chock av rött hår, med skägg i samma färg. Iförd ett förkläde. När kvinnan visade honom till hans plats ignorerade han henne och fortsatte mot köket. Där rundade han disken och trängde sig genom kropparna. Mannen han var ute efter stod med ryggen mot honom och var upptagen med att vända två ägg samtidigt, med en teknik och en stekspade som Tomek aldrig hade sett förut.

Han knackade mannen på axeln.

Mannen ryckte till, snodde runt och tappade ett av äggen i golvet. Fett och äggula stänkte på Tomeks skor och byxslagen. Det skulle utan tvekan lämna en fläck, men Tomek brydde sig inte. Han var mer upptagen av mannen framför sig. Det röda håret och skägget. Kindbenen och den tomma blicken. Mannen som bara fyrtioåtta timmar tidigare hade hållit i en kvast i stället för en stekspade. En man som hade skyfflat skit i stället för att vända ägg.

"Ni borde inte vara här bakom, herrn", sa han, med tom, vilsekommen uppsyn. "Det här är bara för personal."

Sedan kom resten av ropen. Händerna som drog honom bakåt. De uppretade ansiktena som gick emot honom. Tomek, förstummad och häpen, kände hur han bryskt hanterades och manövrerades ut ur köket.

Länge stod han där, frusen, på andra sidan köksdisken, med blicken intensivt fäst vid kockens ansikte. Det dröjde innan han till slut kom till sans och insåg vad han behövde göra.

Tomek stack handen i fickan och tog fram sin polislegitimation. Sedan pekade han på mannen med det röda håret.

"Kan jag tala med dig angående—"

Mannen satte av. Han kastade stekspaden mot Tomek och missade med bred marginal, grep sedan en stekpanna från bänken och slängde den efter honom. Tomek tog upp jakten, rusade mot kökets utgång och trängde sig förbi de stillastående kropparna i vägen. Mannen var liten, vig och mycket snabbare än Tomek som, trots de två löprundor han tagit nyligen, hade svårt att hänga med.

Han jagade honom ut på baksidan av byggnaden och in på den lilla personalparkeringen som bara rymde två bilar. Resten av ytan upptogs av hjulförsedda återvinningskärl. Så snart han kom ut i dagsljuset grep kocken tag i ett av kärlen och rullade det framför Tomek i ett försök att sinka honom. Det hade liten effekt eftersom Tomek kunde hoppa förbi det — en återglimt från hans rugbydagar. Sedan rundade mannen husknuten och styrde mot strandpromenaden. Tomek fortsatte jakten, benen dunkade, fötterna slog mot asfalten. Han höll andningen jämn och rytmisk, in genom näsan, ut genom munnen. Han önskade, bad, att mannen inte skulle nå ner till strandpromenaden. Det var fullt av folk, fullt av hinder — människor — som inte alltid flyttade på sig.

Den enda fördelen Tomek hade var att han kände strandpromenaden väl, hade sprungit där hundratals gånger och därför visste hur han skulle disponera krafterna, hur han skulle hålla sig kvar i loppet. Det tempot, den fördelen, skulle dock gå förlorad om den jagade gav sig ut på sanden. Vilket var precis vad han gjorde.

"Stanna!" skrek Tomek. "Stanna genast!"

Ett gäng manliga löpare, klädda i skrikigt neon och ynkliga shorts som visade alldeles för mycket för Tomeks smak, kom emot dem. Dumt nog lyssnade de på hans uppmaning och slutade springa, och lät kocken smita runt dem och sätta foten på stranden.

Tomek svor åt dem när han passerade och hoppades att varenda en skulle vricka foten eller paja ett knä.

Underlaget under fötterna gick från fast och stadigt asfalt till tung, ojämn och opålitlig sand. Småsten och snäckskal flög upp bakom kocken och for i vinden in i Tomeks ansikte. Han spottade och knep ihop ögonen för att hindra dem från att komma in, men det var lönlöst.

Han tog dock in, till sin egen förvåning mer än någon annans. Antingen hade rundan med Warren ner till hamnen gjort verkan, eller så hade kocken grovt underskattat hur jobbigt det är att springa i sand. De närmade sig piren och kom allt närmare vattenlinjen. Tomek visste inte vad mannens strategi var, men den var inte genomtänkt. Och inom några hundra meter, medan kroppen skrek åt honom att stanna, hann han ifatt mannen och kastade sig upp på hans rygg.

Nedslaget var mjukt, för det mesta; i fallet kände Tomek ett knä träffa honom i skrevet. Smärtan blixtrade där och svällde snabbt upp i magen. Han skrek av smärta, men nu var inte läge. Han hade inte råd att släppa mannen, och därför satte han sig, trots smärtan, grensle över honom och pressade honom mot marken, ena handen över skrevet, den andra tryckande mot mannens bakhuvud.

"Jag har inte gjort någonting!" skrek mannen och spottade ut sand och tång.

"Oskyldiga springer inte, kompis."

KAPITEL
FEMTIOFEM

Tomek hade suttit i sammanträdesrummet i tjugo minuter, andats lugnt och försökt övervinna smärtan i magen, när Chey och Rachel kom in.

"Mår du något bättre, sergenten?"

"Nej. Det har kommit upp i bröstet nu. Jag känner det i halsen."

Rachel fnös. "*Män.* Ni älskar att överdriva allt. Mansförkylning—"

"Det är på riktigt, förresten!"

Hon fortsatte: "Så fort ni har minsta lilla krämpa förväntar ni er att vi ska stå och passa upp på er varenda gång."

"Är det därför du valde kvinnor framför män?"

"Självklart. Det är den enda anledningen till att jag är lesbisk."

Cheys ögon blev stora, och han vände sig mot Rachel som en seriefigur. "Du är—?"

"Ja, Chey. Det är jag. Jag gillar kvinnor, och jag hade inte hoppats att det skulle komma ut så här, men det gör det väl. Men vi pratar inte om mig nu, vi pratar om Tomek och den lilla smällen han fått mot sina könsdelar. Till det säger jag: välkommen till vår värld. Prova det en vecka varje månad, men i stället för en engångssmärta, föreställ dig att du blir slagen i kulorna upprepade gånger. Om och om igen." Hon gestikulerade som om hon slog på en boxningssäck.

"Det ska jag ge er," sa han. "Verkligen. Kasia berättar allt om det. Ibland lite väl mycket. Men jag tycker att du behöver jobba på din högerkrok."

"Även när du har ont är du fortfarande ett rövhål."

Han sköt av en fingerpistol med tumme och pekfinger mot henne.
"Inget kommer att få mig att ändra mig, baby. Vad säger vår Usain Bolt-wannabe?"
Konstaplarna såg på varandra. "Faktiskt, chefen, det är vad Vlad säger som är prioriterat just nu."
"På vilket sätt?"
"Tja, han vet att hans tid är ute och tycker att det är dags att förhandla."
"Han vill ha en utväg?"
"Det finns inte en chans att det händer," svarade Rachel. "Snarare vill han både ha kakan och äta den. Han påstår att han har något vi kanske vill veta."
"Om det är det jag tror, behöver vi honom inte," sa Tomek medan han försiktigt tog sig upp på fötter. Knäna knakade när han sträckte på benen.
"Då tror jag att du behöver prata med Victoria," sa Chey. "Förhöret har redan börjat."
För helvete.
Tomek hasade sig förbi dem och klämde sig genom dörren, haltande medan han gick mot stabsrummet. Där, mitt i rummet, stod Victoria och resten av teamet och tittade på när Martin höll förhöret på tv-skärmen som om de satt på bio.
"Gå inte med på något," sa han.
Victoria vände sig mot honom, med förakt i blicken. "Ursäkta?"
"Gå inte med på något han vill ha. Inte än."
"Varför ska vi vänta? Det här är nästan klart."
"Snubben jag grep," sa Tomek mellan flåsen. Promenaden bort till förhöret tog verkligen musten ur honom. "Jag kände igen honom från gården. Jag tror att något pågår där borta, och jag tror att han kan berätta exakt vad."
"Så, vad föreslår du?"
"Att vi synar Vlads bluff. Säg att vi har gripit någon från gården – det är viktigt att du nämner just den biten – och att vi tänker få allt vi behöver från honom. Vlad ska redan in i fängelse på väldigt länge, det finns inget han kan göra för att stoppa det. Sedan, när vi fått den information vi behöver från den där rödhårige polaren nere i arresten, lägger vi fram den för Vlad och får honom eventuellt att fylla i några av luckorna om det behövs."
Victoria övervägde ett ögonblick. Han såg på hennes ansikte att hon inte var beredd att göra någon som helst uppgörelse med Vlad för infor-

mation han kanske eller kanske inte hade. Men han såg också att hon inte ville att Tomek skulle ha rätt.

Hon hade ett svårt val att göra. Egot eller oskyldiga människors liv. Till slut vann de oskyldigas liv.

"Vad ska du göra om du har fel?"

Tomek ryckte på axlarna. "Då får någon ta det pinsamma samtalet med Vlad där vi erkänner att vi kanske lade alla korten på bordet för tidigt."

Några ögonblick passerade. Victoria brottades med beslutet.

Sedan vände hon sig till Sean och sa: "Gå ner dit nu. Säg åt Martin att vänta. Låt oss se vad Tomek kan få ur sin misstänkte först."

KAPITEL
FEMTIOSEX

T omek ville gärna tänka att han inte kände press, att han på något sätt var immun mot den. Att han med åren hade lärt sig hantera den och bearbeta den, vrida den till sin egen fördel. Han hade ju trots allt hanterat sin brors död på egen hand. Han hade lärt sig att bli vuxen och hantera livets slit och motgångar utan råd eller en vägledande hand från sina föräldrar. Och ändå kände han, när han steg in i förhörsrummet, ett svaj i knäna, en knut som drog ihop sig i magen.

Antingen var det nerverna, eller så spökade fortfarande känslan efter knät i skrevet.

Han skyllde på det senare.

I handen höll han ett litet dokument som arrestvakten hade gett honom. Där stod mannens namn, födelsedatum och annan information som hade registrerats när han skrevs in på stationen

"Så... Alfie", började Tomek när han slog sig ner mittemot mannen. "Hur är läget i dag?"

"Jag har inte gjort nåt fel."

"Det återstår att se. Som jag sa på stranden, oskyldiga människor—"

"Ja, de springer inte. Jag hörde dig, okej."

"Toppen. Så vi har redan kunnat konstatera att din hörförståelse håller måttet. Hur är det med din förmåga att förstå och svara på frågor?"

"Va?"

Tomek lutade på huvudet. "Skakig start. Vi tar det igen, va? Kan du bekräfta ditt namn, din ålder och ditt födelsedatum åt mig?"

"Det är samma sak, idiot."

Tomek pekade på honom med pennan. "En bock i logikrutan, grattis."

"Vad fan snackar du ens om, kompis? Varför i helvete är jag här? Jag har inte gjort nåt fel."

Alfie var en liten man, strax under 1,73 m, med smala axlar, men det fanns något i hans uppenbarelse som antydde att han inte skulle se malplacerad ut i en boxningsring. Hans rörelser var ryckiga, som om han hade dragit en liten lina innan passet i köket, och han knäckte knogarna om och om igen. Tomek ville gärna tro att han kunde vara fysiskt starkare än mannen, men han var inte beredd att hamna i slagsmål, inte när underkroppen fortfarande hämtade sig efter sin tidigare runda i ringen.

"Jag undrade om du kunde svara på några frågor", sa Tomek. "Klarar du det?"

"Inte när jag inte har gjort nåt fel."

"Utmärkt. Jag vill börja med att veta hur länge du har jobbat på Ilianas."

"Jag jobbar inte där."

"Så vad gjorde du i köket då? Lite ideellt?"

"Faktiskt, ja."

Tomek blev tagen på sängen. Han hade inte väntat sig det svaret.

"Utveckla."

"Jag hjälpte till", sa han. "Stanley bad mig gå dit och hjälpa dem. Sa att de behövde mig för att täcka ett pass."

Tomek mindes Stanleys ord: *Oroa dig inte för honom, han är bara grinig för att jag sa att han jobbar på annan plats resten av veckan.*

"Varför?"

"För att de inte har någon ansvarig där. Stanley sa att de behövde hålla verksamheten flytande på något sätt. De är en av våra största kunder."

"Du är medveten om att den ena ägaren är död och att den andra är efterlyst i samband med hennes mord?"

Alfie ryckte på axlarna. "Det var jag inte, men det är jag nu."

"Och det vet Stanley också. Så varför skickar han dig för att hjälpa till?"

Alfie kastade sig bak i stolen och korsade armarna över bröstet. "Fan ta en för att man gör något filantropiskt, hjälper sitt område."

Tomek påmindes om priserna och utmärkelserna på Stanleys kontor. "Ja... det där är han bra på, eller hur?"

"Jag tror att han kan försöka köpa stället om något händer med det."

Intressant, tänkte Tomek. Mycket intressant.

"Hur många gånger har du blivit tillsagd att hjälpa till på restaurangen?"

"Vilken?"

"Vilken som."

"Bara en gång", svarade Alfie.

"Och hur länge har du jobbat för Stanley?"

"Ungefär sex år nu."

"Länge."

Alfie ryckte på axlarna. "Jag trivs. Han är en bra arbetsgivare. Betalar schyst. Tar inte några extra pengar själv. Och jag gillar jobbet. Jag fattar inte vad problemet är?"

Tomek valde att inte svara på frågan. Åtminstone inte med en gång. Antingen var Alfie en exceptionellt skicklig pokerspelare som inte gav ifrån sig någonting, eller så hade han verkligen ingen aning om vad som var fel. Det fanns bara ett sätt att ta reda på det.

"Varför sprang du?" frågade Tomek.

"Reflex."

"Från när du var yngre?"

Så fort Alfies namn hade slagits in i systemet dök ett gäng tidigare gripanden upp. Skadegörelse, skolk, snatteri. Tonåren hade han ägnat åt att klottra på Basildons väggar och stjäla godis i butiker när han borde ha varit i skolan.

"Så fort jag såg din bricka var det som att något tog över."

"Skuld? Paranoia?"

"Instinkt."

"Synd att fötterna inte jobbar lika snabbt som instinkterna", sa Tomek och sneglade ner på bladet. "Fyra gripanden. Nu fem. Tur att ingen av dem någonsin valde att väcka åtal."

Alfie körde in händerna ännu djupare i armhålorna. Ljudet av knogar som knäppte ekade under huden. "Det är inte ett brott att hjälpa folk. Du har inget att åtala mig för. Precis som alla dom tidigare gångerna. Och om det var allt vill jag gå nu, tack."

KAPITEL
FEMTIOSJU

Tomek hade inget val utan var tvungen att låta Alfie gå. Inget brott hade begåtts, och han kunde inte hålla honom i en cell medan de väntade på att samla bevis. I stället fick de göra tvärtom. Hitta bevisen först och sedan ta in honom. Men om inte Tomek kunde placera honom någonstans på brottsplatsen för Morganas mord, var han inte särskilt hoppfull.

Han gick tillbaka till ledningsrummet med ett påklistrat, självgott leende på läpparna.

"Du sabbade det, eller hur?" var det första Victoria sa till honom.

"Så skulle jag inte uttrycka det."

"Hur skulle du uttrycka det då?"

"Det var dödfött. Han hjälpte bara till på restaurangen."

"Jaha. Så du har släppt honom?"

"Ja, chefen. Jag vill inte belasta våra redan rätt begränsade resurser mer."

Victoria satte händerna på huvudet, lite väl teatraliskt för hans smak. "Jag tror fan inte det här. Du försäkrade mig om att det här var win-win."

Tomek ryckte på axlarna. "Ibland vinner man, ibland förlorar man."

"Hur kan du vara så blasé inför det här? Nu måste vi gå in till Vlad igen med svansen mellan benen och byxorna nere. Han kommer inte ge ifrån sig någonting om han inte får exakt det han vill ha."

"Jo, det kommer han," svarade Tomek.

Hon mötte honom med en tom min. Hans poäng gick rakt över huvudet på Victoria.

"Hur menar du?"

"Han vet inte att vi har sumpat det—"

"Att *du* har sumpat det," fräste Victoria och kunde inte låta bli att rätta honom. "Potatis, *potatis*. Just nu sitter han i arrestcellen och är paranoid över att han ska tillbringa de närmaste åren i fängelse och ångra att han inte delade med sig till oss tidigare. Han kommer vilja göra vad som helst för att berätta vad han vet, pruta och förhandla med oss så mycket han bara kan, eftersom vi kommer säga att vi redan vet allt. Det är fortfarande vi som har makten."

Nu började det gå upp för henne. Blicken föll mot golvet och hon sänkte händerna till höfterna.

"Men det här funkar bara", fortsatte Tomek, "om vi ger intryck av att vi vet allt. Ser han igenom vår fasad, *då* är vi körda."

"Jaha, så först då ska vi anse oss vara uppe skitån utan paddel? Lysande."

Leendet återvände till Tomeks ansikte, den här gången med lite mer sanning bakom. "Precis. Därför är jag inte orolig."

"Det är för att din röv inte står på spel." Victoria vände sig mot teamet som satt runt bordet. "Vilka andra spår har vi öppna just nu?"

Tystnad, bortsett från prasslet av papper när kollegorna låtsades leta fram ett svar på en fråga som inte fanns.

"Inget? Fan också!" Hon vände sig tillbaka mot Tomek. "Så det här är den enda säkra källan vi har just nu."

Tomek ryckte på axlarna. "Det verkar så, chefen. Det är ditt beslut. Det är därför du får de stora pengarna."

Hon gav honom en föraktfull blick.

"Du har rätt, Tomek. Det är därför jag får de stora pengarna, och därför ger jag det här till någon jag litar på, någon som jag tror kommer driva det i mål." Hon nickade mot mannen närmast henne. "Sean, jag vill att du tar hand om det här, tack."

Quelle surprise.

Den ruttna ägaren och hennes trogna vakthund ser efter varandra igen.

"Perfekt kandidat", sa Tomek mellan sammanbitna tänder, och gick tillbaka till sin plats medan teamet började snickra ihop en strategi för den andra delen av förhöret med Vlad. Om han ska vara ärlig var Tomek lite lättad över att inte höra sitt namn. Han hade väntat sig att Victoria skulle välja honom som någon sorts chans att gottgöra att han schabblat från början, men nu när ansvaret hamnat på någon annan kunde han slappna av i trygg förvissning om att det inte var hans axlar som fick bära det om allt gick åt helvete. Och så säger de att han inte är en lagspelare...

Trettio minuter senare hade teamet slipat klart strategin och, beväpnade med den, gick Sean till förhörsrummet. När Martin och Oscar hade fått igång liveströmmen hade förhöret redan börjat.

Det var första gången Tomek såg mannen sedan det första gripandet. Han såg slagen ut, tillbakadragen, magrare – mycket magrare, som om han hade gått i hungerstrejk utan att någon märkt det. Bredvid honom satt hans advokat, hängande över bordet med ryggen lika bågformad som de gyllene bågarna i McDonald's-loggan. På skärmen satt Sean med ryggen mot dem, men Tomek visste att hans vän hade pokerfacet på – en stram, orubblig min som inte skulle avslöja något.

"Tack för att du kom tillbaka", började Sean.

"Hur gick det? Berättade er andra misstänkte allt för er?"

"Det återstår att se", sa Sean. "Vi hoppas bara att du kan fylla i några av luckorna åt oss."

En kort paus lade sig i rummet och i några ögonblick rörde sig ingen. Först trodde Tomek att strömmen hade frusit, men när han såg Vlad torka sig under näsan insåg han att han hade fel. Han insåg också att Sean hade avslöjat sig.

"Fylla i luckorna?" upprepade Vlad. "Ni vet inte ett skit, eller hur? Ni vill att jag ska fylla i luckorna? Det är i princip att be mig ge er allt jag vet gratis."

Jävlar.

Vlad korsade armarna över bröstet och sjönk ihop i stolen. "Sådan information är inte gratis, och den är tyvärr inte billig heller. Mitt ursprungliga erbjudande står kvar."

Dubbel-jävlar.

Sean hade avslöjat dem. Han hade sumpat det snabbare än en oskuld som förlorar oskulden. Visst, de hade tagit fram en reservplan under sin improviserade strategisession, men de hade inte väntat sig att behöva den så här snabbt.

Tomek såg sig omkring på kollegornas tysta, förvånade ansikten. Victorias däremot var ett mästerverk. Hon satt framåtlutad, med armbågarna mot knäna, kupade händerna över ansiktet och kisade genom springorna mellan fingrarna.

"Jag tror fan inte det", sa hon. "Jesus på en jävla cykel. Kan någon gå ner och hjälpa honom?"

"Jag tror att det är bortom räddning just nu", sa någon i teamet.

Tomek var så fokuserad på skärmen att han inte lade märke till vem som sa det. I sändningen skruvade sig Sean obekvämt på stolen och började fingra på handlingarna i handen igen.

"Vi kan inte ge dig immunitet", sa han.

"Varför inte?" svarade Vlad.

"För att det inte funkar så. Om ett brott har begåtts kommer du att straffas för det."

"Så ni vet definitivt ingenting", sa Vlad. Han flätade ihop fingrarna som Mr Burns i *Simpsons*. "Jag tror det betyder att ni vill gå med på mina villkor."

"Det kan vi inte. Hur ska vi ens veta att du har bevis och information som är relevanta för ärendet?"

Vlad lutade sig fram i stolen. "Ska vi göra en deal? Först ger ni mig antingen immunitet eller plats i vittnesskyddsprogrammet. Sen berättar jag. Om ni inte tycker att bevisen jag ger er är värda det, så är affären av."

"Så du skulle vara beredd att låta oss avgöra om vi värderar informationen tillräckligt högt för att ge dig immunitet?"

Tomek skrek inombords. *Nej! Säg inte det, din jävla fåntratt!*

"Faktiskt, du har rätt", fortsatte Vlad, "det där är inte logiskt. Glöm det. Antingen tar ni det eller så struntar ni i det."

Tomek kunde inte tro vad han hörde. Sean hade inte bara bränt deras täckmantel, han hade också lyckats prata Vlad ur att ge dem den bästa affären. Om Vlad hade lämnat information som ledde till ett gripande var de inte bundna – annat än av Seans ord – att fullfölja någon som helst pappershantering som kunde leda till någon typ av immunitet eller att han togs in i vittnesskyddsprogrammet. Det var deras bästa chans att få ut informationen ur Vlads huvud, och han hade sumpat den.

Tomek hade aldrig sett en bilolycka ske rakt framför ögonen på honom förut. Men nu hade han det. Och den var spektakulär.

KAPITEL
FEMTIOÅTTA

D et hade inte funnits något leende på Seans ansikte när han hade återvänt till utredningsrummet. Han hade ingen plan B som Tomek hade, och han hade inte kunnat se sina kollegor i ögonen. Det första han och Victoria gjorde var att gå till hennes rum, där Tomek föreställde sig att hon tröstade honom i sin famn. Det gjorde att teamet inte visste vad de skulle ta sig till. Efter Victorias plötsliga reträtt saknades riktning, så Tomek tog på sig att ta kommandot, bjuda på åtminstone något som liknade ledarskap och snubbla uppåt in i rollen, en konst han hade sett många före honom behärska, så hur svårt kunde det vara?

Tomek vände sig mot väggen med whiteboardtavlor framför sig och ägnade några ögonblick åt att gå igenom informationen, tittade på kopplingarna, linjerna som band ihop deras misstänkta med varandra.

"Mina damer och herrar," sa han, "vårt huvudmål just nu är att hitta Anton Usyk. Om vi kan hitta honom kanske vi kan få honom att sjunga som en kanariefågel, eller pissa som en åttioåring, som Chey så träffande har uttryckt det tidigare."

"Precis så, chefen," kom kommentaren från konstapeln.

"Innan jag drar iväg åt något håll, har någon en uppdatering om hans rörelser? Några möjliga iakttagelser?"

Martin var först att tala. Han sänkte långsamt händerna. "Jag har tagit emot en massa samtal från folk som svarar på pressmeddelandena som gått ut i medierna och hittills uppger alla att de har sett samma man som stämmer med Antons signalement. Men ingen har kommit med något av betydelse. Det är förvånande hur många, särskilt äldre, som ringer in för att önska oss lycka till med alltihop."

"Det hjälper oss inte särskilt mycket."

"Jag vet, men det återupprättar liksom tron på mänskligheten en smula."

"Hm. Det är som när kändisar lägger upp på Twitter att deras tankar och böner är hos familjer som drabbats av krig eller den senaste skjutningen. Tomma, intetsägande, meningslösa ord."

"Det heter X nu, chefen," la Chey till.

En telefon började ringa ute på stora kontoret. Martin hoppade upp ur stolen och rusade för att svara.

"Ingen kallar det så," fortsatte Tomek. "De säger alltid X, tidigare Twitter. Men det hör inte hit. Jag tycker att vi har viktigare saker att oroa oss för än namnet på ett socialt medieföretag."

Tomek såg sig om i rummet, väntade på att någon annan skulle ta till orda. Precis när han skulle öppna munnen dök Martin upp i dörröppningen igen.

"Chefen," sa han, flämtande, "vet inte om det är värt att kolla upp, men en kropp har precis hittats på Two Tree Island. Cyklisten som hittade den tror att det kan vara Anton."

KAPITEL
FEMTIONIO

Two Tree Island var nästan trehundra hektar saltängar. Som ett naturreservat under Wildlife Trust var det hem för tusentals sjöfåglar och vadare. Marken hade på 1700-talet återtagits från havet efter att en havsvall byggts runt området och hade använts för jordbruk, men nu var det en populär plats för vandrare, cyklister, naturvänner och fågelskådare, med flera gömslen utspridda i området.

Tomek och Rachel anlände trettio minuter efter telefonsamtalet. Till ön tog man sig bara via någon av de olika gångstigarna, och de hade tillbringat tjugo minuter med att försöka navigera sig fram genom gångvägarna. Först när de fick syn på en uniformerad polis som var på väg tillbaka från brottsplatsen hittade de fram.

"Vet du vad", sa Tomek. "På alla mina trettiofem år i det här landet tror jag inte att jag någonsin har varit här."

Tomek tittade bakom sig. I fjärran låg South Essex kust. Hadleigh till vänster, med slottet som stack upp i silhuetten uppe på höjden, sedan vidare till Leigh-on-Sea, Chalkwell och längre bort Southend. En bra dag hade Tomek kunnat se piren, men vädret hade försämrats. Under de senaste timmarna hade moln dragit in över dem, hotat med regn och lagt ett mörker som en kåpa över allt.

Några hundra meter bort hade ett vitt kriminaltekniskt tält rests över kroppen, stigen hade spärrats av med blåvit polistejp, och en liten skara uniformerade poliser tog hand om platsen. Precis framför avspärrningen stod en man i lycra, med ena handen om sin racercykel, och pratade med en polis.

Bredvid dem stod en annan polis med skrivplatta och penna.

"God eftermiddag", sa Tomek medan han visade sin polislegitimation och skrev in sig.

"God eftermiddag", svarade mannen.

Tomek och Rachel hade redan tagit på sig vita kriminaltekniska overaller. Han brukade alltid ha ett par i bakluckan för sådana eventualiteter. När de båda hade skrivit in sig böjde de sig under bandet och strosade bort mot brottsplatsen. Där mötte de en man som presenterade sig som Leon Ridpath, brottsplatsansvarig.

"Offret är en man i trettioårsåldern", sa han och började effektivt beskriva platsen för dem. "Av allt att döma har han slagits ihjäl med någon form av trubbigt föremål. Trauma mot bakhuvudet, möjligen avrättningsliknande. Lite blod längs nacken, men en del måste ha sköljts bort i regnet."

"Hur länge har han legat här?"

"Det är inte min sak att säga. Men inte länge. Jag menar... se själv."

Tomek var först in i tältet. Han sköt fliken åt sidan och höll sedan upp den för Rachel. Gestalten låg med ansiktet nedåt i gräset, dragen dolda. Han bar ett par mörkblå jeans, löparskor och en ljusgrön vattentät jacka. Inget i mannens klädsel antydde att offret föredrog samma design- och lyxmärken som Anton, men kanske var det den perfekta förklädnaden för en man som var på flykt efter att ha dödat sin hustru.

"Har ni hittat någon legitimation i fickorna?" frågade Rachel när Tomek lade handen på mannens axel.

Leon ropade på en av brottsplatsundersökarna. En stund senare svarade en gestalt: "Japp. Hans körkort."

"Vad heter han?" frågade Tomek medan han rullade över mannen på sidan.

Men han visste svaret innan han hörde det.

"Det är inte han", sa Tomek.

"Vem är det?" frågade Rachel.

"Reece Cartwright", svarade teknikern.

Suckan från Rachels mun hördes genom ansiktsmasken och vinden som hade börjat få tältduken att fladdra.

"Fan", viskade Tomek.

"Är det ett problem?" frågade Leon.

"Nej. Det är bara... vi trodde att det kunde vara någon vi letade efter."

Det var mörkt när Tomek och Rachel var klara på platsen. De hade ett nytt offer. Någons släkting, någons vän, någons älskade. De kunde inte bara lämna honom där för att han inte var Anton Usyk. Det hade varit omoraliskt och oetiskt. Någon hade dödat Reece Cartwright, så en ny mordutredning skulle behöva inledas. Men just nu var det inte Tomeks prioritet. De hade allt de behövde för att börja – ett vittnesmål från cyklisten som hade hittat honom, en rapport från brottsplatsansvarig och ett utlåtande från rättsläkaren inom de närmaste dagarna. Tomek och teamet skulle behöva börja förhöra mannens familj och hans vänner. Men först ville Tomek föra Morgana-mordet i mål. Han behövde avslutet som låg i att klara upp hennes död. Och den känslan, den där mättande driften, skulle inte ge sig förrän de hade hittat Anton.

Men livet fungerade inte alltid så. Det var inte alltid så snällt. Som han hade fått lära sig den hårda vägen.

Tanken på Nathan Burrows och brevet kom tillbaka när han klev ur sin kriminaltekniska overall och satte sig i bilen. Det hade gått flera dagar sedan han fått brevet, och han hade hoppats att det var en engångsföreteelse. Men tanken på att mannen nu hade hans adress fortsatte att tynga honom, och han hade börjat misstänka och ifrågasätta dem som hade tillgång till den informationen. Någon måste ha läckt den till Nathan. I ett ögonblick dök Gavin Barkers namn upp i huvudet. Att mannen på något vis hade blivit uppviglad av Brendan Door – som hämnd för att de gripit honom i samband med Southend Seven – men han avfärdade det snabbt. Det var en orimlig tanke.

När Tomek stack in nyckeln i tändningen gled Rachel ner i passagerarsätet. Ljudet av regn mot taket fyllde kupén. Hon var mitt uppe i att sätta upp håret i en hästsvans när hon sa: "Vi kommer att hitta honom. Jag har en känsla i magen."

"Är du säker på att det inte bara är kaffet från i morse?"

"Kan vara lite av båda."

Tomek var på väg att svara när mobilen ringde. Chey ringde. "Håll den tanken", sa han och svarade. "Herr Pepper... du har väl något spännande åt oss."

"Bara om du lovar att låta mig bli din bästa polare."

Tomek himlade med ögonen.

"Fortsätter du med utpressningen hamnar du längre och längre ner på listan."

Ett ögonblicks eftertanke.

"Okej. Men du kommer att ångra det här."

"Sätt igång. Säg det bara. *Snälla*."

"Den digitala kriminaltekniken har äntligen kunnat spåra källan till utpressnings-SMS:en som skickades till Gavin Barker."

"Okej."

"De kom från en kontantkortsmobil."

"Okej."

"De har också fått en träff på Anton Usyks telefon."

"Den jäveln lever?"

"Och dum, verkar det som."

"Var? Säg var!"

Tomek startade bilen och höll redan på att backa ut från platsen när Chey svarade.

"Båda har kommit från Red Birch Farm, Sarge."

KAPITEL
SEXTIO

T omek hade blivit besviken när han inte hittade Anton på Two Tree Island. Han hade fått upp hoppet, bara för att kastas tillbaka till marken igen. Han försökte att inte göra samma sak nu, men det visade sig omöjligt. Det här var ett spår. Ett riktigt, konkret spår. När det gällde telefonlistor, teknik och data fanns det inga tveksamheter eller tvivel. Antons telefon hade satts på. Varför, visste de inte. Men det skulle de ta reda på.

Det enda som var oklart var vem som hade slagit på den. Anton? Eller någon annan på gården?

Vilket innebar att det bara fanns en annan person det kunde vara.

Stanley Hutchinson.

Tomek låg först i kolonnen och ledde vägen. Efter honom följde hela gruppen, två i varje bil. Längst bak i kolonnen rullade två märkta polisfordon, och fler var på väg från andra närliggande stationer. Det var viktigt att alla kom fram samtidigt, att de slog till överraskande. Ett annat problem var gårdens rena storlek. Med en yta på över trehundra tunnland uppskattade man att de skulle behöva placera minst hundra poliser runt hela markens ytterkanter för att hindra någon från att fly. Ett massivt åtagande som krävde planering och tid – tid som de inte hade. Anton, eller åtminstone hans telefon, kunde stängas av och förflytta sig när som helst. De behövde balansera tempo mot smarta beslut. Och det uppdraget hade fallit på Tomek och Victoria.

Det var mörkt ute, och hade varit det i lite över två timmar, och vägarna var stilla. Vid det här laget hade regnet tilltagit, och de var alla klädda i anoraker och kängor – redo att jaga över fälten om det behövdes.

Tomek svängde av vägen, körde in på parkeringen, accelererade så fort det gick fram till bondens kontor och sladdade sedan in till stopp, så att stenar och grus sprutade bakom. Innan motorn ens hade stängts av var han ute och sprang mot kontoret. Blå och vita ljusspel dansade på de omgivande byggnadernas fasader, och den stilla luften punkterades av ljudet av bilar som bromsade in, steg på gruset och bildörrar som slog igen.

Tomek var först framme vid kontoret.

Låst.

Med händerna kupade runt ansiktet kikade han in genom glaset. Det var släckt och ingen var där inne.

"Fan också."

Sedan gav han sig av mot nästa byggnad. Vid det här laget hade gruppen börjat sprida ut sig runt gården, rörde sig så tyst och diskret som möjligt, närmade sig varje byggnad med försiktighet och letade efter tecken på liv.

Sedan började skriken. Djupa, skräckfyllda, plågsamma.

Först trodde Tomek att de kom från någon i teamet. Kanske hade någon snubblat eller skadat sig på en tung maskin. Men så fort han hörde hur skriket gick upp till en gäll ton rusade han dit. Ljudet kom från svinstallen på andra sidan gården. Av alla byggnader var det den enda där det var tänt.

Några ögonblick senare kastade han sig genom den tunga trädörren, utan tanke på vad han kastade sig in i. Han kände en skarp smärta skjuta upp och ner genom axeln, men han struntade i det, för smärtan av att öppna en dörr var ingenting jämfört med det som pågick precis framför honom.

Utanför svinstallen stod Stanley Hutchinson, Alfie och flera andra ansikten som Tomek kände igen från sina senaste besök på Ilianas. Men inne i mitten av inhägnaden låg Anton. Omgiven av sju vrålhungriga bestar. På marken, sprattlande, vridande sig, kämpande för att ta sig loss. Han var naken och täckt av blod.

Så mycket blod.

Så mycket skrik.

Tomek tänkte inte. Han bara agerade.

Han svingade sig över barriären och hoppade in i inhägnaden. Han var tacksam för kängorna när han vadade genom skiten. Bakom honom ropade någon: "Polis! Stanna!" Men det var redan för sent. Stanley och hans medhjälpare hade satt av. Medan några poliser tog upp jakten stannade andra kvar.

"Tomek!"

Han tittade bakom sig och såg Sean klättra över stängslet. Tomek riktade åter uppmärksamheten mot mannen i mitten av inhägnaden. Medan skriken fortsatte slog Tomek armarna runt en av grisarnas halsar och började slita bort den från Anton, men det var lönlöst. Besten vägde tjugo gånger mer än han. När Sean märkte hans kamp hjälpte han till, och tillsammans lyckades de trycka tillbaka besten några steg. Men de var underlägsna i antal och styrka. När Tomek vände sig mot en annan gris kände han något vasst i ryggen. En kula? En kniv? Ingetdera. Det stenhårda huvudet på grisen som han just hade puttat undan, som stångade ner honom. Tomek kastades i backen. Han föll med ansiktet före ner i leran. Och när han såg upp såg han Anton mitt i allt. Bland halmen, skiten, blodet, grisarna. Huden hade slitits från kroppen, lemmarna hängde kvar i de sista slamsorna av kött och muskler. Hans ansikte hade slitits itu, och när Tomek sträckte sig efter det som fanns kvar av honom slöt en av grisarna käftarna kring Antons hals och slet loss den. Blod sprutade i Tomeks ansikte som en Jackson Pollock-målning. Han skrek.

Då sjönk insikten in: att om han inte rörde sig – *nu!* – skulle han bli nästa. Grisarna skulle ta honom till efterrätt.

Han körde ner fingrarna i skiten, sökte fäste i leran och tryckte sig upp på knä. Men en gris låg över honom, satt grensle över honom. Han kände djurets heta, ångande andedräkt pressa mot nacke och huvud, det våta trynet som snusade och rufsade i håret.

"Tomek!" ropade någon, men han hörde det knappt. Ljudet drunknade i grymtningarna, i de två ton kött som stod över honom.

Det fungerade inte. När han låg där kände han något vid foten, och sedan—

Hans kropp gled över leran, sköt in under grisen. Händer grep tag i honom, krokade in under armarna och lyfte upp honom på fötter. Genom leran i och runt ögonen såg han Sean framför sig. Hans vän hade dragit ut honom från under bestens buk och ryckt honom i säkerhet.

"Sean..." sa han.

"Ingen tid för det nu, kompis", sa vännen och lade Tomeks arm över sin axel och hukade sig för att föra in sin arm mellan Tomeks ben. Det var första gången han någonsin bars i brandmannagrepp. I sitt yra och förvirrade tillstånd snubblade han när fötterna nådde fast mark, och han rasade ihop på betongen.

"Du är säker nu, kompis", sa Sean och klappade honom skämtsamt på kinderna.

"Anton..." viskade han svagt.

Sean vände sig mot grisarna. "Borta. Du gjorde ditt bästa, men vi var för sena."

"Och Stanley?"

"Vi tog honom!" ropade någon från andra sidan inhägnaden. "Stoppar in honom i baksätet nu."

Sean förflyttade sig runt till Tomeks sida och lade en hand på hans rygg. "Hörde du, kompis? Vi fick honom. Allt är klart. Kom, så får vi göra dig ren. Du ser för jävlig ut."

KAPITEL
SEXTIOETT

N ågra timmar senare var Tomek ren, avrapporterad och redo att fortsätta sitt jobb – mot Victorias vilja. Hon hade jagat på honom att vila lite, få sova, bearbeta det som hade hänt honom, men han kunde inte, ville inte.

I stället ville han höra vad Stanley Hutchinson hade att säga till sitt försvar, hur han passade in i allt det här och vad han hade med Morganas död att göra.

Men förhöret hade varit en besvikelse. Föga förvånande hade mannen svarat "inga kommentarer" på allt. Detsamma gällde hans medhjälpare och resten av gårdspersonalen som hade gripits på plats. De teg allihop, eniga i sin vilja att undanhålla sanningen.

Till slut, efter en natt som i slutänden visade sig resultatlös, hade Tomek tagit Victorias råd och åkt hem. Han kom efter midnatt. Kasia hade sovit, så han gick direkt i säng, där sömnen vägrade infinna sig. Tankar och bilder av det som hänt spelades upp i huvudet, dök upp för hans inre, uppblåsta, inzoomade som under ett mikroskop. För första gången på åratal hade han haft en annan mardröm. En ny mardröm. En där han drömde att han blev uppäten av fläskkött.

På morgonen var han vaken innan det blev ljust. I stället för att kliva ur sängen låg han kvar under täcket, stirrade i taket och saknade tryggheten som Abigail gav bredvid honom. Det hade gått några nätter sedan hon senast sov över och han började sakna henne.

När det var dags för Kasia att vakna svängde han benen över säng-
kanten och gick till hennes sovrum.

"God morgon", sa han och väckte henne. "Dags för skolan."

Hon öppnade sina dimmiga ögon och gnuggade bort sömnen. "När
kom du hem?"

"Efter midnatt. Hur var det i går kväll?"

"Bra. Fick lite gjort."

"Toppen. Nå, det är något jag måste berätta när du är klar för skolan.
Jag sätter på äggen så länge."

Rostat bröd och äggröra som han hade gjort åt henne hade stått på
köksbänken i fem minuter när hon äntligen kom. När han såg på henne
märkte han att något var annorlunda.

Håret var borstat och lockat, och hon hade sminkat sig mer än vanligt.

"Du ser fin ut", sa han. "Vem har du gjort dig fin för?"

"Varför måste det vara *för* någon? Varför skulle jag inte kunna ha gjort
det för mig själv, för att jag ska må bra?"

Tomek höjde händerna i kapitulation. "Japp. Bra poäng. Där fick du
mig." Han ställde tallriken framför henne. "Ät dem snabbt, de är på väg att
gå från kalla till frusna."

"Ha ha..." sa hon sarkastiskt när hon hoppade upp på stolen. "Nå, vad
är det du ska berätta? Har du äntligen gjort dig av med Abigail?"

Tomek stängde skåpdörren. "Nej, men bra en. Skönt att se var du har
huvudet till slut. Nej, det handlar om i går kväll. Varför jag var sen..."

Och sedan berättade han. In i minsta detalj, med undantag för en del
grafiska uppgifter som hon inte behövde veta. Som hur Antons hals hade
exploderat i hans ansikte. Hur han hade varit täckt av en annan mans blod
och tillbringat trettio minuter i duscharna på stationen, skrubbande, tvät-
tande bort den outplånliga fläcken tills huden blev röd.

"Åh, herregud, du var nära att dö!" skrek hon när han var klar.

"*Nästan* är det viktiga ordet. Hade det inte varit för Sean kunde jag
mycket väl ha gjort det."

"Du känner dig väl skyldig över att han inte är din vän längre..."

Tomek gav henne en föraktfull blick. "Nu är det inte läge för någon
sensmoral, Kash. Jag tyckte bara att du skulle veta. I ärlighetens och
öppenhetens namn. Nu gör du dig i ordning. Jag ska skjutsa dig."

Medan han legat vaken och vridit och vänt på tankarna – främst hur
nära döden han hade varit – hade han bestämt sig för att tillbringa mer tid
med henne, göra de små sakerna oftare, som att köra henne till skolan,

göra frukost åt henne på morgonen. Det var bara smått, men han visste att de båda skulle uppskatta det med åren.

Deras tid var dyrbar, och han ville inte att den skulle rinna iväg.

Efter tjugo minuter vinkade han hej då till henne vid skolgrinden och åkte sedan till stationen. Kontoret sjöd av aktivitet. Ansikten och kroppar han inte kände igen rörde sig från ena sidan av rummet till den andra. Utredare från andra delar av regionen hade snabbt kallats in för att hjälpa till, däribland en främling som satt vid hans skrivbord. Tomek ägnade de följande sekunderna åt att leta efter Sean. Han hittade honom i köket, där han gjorde en kopp kaffe.

"Vill du ha en?" frågade Sean.

"Ja tack. Fast jag har blivit så van vid Morganas på sistone att jag inte tror något kan mäta sig."

"Det får du vänja dig vid", sa Sean medan han började göra en kopp snabbkaffe åt Tomek.

När han räckte honom koppen lämnade de köket och gick mot stabslokalen.

"Vad har jag missat?" frågade Tomek.

"Ingenting. Anton är fortfarande död. Obduktionen görs i eftermiddag, även om det inte krävs många gissningar för att slå fast hur han dog, med tanke på att vi alla var där."

"Mitt i skiten. Bokstavligen."

Sean log snett. "Stanley ger sig fortfarande inte. Han kör fortfarande med inga kommentarer. Samma gäller hans polare från gården."

Sean pekade mot whiteboardtavlorna. Sedan han senast såg dem hade all information kring Morganas död suddats bort och ersatts med bilder från gården och på Stanley Hutchinson.

"Vet vi varför Anton var där?" frågade Tomek.

"Vår misstanke är att Stanley höll honom där och att hans telefon kan ha slagits på av misstag. Just nu tror vi att Stanley höll honom fången av någon anledning – möjligen som hämnd för att ha dödat Morgana, och i ett försök att fly slog Anton på sin telefon. Vi vet inte. Och vi kanske aldrig får veta."

Tomek skummade igenom informationen på tavlorna som hastigt hade satts ihop under natten.

"Jag undrar hur han passar in i allt det här", sa han och såg på bilden av Stanley Hutchinson.

"Victoria tror att han kan ha varit den som dödade Morgana."

"Men han stämmer inte med signalementet. Han är inte alls lik personen vi har letat efter. Och vi har bevis för att Anton var där: övervak-ningsfilmerna, skorna, Vlads vittnesmål." Tomek vände sig mot Sean och såg övertygelsen i hans ögon. "Du känner likadant, eller hur?"

"Jag lutar åt att hålla med dig. Jag ser inte hur han passar in."

En idé dök upp i Tomeks huvud. Han gav honom en lätt klapp på ryggen. "Då kan du vara den som säger det till henne, kompis. Kom bara ihåg att hålla isär det personliga och det professionella, okej?"

Tomek vände sig om och gick mot utgången.

"Hallå, vart ska du?"

Tomek lade handen mot dörrkarmen.

"För att prata med någon som jag tror äntligen kan svara på alla våra frågor."

KAPITEL
SEXTIOTVÅ

Tomek avskydde hur självgod mannen såg ut. Men han fick ge honom det: om rollerna varit ombytta hade han gjort precis likadant. Det gjorde inte att han gillade mannens beteende mer för det. Tomek hade tappat räkningen på hur länge Vlad suttit i förvar. Det enda han visste var att det hade gått lång tid och att de snart skulle behöva åtala honom för medhjälp till mord och försvårande av rättvisans gång. Och han kunde lägga till ett mordåtal på den listan.

Han lade ett dokument med framsidan nedåt på bordet och plattade till handen mot det.

"Vlad..." började han.

"Jag pratar inte om jag inte får min deal. Erbjudandet finns där, på bordet. Jag kan säga vem som dödade Morgana."

"Jag tror att jag redan vet."

"Om du säger det. Men du vet inte säkert, eller hur?"

Tomek tvekade, knackade på pappret. "Vi har funderat på ditt erbjudande. På riktigt. Allt verkar väldigt lovande. Men vilka garantier har vi för att det du säger är sant?"

"Jag har bevis—"

"För först ville jag ge dig en uppdatering om vad som har hänt utanför de fyra väggarna i din cell. I natt blev Anton dödad. Vill du veta hur han dog?"

"Jag kan gissa."

"Han slets ihjäl av grisar."

Tomek gjorde en paus för att avläsa mannens reaktion; hans pupiller vidgades och läpparna särades.

"Var det det du gissade?" frågade Tomek.

Chock och acceptans verkade skölja över honom. Som om han hade väntat sig att få höra det, men att det ändå var en överraskning.

"Ja... det kan ha... såg du det?"

"Jag var mitt i det," svarade Tomek. "Försökte rädda honom, men jag var för sent ute. Som en följd har vi gripit Stanley Hutchinson och resten av personalen på Red Birch Farm and Petting Zoo för mordet på honom. Och nu när Anton är död behöver vi inte längre fortsätta vår utredning av Morganas mord." Tomek gjorde ett bocktecken och ett klickljud. "Vi har Anton för Morganas mord. Vi har Stanley Hutchinson för mordet på Anton. Vi har Denis Danyluk för mordet på Mariusz. Vi hade Mariusz för Andreis mord. Vi har Gavin Barker för att ha läckt privat information. Och vi har dig för försvårande av rättvisans gång, förstås. Det ser ut för mig som att allt är klart, fallet stängt."

Vlads flin falnade en aning.

"Du har fel," sa han plant.

"Om vilken del?"

"Personen som dödade Morgana. Han har varit död ett bra tag nu."

Tomek blev häpen över påståendet. Vlad hade just gett bort sitt ess utan att ha fått till någon som helst överenskommelse. Tomek tillskrev det stoltheten, att han ville bevisa att Tomek hade fel och att han faktiskt satt på informationen de ville ha.

Ibland kan folk bara inte låta bli.

Egot ställde sig i vägen.

Så där gör du, Sean!

Fast nästa fråga visade sig vara knepig. *Vem* hade dödat Morgana? Det var slantsingling, femtio-femtio, antingen fel eller rätt, och han satsade allt på det eftersom bara ett namn dök upp i huvudet.

"Mariusz?" sa han. "Det var verkligen Mariusz som dödade Morgana, och sen dödade han Andrei efteråt?"

Vlad skakade på huvudet. Just när han skulle svara lutade hans advokat sig fram för att viska i örat, för att ge ett klokt råd. Men Vlad sköt bort honom med en handflik. Det här var hans lekplats nu, och ingen annan fick komma in.

"Fel. Det var Andrei."

Tomek kände hur ögonen vidgades av förvåning. "Andrei Pirlog, nyckelvittnet? Från hamnen?"

Vlad nickade, blicken smalnade.

Tomek hade svårt att få in det här i huvudet.

Andrei. Morgana. Anton.

Hur hängde allt ihop?

Han kände att han behövde en minut. Men det hade han inte. Hundratals tankar, bilder och scenarier rusade runt i skallen. Som tur var hade han en man framför sig som var villig att berätta allt.

"Andrei dödade Morgana," sa Vlad med en känsla av lättnad i rösten.

"Hon... hon... hur ska jag säga det här? De senaste åren har hon tagit hit... smugglat människor in i landet. Från sitt hemland och länderna i närheten. Rumänien, Polen, Lettland, Belarus. De betalar henne stora summor för att få komma hit, men sedan behåller hon dem, låser in dem och tvingar dem att jobba på restaurangen."

"Restaurangerna?"

"Nej. *Restaurangen*. Singular."

"Vilken?" Bilderna hade nu tystnat och i stället gick hjärnan in i hyperfokus, där han lyssnade på varje stavelse, varje betoning som kom ut ur Vlads mun.

"Iliana's. Anton brukade ha uppsikt över dem. Han ansvarade för att vakta dem medan Morgana skötte allt från sitt kontor."

Det förklarade den höga personalomsättningen och Tripadvisor-recensionerna.

"Vad menar du med att han vaktade dem?"

"Han såg till att de inte klev ur led, att de inte pratade med någon om vad som hände dem."

Gina... från Polen. Anton måste ha nått henne. Han måste ha fått reda på...

En knut bildades i Tomeks mage. Han försökte svälja ner den, men den rubbade sig inte.

"Hur tar de sig därifrån?" frågade Tomek, och förklarade sedan för Vlad att varje gång han gått till restaurangen verkade det vara ett nytt ansikte där. "Vart tar de vägen?"

"Någon annanstans. Gården, the—"

"Red Birch Farm?"

Vlad nickade. "De jobbar där, mellan gården och Iliana's. Det är så de håller dem under nära kontroll. De får dem att jobba långa timmar och betalar dem ingenting. Sen behåller de vinsten själva. Stanley har varit med från början."

Tomek andades långsamt ut genom näsborrarna. Han hade haft fel. Det fanns ingen drogvinkel. I stället hade det varit trafficking av ett annat slag. "Hur passar Andrei in i det här?" frågade han, medan frågorna virvlade runt i huvudet som om de fastnat i en mixer.

"Jag ljög när jag sa att ingen tar sig ut. *Han* gjorde det. Första och sista gången."

"Vad menar du? Berätta hur det gick till."

Vlads axlar hade sjunkit något. Det syntes tydligt på hans reaktion att han burit på den här informationen länge, och att det var en lättnad att få allt i dagsljus.

"Andrei hade kommit över med sin fru, Tatiana. De skulle starta ett liv här i Storbritannien, men det blev stulet från dem av Morgana och Anton. Morgana – hon, hon var chefen över allt. Spindeln i nätet. Hon hade ansvar för alla som kom över. Stanley hjälpte till att få in dem i landet..." *Mariusz och DWG Logistics.*

"Men jag ville inte ha något med det att göra. Jag sa till henne från dag ett att det var fel sak att göra. Samtidigt ville jag inte lämna restaurangen, och hon kunde inte låta mig gå på grund av allt jag visste. Så vi kom överens. Det skulle inte förekomma något sådant i vår restaurang. Den skulle vara en legitim verksamhet med legitima ägare."

Halvlegitima ägare, tänkte Tomek.

"Alla våra anställda på Morgana's är kosher, helt i sin ordning. De har ingen aning om vad som pågår. De hölls helt åtskilda från det. Men det fanns ett problem. En dag jobbade Andrei hos oss. Jag vet inte hur, och jag vet inte varför. Morgana behandlade honom som om han vore nybörjare inför resten av personalen. Och på hans "första dag" bestämde han sig för att stjäla pengar ur kassan. Han ville ut, han ville ha sin frihet. Så han tog den. Men innan han hann tillbaka till sin hustru hann Anton före. Andrei försvann en kort tid. Vi visste inte vart han tog vägen eller vad han gjort med pengarna."

Det förklarade varför lägenheten de hittat honom i såg ut att ha stått tom ett tag.

"För allt de visste kunde Andrei ha gått till polisen. Men hans kärlek till sin fru var så stark att han höll sig undan i några dagar. Under tiden hade Morgana sagt till resten av kökspersonalen att han inte pallade trycket, att han inte klarade pressen i köket. Tills han några dagar senare kom tillbaka till restaurangen. Han och Morgana satte sig vid ett bord, djupt försjunkna i samtal. Det såg ut som att han kommit för att be om sitt jobb tillbaka. Då kom de överens om att träffas—"

"I hamnen?"

"Ja. Andrei skulle lämna tillbaka pengarna och Morgana skulle vara där med hans fru, Tatiana."

"Och han trodde att de skulle lämna över henne bara sådär?"

"Han var desperat. Han var i ett främmande land, med lite pengar, ingenstans att bo och ingen att hålla honom sällskap. Vad hade du gjort?"

Tomek funderade ett ögonblick på den poängen. Svaret var att han inte hade haft en jävla aning.

Han var fängslad. Han behövde höra mer.

"Vad hände sen?"

Vlad harklade sig. "Tja, som jag har förstått det gick Andrei dit med pengarna, men när han kom dit var det bara Morgana. Det fanns ingen fru. Ingen överlämning."

"Så han dödade henne?"

Vlad nickade. Tomek försökte måla upp scenen i huvudet. Mannen, som smugglats till ett främmande land, ensam, desperat, hans sista chans att få sin fru inom räckhåll precis framför honom, bara för att inse att den var borta och att han aldrig skulle få se henne igen. Ilska, avund, raseri måste ha sköljt över honom. Sedan tog han sin hämnd och dränkte henne. Men sen då?

"Andrei var ett av våra nyckelvittnen," sa Tomek, förvirrad. "Alla andra nyckelvittnen bekräftar och säger att de såg Andrei gå mot platsen och sen någon annan springa därifrån."

"Anton," svarade Vlad rakt. "Anton såg allt utspela sig. Han var där som backup, kan man säga. Min uppfattning var att de skulle döda Andrei den dagen, men han hann före dem. Och efter att han dödat Morgana flydde Andrei från platsen. Men av någon anledning gick han tillbaka. Då såg han Anton i vattnet, hållande hans frus huvud. Sen kom amerikanerna."

Tomek drog in ett djupt andetag. Han hade haft helt fel. De hade haft helt fel. Anton hade inte dödat hans fru. Andrei hade gjort det. Mannen som varit där från början. Nyckelvittnet som ingen hade kommit på tanken att ifrågasätta.

Resten av historien kunde han lägga ihop själv: Anton, rasande över sin frus död, hade krävt vedergällning. Han hade vetat att Andrei skulle tvingas uppge en adress på polisstationen och därför lutat sig mot den enda person han visste kunde få fram den, Gavin Barker, som hade besökt Iliana's på sina olika lunchraster de senaste veckorna. Sedan hade han övertalat Mariusz att döda Andrei och få det att se ut som ett självmord. Och som den enda lösa änden hade han sedan sökt hjälp av Denis Danyluk för att knyta ihop allt.

Det hade varit en utstuderad historia om hämnd och svek, en som Tomek aldrig hade sett komma.

"Hur vet du allt det här?" frågade han.

"Anton berättade allt när han lämnade av skorna."

"Och det var därför du behövde vittnesskyddet, immuniteten...?"

Vlad nickade. "Nu har jag inget att frukta." För första gången var leendet på hans ansikte färgat av en svag känsla av hopp, att han kunde avtjäna sitt straff utan att Anton eller Stanley Hutchinson andades honom i nacken.

Det fanns en fråga till i Tomeks huvud.

"Varför dödade Stanley Anton?"

Vlad ryckte på axlarna. "Det får du fråga honom."

Tomek lade arket med framsidan nedåt på Victorias skrivbord. Hon borstade undan en hårslinga och tittade ner på det.

"Fick du det?" frågade hon.

"Signerat och daterat," svarade han. "Kolla."

Försiktigt vände Victoria på papperet. Hoppet i hennes ögon slocknade omedelbart. Längst ner på dokumentet som godkände att ta in Vlad i vittnesskyddsprogrammet hade Tomek klottrat orden, "VLAD THE IMPA-LER, ROMANIA" med versaler.

"Vad är det här?" frågade hon och gav honom en bister blick.

"Ett skämt. Mitt sätt att säga att det är så man gör."

"Vad snackar du om?"

Tomek borstade av axeln. "Behövdes inte. Fick honom att sjunga som en kanariefågel."

"En full bekännelse?"

Tomek låtsasbugade. "Till er tjänst, Ers Kungliga Höghet."

"Arsel."

"Ett arsel som levererar, ska du veta. Kom ihåg det."

Tomek gick mot utgången, oförmögen att torka bort det självgoda leendet från ansiktet. Nu visste han hur Vlad hade känt hela tiden.

"Vänta! Vänta!" ropade hon honom tillbaka. "Ska du inte tala om för mig vad fan som pågår?"

Tomek lade handen på dörrhandtaget. "Du vet, sen du suttit på Nicks stol svär du mycket mer."

"För att såna jävlar som du fortsätter reta upp mig med sån här skitsak!"

Du har inte sett något än.

Tomek öppnade dörren.

"Du får inte gå förrän du berättar vad som hände..."

"Oroa dig inte, chefen," sa han när han klev ut ur rummet. "Det står allt i min rapport."

Ljudet när dörren slog igen var öronbedövande. Från andra sidan hörde han Victoria stöna och sedan sucka tungt.

Med ryggen åt henne gick han in i utredningsrummet, där han fann majoriteten av kollegorna i färd med att byta ut några av bilderna och informationen från utredningen mot offret som hittades på Two Tree Island dagen innan.

"Redan?" sa Tomek.

"Kommissarien har bett oss prioritera det här."

Ingen rast och ingen ro.

Tomek bestämde sig för att hjälpa till. När han drog ner några av pappersarken blev huvudet tomt, och han började tänka på Andrei, på fallet, på de obesvarade frågorna. Som var offren hölls. Vad som hade hänt med Andreis fru.

Och då såg han det.

En utskrift av en selfie, tagen på en restaurang hemma i Rumänien. Andrei och hans fru, Tatiana, leende, uppklädda, hon höll upp handen mot kameran. Andrei hade just friat, men det var inte ringen på fingret som fångade hans uppmärksamhet. Det var det gröna juvelprydda örhänget som hängde från hennes vänstra örsnibb. Samma som Tomek hade hittat i grishägnet häromdagen.

Vad var det Stanley Hutchinson hade sagt till honom vid första besöket?

Det är grisar. De äter vad du än ger dem, bara de är tillräckligt hungriga.

Hon hade också matats till grisarna.

Tomek kunde inte tro det. Beviset hade funnits där, rakt framför honom. Och han hade fullständigt missat det. Hur många fler hade dött så? Hur många fler människor hade ätits upp av grisarna på gården? Tänk om de aldrig tog sig därifrån?

Och så gick det upp för honom. Den mer träffande frågan var: hur många gånger hade han utan att veta om det ätit människokött?

Grisarna... baconet... Morgana's... Iliana's.

Vi skeppar ungefär två ton varor till dem varje år, det mesta våra finaste styckdetaljer.

Var det det som gjorde att baconet smakade så gott? Människokött?

Ibland i livet finns det saker som helt enkelt inte är värda att veta.

KAPITEL
SEXTIOTRE

Tomek njöt av regnet som smekte hans ansikte, vinden som bet i varenda por i huden, vattnet som skvätte mot benen och fick låren och tårna att domna.

Han behövde bearbeta allt, ta in det, smälta det. Och det fanns inget bättre sätt än att springa. Bredvid honom sprang Warren Thomas, som kämpade för att hänga med i Tomeks tempo, och som Tomek under en tid hade betraktat som Morganas mördare. Men han var glad att han aldrig hade sagt det högt, även om han känt av samma misstanke bland kollegorna. Vilken pinsamhet det hade varit.

Det var dagen efter Vlads bekännelse, och hans första lediga heldag på länge. Gruppen hade väckt åtal mot Vlad, Stanley, Alfie och resten av gårdens anställda. De hade påbörjat arbetet med att försöka hitta offren för Morganas och Antons människohandelsnätverk, men det visade sig svårt. Team av volontärer och stödpersonal, tillsammans med kriminaltekniker och uniformerade poliser, hade spärrat av gården och hade påbörjat beslag av alla tillgångar som bevis, samtidigt som de sökte igenom de hundratals hektar mark efter livstecken.

Tomek hade inga större förhoppningar.

De var tjugo minuter in i löprundan. De hade startat lite längre inåt land, sprungit längs kusten först innan de satte foten på sanden, och nu var de halvvägs till sitt mål. Hamnen tronade i mellanplanet, hotfull, kuslig. Han undrade hur många hemligheter den bar på, hur mycket liv och död den hade sett genom åren, vilka historier den hade att berätta.

Andrei och Morgana hade gett den ännu en att lägga till listan.

Resten av sträckan till hamnen var förvånansvärt lätt. Tomek hittade en extra växel och drog ifrån, och slog Warren med ett par hundra meter.

"Någon har fått andra andningen", sa Warren när han kom ikapp. "Eller har du bara gas på riktigt?"

Flåsande stod Tomek dubbelvikt, händerna på knäna. "Jag har något i mig som jag måste få ut, det är då säkert."

Ilska. Frustration. Sorg.

Ångest. Rädsla. Skuld.

Han kände alltihop.

Han lät sig falla bakåt, satte sig på den blöta sanden och hämtade andan.

"Jag behöver en minut", sa han.

"Det förvånar mig inte."

"Nej, inte det." Han vände sig mot hamnen till vänster.

"Om det som hände?" frågade Warren.

Tomek nickade. "Jag har mycket jag måste bearbeta. Tänk bara… någon dog precis här. Någon blev mördad."

"Tragiskt, jag vet. Men av det du har berättat låter det som att de förtjänade det."

"Det må vara så… men…"

Tomek tystnade. Något hade fångat hans blick. Det röda blinkande ljuset högst uppe på hamnen. Nyfiken reste han sig och pekade på det.

"Gå igenom vad som hände den morgonen."

"På riktigt? Det där har vi redan gått igenom."

"Jag vet, jag vet. Men det har hänt mycket sen dess och jag har glömt."

Warren suckade och satte händerna i sidorna. "Vi hittade kroppen, larmade, och klättrade sedan upp på hamnen."

Tomek rörde sig långsamt mot den och kunde inte slita blicken från pylonen. "Ja, men vad *exakt*? Förra gången sa du att du och Andrei gick upp till den högsta punkten?"

"Trodde du sa att du inte kom ihåg?"

"Warren…" Tomek gav honom en hånfull blick. "Snälla. Det här är viktigt."

Mannen suckade. "Okej. Du har rätt. Den där killen och jag gick upp till toppen."

"Bra. Och vad gjorde killen exakt?"

"Va? Vad spelar det här för roll?"

Men Tomek var redan iväg, vadade genom vattnet och klättrade upp i konstruktionen.

"Såg du vad han gjorde när ni två var här uppe?"

Till slut tog nyfikenheten över hos Warren, och han gjorde Tomek sällskap och klättrade lätt upp i konstruktionen.

"Jag menar... jag var för upptagen med att spana efter kustbevakningen."

"Tänk nu, kompis. Jag behöver att du tänker efter. Såg du vart han gick? Hur han rörde sig?"

Warren föll i djupa tankar.

"Jag tror inte att jag någonsin har sett dig tänka så här hårt, inte ens när vi gick i skolan."

"Dra åt helvete", sa han, och började utan förvarning röra sig mot pylonen.

Tomek såg hoppfullt på när Warren återupplevde sina rörelser. Mannen tog sig fram över konstruktionen med lätthet, hans långa ben tog sig över de stora glappen i mitten som om de bara vore sprickor i trottoaren.

"Vi kom upp här..." började han. "Vi var panikslagna, flåsade. Vinden tog i. Jag kände på mig att tidvattnet skulle komma in supersnabbt, så vi var tvungna att göra något." Han pekade på en plats i konstruktionen. "Jag var nära att halka och falla här, men han tog tag i mig och höll i mig. Sen när vi kom upp till toppen, då..." Warren stannade precis vid pylonen. Tomek tog sig fram till honom. "Jag tyckte att jag såg något där borta. Jag trodde att det var en båt som kom mot oss, så jag vinkade in den..."

"Och vad gjorde han?"

"Jag... Han..."

Warrens blick föll mot pylonens fot. Det fanns ett litet hål grävt i betongen.

"Han var där nere..." fortsatte Warren. "Till... till en början tänkte jag inte så mycket på det. Jag... jag var för upptagen med att vinka in båten. Men..."

Tomek förlorade ingen tid. Han skuttade förbi Warren, spretade med benen över en av sektionerna i konstruktionen och, med ena armen som stöd, stack in handen i det lilla hålet.

Betongen var grov och skrapade mot huden, men det brydde han sig knappt om. Inom några sekunder hittade han det han letade efter och drog ut det.

Något de hade letat efter hela tiden. Något de hade trott var borta. Morganas telefon. Helt intakt.

KAPITEL
SEXTIOFYRA

Två dagar hade gått av hopp, bön och väntan. Av outtröttliga önskningar om att Morganas telefon skulle gå att slå på. De hade provat alla vanliga knep – att lägga den i en skål med ris, linda in den i en kökshandduk och lägga den på elementet – men inget hjälpte. Tills, när alla andra alternativ inte hade fungerat, en medlem ur det it-forensiska teamet hade kunnat skruva isär enhetens komponenter och torka dem var för sig. Det hade tagit längre tid än väntat, eftersom det var en komplicerad apparat, men det hade inte gjort något för att stilla nerverna. Teamet hade väntat på att kontorets telefon skulle ringa, för att till slut få bekräftat att den fungerade.

Till slut hade samtalet kommit den morgonen. Det it-forensiska teamet hade lyckats torka apparaten, sätta ihop den igen och sedan koppla in den i sina datorer. Därifrån hade de gått igenom hela Morganas telefon: hennes appnedladdningar, sökhistorik, meddelandehistorik, hennes foton. De två sistnämnda hade varit viktigast för utredningen, och de hade gjort en fullständig genomlysning av dem, letat efter hänvisningar till var offren hölls. Ett meddelande, ett nyckelord, en uppsättning fraser som hon och Stanley och Anton kan ha använt för att ange platsen.

Till slut hade det kokat ner till ett foto. Två, faktiskt. Det första föreställde Andreis fru, hopkrupen i hörnet av ett litet rum med vitmålade väggar. Det fanns inget där inne förutom en bar madrass. Inga fönster, ingen tröst. Total avsaknad av sinnesintryck. På fotot höll hon upp sin seniga hand för att skydda ögonen mot ljuset. Svag, undernärd. Det gick inte att säga hur länge hon hade varit där inne. Av den totala avsaknaden av spår som tydde på att hon hade fått mat eller åtminstone vatten misstänkte Tomek att det hade rört sig om dagar. Möjligen ända sedan Andreis stöld som hade satt igång hela eländet.

Det andra fotografiet som hade fångat det it-forensiska teamets uppmärksamhet var ett foto av gården. En anspråkslös, enkel, helt anonym markplätt som kantades av en tät rad träd.

Tomek stod nu, tillsammans med en liten armé av konstaplar, sergeanter, inspektörer, civilanställd personal och till och med allmänheten – däribland Warren Thomas och Redgraves – framför just den platsen, och såg ut över den som om den var på väg att mejas ner. De ingick i ännu en sökinsats. Polisens första genomsökningar av gården hade inte burit frukt; allt de hade kunnat hitta var en rad handlingar och kontoutdrag, tillsammans med en liten soptunna full med kontanter.

Det hade varit för två dagar sedan. Två långa dagar sedan människorna de letade efter – om de ens fortfarande var där – senast hade fått mat, vatten, blivit omhändertagna. Det gick inte att veta i vilka förhållanden de hade levt, men teorin var att det inte hade varit trevligt, att de levde i misär, ovanpå varandra i trånga, instängda utrymmen, som Andreis fru hade gjort innan hon dog.

Under jord.

En flintskallig man med kraftigt svart skägg steg fram inför folkmassan. Alla deltagare hade ställt upp sig på rad, sida vid sida, två meter från varandra.

"Okej, mina damer och herrar", började han, hans röst rullade lätt över marken. "Se till att hålla er i linje. Ett steg i taget. Om ni ser något intressant, rör det inte. Om ni ser något röra sig, rör det inte. Jag vill att ni skriker: Hjälp!, och då stannar vi allihop och vi som står längst bak inspekterar vad ni har hittat. Det är av yttersta vikt att ni inte rör någonting. Är det tydligt för alla?"

Ett unisont ja ekade över gården.

Sedan började de. Små steg till en början, fötter som prasslade genom gräset, blickar och huvuden sänkta, scannande marken som metalldetektorer. Stämningen var tyst, spänd. Över femtio personer förenade i sin vilja att hitta offren.

Tomek förblev optimistisk, men när de nådde trädlinjen hade de fortfarande inte hittat något, och han började känna hur optimismen rann av honom. I tankarna försökte han visualisera vad de kunde hitta – i båda ändar av skalan. Det goda var att alla levde och mådde bra, såg ut som om de just kommit hem från en semester i Arktis. Och det dåliga innehöll samma mängd vit hud, fast den här gången för att de alla var döda, efter att ha dukat under av hunger och uttorkning.

Han bad för det förstnämnda.

Tio minuter in i sökningen hade de redan stannat tre gånger. Alla falsklarm. Skräp, märkligt färgade löv, en blomma som misstagits för något viktigt.

Med varje fynd minskade Tomeks optimism ytterligare.

Tills det fjärde ropet.

Han visste inte varför, men det var något med just det här som kändes annorlunda.

Mannen som hade ropat stod bara någon meter från honom. Han stötte foten mot marken. Ljudet var ihåligt, högre än det borde ha varit. Poliserna längst bak i ledet kom fram och kände efter med fötterna. Förväntan och ångest lade sig över skogspartiet. Sedan började de ta bort jorden runtom. Löv, lera och kvistar flög upp i luften och blottlade en stor metallucka.

En underjordisk bunker, nedgrävd djupt i skogens hjärta.

Tomeks hjärta hoppade upp i halsgropen. Han tvekade inte. Som den högst rankade polisen som stod närmast skyndade han mot luckan och slet upp den. Omedelbart slog en vägg av varm, unken, svettluktande luft emot hans ansikte.

"Hallå!" ropade han ner i mörkret. "Det här är polisen, är det någon som hör mig?"

Lätta mumlanden ekade upp genom kammaren. Efter några sekunder övergick mumlet i skrik och rop.

Liv.

Tomek tog fram sin mobil och slog på ficklampan. Sedan tog han sig nerför trappstegen så fort som möjligt. Väl nere vände han sig om och gick in i mörkret. Korridoren var liten, smal, inte byggd för någon i hans storlek. Men i slutet skymtade han ett svagt ljus. Djupt orange. Och gestalter som trädde fram och hindrade honom.

"Polisen", sa han lugnt. "Det är lugnt. Allt kommer att bli bra. Jag är polis. Ni är säkra nu."

Tomek hade inte vetat vad han skulle förvänta sig när han nådde botten, men det var inte det han såg framför sig. Ett stort underjordiskt utrymme, lika stort som ett av lagerhusen på gården, fyllt med över trettio människor som levde och andades i mörkret, begravda tjugo fot under markytan. Som zombier som törstade efter blod skyndade de mot honom, klamrade sig fast vid varenda del av hans kropp. Några försökte krama honom medan andra, i sin desperation, genomsökte hans fickor. Strax därefter anslöt de seniora medlemmarna i sökpatrullen.

"Herrejävlar", sa någon.

"Hur många människor är här nere?"

"Jag vet inte exakt", sa Tomek. "Jag har inte stannat för att småprata med dem än. Jag tycker att vi borde vara mer bekymrade över att få ut dem först, eller hur?"

Tomek tog befälet över evakueringen. Med ficklampan på sin mobil styrde han människohandelsoffren mot utgången, tröstade och försäkrade dem medan de passerade. Med hjälp av två ur sökpatrullen tog de med sig de sista resterna av mat och vatten upp.

Tomek var sist upp, och när han kom ut i det fria, bländad av ljuset, utbröt en mjuk, stadig applåd. De hade klarat det. De hade räddat alla som varit inblandade i Morgana och Antons fasansfulla intriger. Viktigast av allt var att de allihop var vid liv.

KAPITEL
SEXTIOFEM

S ex veckor senare
   Tomek knackade på dörren och gick in utan att invänta tillåtelse. Där inne satt Nick och Victoria mitt emot varandra, djupt försjunkna i ett samtal.

"Chefen, du är tillbaka! Din fräcka jävel, det där höll du minsann för dig själv, eller hur?"

Nick vände sig om mot honom, hasade sig upp ur stolen och skakade hans hand. "Alltid ett nöje att se dig, Tomek."

"Vet någon annan att du är här?"

"Inte än."

"Smuglade Victoria in dig genom bakdörren, eller?"

"Jag kommer inte tillbaka officiellt förrän nästa måndag, men jag ville komma in och få grepp om läget inför dess."

"Grymt", sade Tomek. "Nå, vi kan inte vänta på att få tillbaka dig." Han tog ett fast grepp om mannens arm och klämde till. "Har Victoria berättat hur bra det har gått för oss sedan du drog?"

"Ja, men mellan dig och mig tror jag att hon har blivit lite hjärndöd."

Victorias min föll.

"Jag är faktiskt här, vet du?"

Nick ignorerade henne och sa: "Hon har sjungit dina lov. Fan vet varför."

"Jag kan verkligen inte föreställa mig hur jobbigt det måste vara för dig i den här svåra tiden", hånade Tomek. "Fast jag skulle gärna höra vad du har sagt, Victoria. Kanske kan jag utveckla några saker åt dig?"

Inspektören himlade med ögonen. "Lägg egot åt sidan en stund, Bowen. Men om du nu måste veta, så sa jag att trots våra uppenbara olikheter gjorde du det väldigt bra. Utan dig tvivlar jag på att vi hade kunnat hitta det vi letade efter."

Tomek korsade armarna. "Ursäkta, inspektör, jag hörde inte riktigt."

"Tvinga mig inte att upprepa det", sa hon.

"Hon har föreslagit dig för befordran till inspektör", avbröt Nick.

Tomek såg på henne, helt ställd. "Du gjorde *vad*?"

"Du måste skriva alla relevanta prov och vänta på att något blir ledigt, men jag tycker att du har bevisat vad du går för."

Tomek tvekade. "Ett liv bakom skrivbordet... jag måste fundera på det."

"Verkligen? Jag trodde att du skulle bli glad. Du har ju tjatat på mig de senaste månaderna om det här?" kom Nicks svar.

"Jag är glad. Ärligt. Jag behöver bara tänka igenom det..."

"Det finns inget tvång att göra någonting", sa Victoria. "Om du trivs där du är, så fungerar det för alla."

Flinet återvände till Tomeks ansikte. "Jag måste säga att jag ändå är överraskad, inspektör. Betyder det att du kommer att börja respektera mig lika mycket som du gör din toyboy där ute?"

Det sentimentala ögonblicket dem emellan varade inte särskilt länge.

"Jag drar fan tillbaka det om du fortsätter."

Tomek svarade med ett spjuveraktigt flin.

"Fanns det någon anledning till att du trängde dig in, Tomek?" frågade Victoria och förde samtalet vidare.

"Bara för att säga att DNA-analysen av leran från gården har kommit."

"Och?"

"Fyra personers DNA hittades där. Antons och Andrejs frus, Tatianas."

"Och den tredje? Mariusz flickvän?" frågade hon.

Tomek sänkte huvudet. "Tyvärr. Mariusz arbetade aldrig för åkeriet. Anton, Morgana och Stanley ägde det bolaget vid sidan av, och han var bara ännu ett offer för deras människohandel, precis som de andra. Jag vet inte varför de valde honom, men de använde honom som syndabock för att döda Andrei och låta honom ta skulden. De använde honom till och med som personen utanför Redgraves Airbnb. Flickvännen var hållhaken för att få honom att göra som de ville, och på något sätt fick de det att se ut som att hon hade åkt tillbaka till Rumänien så att Martin inte kunde få tag på henne."

"Stackars människa. Jag kan inte föreställa mig hur smärtsamt det måste ha varit för dem att dö på det sättet."

Det kunde Tomek. Han hade sett det på nära håll. Och fortsatt göra det de senaste veckorna i sina mardrömmar.

"Och den fjärde?" frågade hon.

"En kvinna som heter Gina. Hon var en av arbetarna på Ilianas som jag pratade med. Hon skulle dela information med mig, men hon kom aldrig fram. Nu vet jag varför."

Tomek gjorde en paus för att samla sig.

"Var det något mer?"

"Ja. Några saker till som har besvarat ytterligare några av våra frågor. Stanley Hutchinson, det aset, säger fortfarande ingenting. Men som tur är har den där lilla rödhåriga jäveln jag grep på stranden hittat rösten. Lustigt nog var det när han fick veta att vi väcker åtal. Enligt honom dödade Stanley Anton för att de hade blivit osams. Stanley var inte nöjd med hur Anton skötte saker och ting, så han kastade ner honom under jord med de andra. Jag gissar att Anton måste ha hittat en väg ut, gjort ett utbrytningsförsök och sedan fått betala med livet."

"Inte mindre än han förtjänade", sa Victoria långsamt.

Några ögonblick senare tog Tomek farväl och gick sedan ut ur rummet. På kvällen, när han kom hem, malde tanken på inspektörsprovet i honom oavbrutet. Det var något han hade funderat på länge, något som bara förstärkts av att Kasia hade kommit in i hans liv. Det innebar mer lön, större trygghet och mindre fältarbete, mindre risk att han skulle bli dödad av en seriemördare eller hamna i en grismage. Men det var ju det han älskade med jobbet, kicken, spänningen i det. Han visste inte om han ville vara bunden vid ett skrivbord hela tiden, sitta och diktera vad andra skulle göra, när han ville leda från fronten, föregå med gott exempel.

Det var ett beslut som krävde lika mycket hans som Kasias.

Men innan han ens hann börja fundera på hur han skulle ta upp ämnet med henne, fångade något på golvet hans uppmärksamhet.

Ett kuvert. HMP Wakefields stämpel uppe i högra hörnet på försändelsen.

Ett andra brev.

Han hade hoppats att det första var en tillfällighet, en engångsföreteelse. Men Nathan Burrows hade hållit sitt ord. Han ville öppna en dialog med Tomek, nästan bli vän med honom.

Han drog djupt efter andan, höll den kvar, lyssnade till hur hjärtat slog som tusen trummor i huvudet, rev upp kuvertet och läste brevet.

SLUTET

Men inte riktigt. Historien fortsätter i *Dödens Ängel*:

Varje ängel förtjänar sina vingar...
När flygvärdinnan Angelica Whitaker anmäls saknad efter en utekväll på en av de populäraste nattklubbarna i Southend, hamnar fallet på kriminalinspektör Tomek Bowens bord – för första gången i hans karriär.

Så snart utredningen drar igång riktas misstankarna mot mannen hon dansade med på klubben, men när hennes kropp senare hittas i en kyrka, arrangerad som en ängel, börjar samma fingrar peka mot en beräknande, kontrollerad och sadistisk mördare.

Men ju längre utredningen fortskrider och ju djupare Tomek gräver i offrets liv, desto tydligare blir det att det inte råder någon brist på misstänkta, och att alla bär på hemligheter — vissa mer än andra...

Ta reda på vad som händer i *Dödens Ängel* redan nu!

ÄVEN AV JACK PROBYN

Mordmysterieserien om DS Tomek Bowen:

Bok 1: Dödens Rättvisa

Southend-on-Sea, Essex: DS Tomek Bowen — driven, envis och hemsökt av sin brors död — kallas till en av de mest chockerande brottsplatser han någonsin har sett. En man har ritualmördats och dumpats på en kolonilott nära den lokala flygplatsen. De tidiga utredningarna tyder på att det var en man med ett förflutet. Ett förflutet som skaffade honom många fiender.

Bok 2: Dödens Grepp

Annabelle Lake trodde att hon kände igen Ford Fiestan som väntade utanför hennes skola, och föraren i den. Hon hade fel. Hennes kropp hittas en tid senare, hängande från en gunga på en lokal lekplats på Canvey Island.

Bok 3: Dödens Beröring

När dimman lättar en decembermorgon i Essex, upptäcks kroppen av en tonårsflicka liggande med ansiktet nedåt på ett fält. Följaktligen hamnar ärendet snabbt på DS Tomek Bowens bord som, medan han försöker jonglera sin nyfunna tillvaro som ensamstående förälder till en trettonårig dotter, måste kartlägga den dödliga händelsekedjan och föra sanningen i dagen.

Bok 4: Dödens Kyss

De mörkaste hemligheterna förblir sällan hemliga länge...

När kroppen av en hemlös man upptäcks på strandpromenaden i Southend, inkilad mellan strandhytterna i Thorpe Bay, är det ingen i Essex som höjer på ögonbrynen.

Men när obduktionen visar att det rör sig om den lokale parlamentsledamoten Herbert Tucker, börjar staden vakna.

Bok 5: Dödens Smak

Vissa hemligheter går aldrig att skölja bort...

På en blåsig och bitande kall morgon besöker Morgana Usyk, ägare till Morgana's Café, Mulberry Harbour drygt en och en halv kilometer ut till havs. En kort stund senare hittas hennes kropp i det grunda vattnet, flytande intill hamnen.

Bok 6: Dödens Ängel

När flygvärdinnan Angelica Whitaker anmäls saknad efter en utekväll på en av de populäraste nattklubbarna i Southend, hamnar fallet på kriminalinspektör Tomek Bowens bord – för första gången i hans karriär. Så snart utredningen drar igång riktas misstankarna mot mannen hon dansade med på klubben, men när hennes kropp senare hittas i en kyrka, arrangerad som en ängel, börjar samma fingrar peka mot en beräknande, kontrollerad och sadistisk mördare.

OM FÖRFATTAREN

Jack Probyn är en brittisk kriminalförfattare och har skrivit kriminalthrillerserien om Jake Tanner, som utspelar sig i London.

Han bor numera i Surrey med sin partner och sin katt, och arbetar på en ny mordgåteserie som utspelar sig i hans hemtrakter i Essex.

Vill du inte skriva upp dig på ännu ett nyhetsbrev? Då kan du hålla dig uppdaterad om Jacks nya släpp genom att följa något av kontona nedan. Du får ett meddelande när jag släpper en ny bok, utan krånglet med att behöva prenumerera på mitt nyhetsbrev.

BookBub författarsida "Följ":
1. Precis som för Amazon ovan, klicka på länken här: https://www.bookbub.com/authors/jack-probyn
2. Bredvid min profilbild finns en knapp med texten "Följ"
3. Klicka på den, så meddelar BookBub dig när jag har en ny utgåva.

Vill du ha ännu mer aktuell information om nya släpp, min skrivprocess och allt däremellan, är min Facebook-sida bästa stället för att hålla dig uppdaterad. Där växer det fram en liten gemenskap. Varför inte bli en del av den?

www.ingramcontent.com/pod-product-compliance
Lightning Source LLC
Chambersburg PA
CBHW021212250626
47155CB00008B/2786